Werner Engelmann • MARIA Band 2

Werner Engelmann

MARIA

Bilder und Märchen für Erwachsene
aus der Mitte des 20. Jahrhunderts

BAND 2

Boten aus der Fremde
oder
Die Entdeckung der Weiblichkeit

FOUQUÉ PUBLISHERS NEW YORK

Copyright ©2011 by Fouqué Publishers New York
Originally published as *MARIA Band 2, 2007*
by August von Goethe Literaturverlag

First American Edition
Printed on acid-free paper

Library of Congress Cataloging-in-Publication Data
Engelmann, Werner
[MARIA Band 2 / Werner Engelmann]
1st American ed.

ISBN 978-0-578-08829-7

Gewidmet
den Kriegskindern,
die mutig ihren Weg suchten,
aller erlittenen Traumata zum Trotz,

sowie den tapferen „Boten aus der Fremde",
die ihnen mit großen Opfern und Lebensmut
die Sprache wieder gaben.

Maria, das vaterlose Flüchtlingsmädchen, hat wie Mutter, die „Trümmerfrau", in Zeiten der Not tapfer „ihren Mann" gestanden. Doch nun erwachen weibliche Bedürfnisse, die Mutter ihr nicht zugestehen mag. Und ihre Freundin Uschi lehrt sie, dass „Klassefrau" zu sein nichts Schlimmes ist. So ist der Konflikt unausweichlich. Denn für Mutter ist „Unnatürlichkeit" ein Sakrileg. Maria kämpft um ihr Recht auf Weiblichkeit, gegen eine rigide, vermeintlich „naturgegebene" Moral. –

Ist der Schneewittchentraum von Schönheit wirklich bloß eine Märchenphantasie?

Doch da sind auch Katharina, die angehende Nonne, und Mike, der schwarze Soldat, der „Bote aus der Fremde". Sie helfen Maria, die „wilde Bohemienne" in ihr aus dem Gefängnis von Pflichterfüllung und „jungfräulicher Tugend" zu befreien:

„Frau", sagt Schwester Katharina, kommt von „frouwe", und das heißt „Herrin". So wird Marias Weg der Befreiung aus patriarchalen Zwängen zur Anklage gegen falsch verstandene „Natürlichkeit".

Inhalt:

Band 2: 1950-1955

Vorwort zur amerikanischen Ausgabe   9
Vorwort zur deutschen Ausgabe   10
Inhalt des ersten Bands   13

1. „Care" oder Das Strampelhosen-Prinzip   15
2. Adam und Eva oder Das Niemandsland   41
3. Aschenputtel-Träume oder Kleine Fluchten   57
4. Der Märchenprinz oder Die dritte Bank   71
5. Katharina oder Das Geheimnis der Frau   89
6. Uschi oder Die Entfesselung der Klassefrau   111
7. Der rote Kuss oder Schneewittchen erwacht   139
8. Im Reich der kleinen Schneiderin oder
   Die Lust der Verwandlung   159
9. Maria Magdalena oder Die Dame in Rot   179

Und wie geht es weiter?   201
Bild- und Literaturnachweis   203

Vorwort zur amerikanischen Ausgabe (2. Band)

Anfang 50er Jahre, auf dem Bodensee in Süddeutschland. Meine erste Schiffsreise. Ich bin 8 Jahre alt. Ein Junge taucht vor mir auf: schwarze Haut, Kraushaar – und Lederhose. Er öffnet den Mund, und es sprudelt in echtem Bayrisch aus ihm heraus.

Ich wusste damals nichts von dem, was gerade erst vergangen war, fragte nicht nach dem Vater, den ich nie kennen gelernt hatte, wusste nichts von Grausamkeit und rassistischem Wahn, von schwerer ererbter Schuld, von den Umständen unserer Flucht aus der Heimat. Und dennoch hat dieses Bild sich tief in mir eingeprägt: als Bild der Versöhnung, als Vereinigung dessen, was unvereinbar schien.

Ein halbes Jahrhundert später taucht es wieder in mir auf: als Romangestalt, als Bote aus der Fremde, der – wie im naturalistischen Drama – einer ohnmächtigen, sprachlosen Gesellschaft die Sprache wieder gibt, tiefgehende Verwandlung bewirkt.

Verwandlung wird das Zentralmotiv des 2. Bands meiner Romantrilogie „Maria": vom armen, verachteten Aschenputtel zur selbstbewussten Frau. Sie bedarf des Anstoßes von außen, der Liebe zu Märchen, zu Literatur und zu einem Fremden, um zu entdecken und zu entfalten, was sie in sich trägt. Sie wird sich des Vergangenen bewusst und richtet zugleich ihren Blick auf Gegenwart und Zukunft.

Sie zeichnet in ihrem pubertären Protest ein anderes Bild von einem Nachkriegsdeutschland, das meist sehr oberflächlich nur unter dem Aspekt von „Wirtschaftswunder" und „Restauration" gesehen wird, lässt ein anderes Deutschland erahnen, das zu grundlegender Wandlung fähig ist und 15 Jahre später, mit den „68ern", sich Raum verschafft.

Der 2. Band meiner Romantrilogie, gewidmet den Kriegskindern von gestern und heute, ist zugleich eine Hommage an alle „Boten aus der Fremde", vor allem aus den USA, ohne deren große Opfer und deren Lebensmut die Wandlung von einem faschistischen zu einem demokratischen, toleranten Deutschland nicht möglich gewesen wäre.

Luxemburg, August 2010

Vorwort zum 2. Band (deutsche Ausgabe)

Zu Inhalt und Aktualität des Romans:

Radikale Umbrüche nach Ende des „Tausendjährigen Reiches" verändern grundlegend die Rolle und das Bild der Frau. „Trümmerfrauen", die nach dem Krieg klaglos „männliche" Tätigkeiten übernehmen, sind hierfür ein Beleg. Ihnen ist der erste Band der Romantrilogie „Maria" gewidmet.

Ihre „Verwandlung" befähigt sie zu erstaunlichen Leistungen. Doch sie verschüttet elementare menschliche Bedürfnisse, schafft neue Sehnsüchte und Wünsche. Konfrontiert mit dem Frauenbild eines fremden Besatzers, muss Maria, das Flüchtlingskind, erkennen: „Es gibt noch so viel Frausein nachzuholen in diesem tristen Land."

Die „Wiederentdeckung der Weiblichkeit" durch die Nachkriegsgeneration, aufgewachsen mit faschistischem „Gretchenbild", Sexualfeindlichkeit und Prüderie, ist Hauptthema des vorliegenden 2. Bands. Widersprüche der Frauenbilder werden von „innen", vor dem Hintergrund der Zeit beleuchtet.

Marias Weg wirft auch ein kritisches Licht auf gängige Klischees von Frauen der 50er Jahre wie der „Rückkehr des Heimchens": Lust an Weiblichkeit, an geschnürter Taille, geschminkten Lippen, Pumps und „Petticoat" ist eben nicht gleichzusetzen mit einem von Werbung vermittelten Bild weiblicher Verfügbarkeit. Sie ist kein Beleg für bloße Rückkehr zum patriarchalischen System. Sie hat vielmehr mit Selbstachtung zu tun, nach einer Zeit, die menschliche und allzu menschliche Bedürfnisse verhöhnte.

Patriarchale wie totalitäre Ideologien jeglicher Couleur zielen auf Ächtung „weiblicher" Sehnsüchte: So das Schminkverbot im Sklavenreglement, Burka und Schleier in der islamischen Welt, „Gretchenbild" im Faschismus oder Verbot des Höschens für Frauen, selbst unter dem Rock, im Europa des 18. Jahrhunderts. Und alles im Namen der „Natürlichkeit".

Und überall stacheln sie die Lust an Fraulichkeit noch mehr an: vom „Vamp" und der „Garçonne" zu Beginn des 20. Jahrhunderts über die feminine Mode des „New Look" der 50er Jahre bis zu Frauen im heutigen Afghanistan, die sich im Geheimen unter dem Tschador schminken.

So wie Noqreh in Afghanistan, von den Taliban befreit, nach dem Koranunterricht in ihre Pumps schlüpft [1], so wird auch bei Frauen der 50er Jahre das Bedürfnis nach Schönheit und nach Geborgenheit übermächtig. – Ist das so verwunderlich, nach all der Not und Entbehrung?

„In Pumps durch Kabul", zum Film „Fünf Uhr am Nachmittag" von Samira Makhmalbaf, in: Frankfurter Rundschau, 1.7.2004, S.31

Wie aber sich ihnen nähern? Ihr Denken und Fühlen, ihre inneren Zwänge und Sehnsüchte verschließen sich dem nostalgisch-verklärenden Blick zurück. Doch auch unhistorischer Beurteilung [2], die sich auf die Geschlechterdebatte der 70er Jahre fixiert oder scheintolerante Beliebigkeit eines neumodischen „Everything goes" zum Maßstab nimmt. Es gilt, den Blick zu wenden: Mehr, als sich aus Gegenwärtigem Vergangenes begreifen lässt, erhellt Vergangenheit die Gegenwart. Es gilt, die „inneren Verhältnisse" zu erforschen, so Goethe im „Werther". [3] Erkennen heißt entschleiern: Deformationen aufdecken, Schleier von „Religion" oder „Moral" lüften, welche die Bedingungen der Fraulichkeit verhüllen. Hierbei sind Märchen hilfreich.

So führt Marias Schneewittchentraum von Schönheit nicht zu Wirklichkeitsflucht. In zeitlosen Märchensymbolen ihre eigene Wirklichkeit erfassend und deutend, richtet sich ihr Blick nach vorne statt zurück. [4]

Natürlich geht es auch um historische Zusammenhänge. So steht im Zentrum dieses 2. Bands die Auseinandersetzung mit Kernbegriffen, die ein ideologisch bestimmtes Frauenbild prägen, heute wie in den 50er Jahren oder im 18. Jahrhundert: „Tugend", „Ehre", „Jungfräulichkeit", „Natürlichkeit".

Welch frappierende Ähnlichkeit: So wie ein um sich greifender mittelalterlicher Islamismus heute noch Frauen den Schleier aufzwingt und frauliche Bedürfnisse ächtet, so verschleiert der verinnerlichte Zwang vermeintlicher „Natürlichkeit" weibliche Sehnsüchte vor sich selbst. Und wie dem Islamisten ein Schleier kein Fetzen Stoff ist, sondern Waffe gegen „westliche Verderbtheit", so erscheint einem von faschistischen Reminiszenzen und katholischem Dogmatismus geprägten Milieu der Nachkriegszeit der Anblick von Frauen in Hosen und von Lippenrot wie „Sodom und Gomorra".

Gewiss: Auch Maria bleibt zunächst eingeschlossen in ihrer engen Welt, welche Einsicht in ihr Sosein verhindert. Wie im naturalistischen Drama bedarf es des „Boten aus der Fremde". Doch die Begegnung mit Neuem, Ungewohntem sprengt die ideologischen Fesseln, und Marias Revolte als Form praktizierter Erkenntnis schafft neue Perspektiven.

---

[2] *Wie sehr selbst der radikale Feminismus der 70er Jahre der „Natur"-Ideologie und patriarchalem Denken verhaftet bleibt, mag Folgendes verdeutlichen: Es waren Büstenhalter, Insignien der Weiblichkeit, die in die Ecke flogen und verbrannt wurden. Niemand aber kam auf die Idee, männliche Hosenbeine zu kürzen. Und es bleibt bis heute den Narreteien rheinischen Karnevals vorbehalten, an „Weiberfastnacht" männliche Krawatten abzuschneiden.*

[3] *Johann Wolfgang von Goethe, Die Leiden des jungen Werther(s): Am 12. August, Reclam 67, 1986, S.53*

[4] *Den Wirklichkeitsbezug von Märchen zeigt auch Eugen Drewermann u.a. bei der tiefenpsychologischen Deutung des Märchens von „Schneewittchen" auf. In manchen Teilen kann der vorliegende Roman als Ergänzung dazu aufgefasst werden. Vgl. ders., Schneewittchen und Die zwei Brüder, München (dtv), 2003*

So eröffnet Marias Weg ein neues Verständnis für Bedürfnisse von Frauen der 50er Jahre, wirft zugleich Fragen der Gegenwart und Zukunft auf. Und ihre Erkenntnis lässt uns erschrecken über fundamentalistische Welt- und Frauenbilder von heute, die weit hinter die der 50er Jahre zurückfallen.

Zum Aufbau des Gesamtromans:

Die Romantrilogie „Maria" untersucht, unter Einbezug von Märchen-motiven, in 30 Episoden die Wirkungen von Kindheitstraumata und psychologische Bedingungen des Neuanfangs nach dem 2. Weltkrieg. Sie stellt dabei fiktionale Elemente in einen historischen Kontext. Es ist keine Biografie und kein bloßer Tatsachenroman. Die einzelnen Bilder, Momentaufnahmen gesellschaftlichen Seins und Bewusstseins der Zeit, sind thematisch weitgehend unabhängig, in sich verständlich.

Band I – „Verlorene Heimat oder Wandlungen der Weiblichkeit" (1939–1950) thematisiert Marias Kindheit, von Märchensicht geprägt und zunächst vor Kriegsgeschehen geschützt. Er schildert Überlebenskampf und Bewusstseinsformen von Aschenputtelexistenzen zur Nachkriegszeit, Kindheitstraumata, Probleme der verlorenen Heimat und damit einhergehende äußere und innere „Verwandlungen".

Der vorliegende Band II – „Boten aus der Fremde oder Die Entdeckung der Weiblichkeit" (1950-1955) zeigt die Wirkungen des Einbruchs einer fremden Welt, Marias Revolte gegen die Fesseln eines dogmatisch-katholisch geprägten Frauenbilds, das Gläubigkeit vor Glaubwürdigkeit setzt, ihre pubertäre Auflehnung und die Befreiung der „wilden Bohemienne".

Band III – „Schwieriges Erbe oder Rückeroberung der Weiblichkeit" (1955-1960) greift Kindheits- und Jugendtraumata im historischen Zusammenhang wieder auf. Durch Begegnung mit fremden Schicksalen findet Maria zu vertiefender Auseinandersetzung mit Vergangenheit und Gegenwart und zu eigenen Interpretations- und Handlungsansätzen.

Band III befindet sich in Vorbereitung.

Werner Engelmann, Januar 2007

* * *

Ein herzlicher Dank
an Caroline Engelmann
für Entwürfe des Titelbilds

Inhalt des ersten Bands

Marias Kindheit in einer kinderreichen, gut situierten Familie in Mähren erscheint zunächst wohlbehütet, vom umgebenden Kriegsgeschehen verschont. Durch die Beschäftigung mit Märchen sensibilisiert, ahnt sie aber die Bedrohung. Das erwartete Geschwisterchen kommt nie an, und niemand spricht mehr davon. Für Maria muss Rumpelstilzchen dahinter stecken. Denn wie viele Männer trägt nun auch Vater das kurze, kleine „Rumpelstilzchenbärtchen". Und sie reißen zum Gruß den Arm hoch wie die Hampelmänner.

Doch Marias „kleine Flucht" in Märchen macht die bald folgende „große Flucht" auch erträglicher. Und, fast wie im Märchen, finden sich die sieben Kinder mit Mutter in der „neuen Heimat" wieder. Vater aber, von Soldaten festgenommen, bleibt verschwunden.

Was nun folgt, ist ein Kampf um Überleben. Mutter, bisher Vater ganz ergeben, verwandelt sich zur starken „Trümmerfrau". Dabei aber verdrängt sie jede Erinnerung an Vergangenes, und sie sucht Trost bei der Jungfrau Maria.

Auch Maria lernt es, die neue Aschenputtel-Rolle zu akzeptieren. Sie versucht, einschüchternde katholische Erziehung abzuwehren, nimmt in einer Mischung aus Wirklichkeitsflucht und Realitätssinn gegenüber dem kleinen Bruder Florian fast eigenverantwortlich die Mutterrolle wahr.

Auf der Suche nach Zeugnissen von Vater findet sie, mit den Daten ihrer Geburt, ein „Mutterkreuz in Silber", Vaters Briefe aus dem Gefängnis und die Nachricht von seinem Tod.

Im „Heiligen Jahr" 1950, bei beginnender Geschlechtsreife, erlebt sie die Verkündigung des Mariendogmas der „Unbefleckten Empfängnis". Hasserfüllte Worte von der Kanzel gegen selbstbewusste Weiblichkeit erfüllen sie mit Wut und weiblicher Scham. Sie revoltiert gegen ihre Namenspatronin, gegen ihr Geschlecht.

Auch der kleine Bruder Florian erfährt die Unbarmherzigkeit einer von Sexualverdrängung geprägten, in äußeren Regeln erstarrten Erziehung. Weihnachten, Anlass zu sentimental-nostalgischer Erinnerungspflege, bringt neue traumatische Erfahrungen. Schließlich gibt Mutter Vatis Tod bekannt und überträgt dem älteren Bruder die Erziehungsgewalt. Maria und Florian werden von bösen Ahnungen erfasst.

1

„Care"
oder
Das Strampelhosen-Prinzip

„Care", das wusste Maria aus dem Englisch-Unterricht auf der Klosterschule, hieß so viel wie „Fürsorge". Es konnte aber auch die Bedeutung von „Kummer" oder „Sorge" annehmen.

„Be careful!", rief die Englisch-Lehrerin immer aus, wenn eine Schülerin eine dumme Antwort gegeben hatte. Nahm ihre Stimme dabei einen mitleidigen Tonfall an, so war das die Fürsorge-Stimme. Dann konnte man Verständnis erwarten. Doch manchmal konnte es auch drohend klingen. Dann standen Kummer und Sorge ins Haus.

Es war merkwürdig mit den Wörtern. Sie schienen zwei Seelen zu haben, wie die Menschen. Je nach Stimmung und nach Laune zeigte sich bald die heitere Seele und bald die traurige.

Auch mit Märchen war es so. Auch sie waren voller Geheimnisse. Maria war vom Geheimnisvollen fasziniert, selbst wenn es schaurig war. Und das war wohl der Grund, warum sie trotz ihrer fast schon dreizehn Jahre Märchen immer noch liebte.

„Dreizehn" war auch ein geheimnisvolles Wort. Maria war überzeugt, dass es für sie eine Glückszahl sei. Und je mehr ihr dreizehnter Geburtstag heranrückte, desto fester glaubte sie daran.

Dass die Zahl Dreizehn Unglück bringe, war wohl dummer Aberglaube. Schwester Katharina hatte gesagt, man beschwöre ein Unglück oft erst herauf, wenn man daran glaubt. „Der Glaube", hatte sie hinzugefügt, „kann viel Gutes, aber auch Schlimmes bewirken."

Schwester Katharina hatte sicher Recht. Auch im Märchen von „Dornröschen" hatte der König durch seinen Aberglauben ein Unglück herbeigeführt, das er gerade vermeiden wollte. Er glaubte nämlich an den Fluch der Zahl Dreizehn, lud alle weisen Frauen seines Landes zu einem Fest, nicht aber die dreizehnte. Und diese rächte sich, indem sie Dornröschen den Tod wünschte.

Doch der Fluch wurde nicht Wirklichkeit. Die zwölfte der weisen Frauen wandelte ihn um in einen hundertjährigen Schlaf. Und schließlich wurde Dornröschen von einem Prinzen aus ihrem tiefen Schlaf erweckt und auf sein Königsschloss geführt.

So konnte, was als schlimmes Schicksal erscheinen mochte, sich letztlich doch noch zum Guten wenden. Das war tröstlich. Doch man musste daran glauben. Maria glaubte daran.

Und so gelang es Maria besser, die Schatten der Vergangenheit zu verdrängen, die bisweilen noch ihr Gemüt verdunkelten.

Sieben Jahre war es nun her, seit ihre Familie Hals über Kopf die Heimat hatte verlassen müssen und Vater für immer verschwunden war. Mutter mit sieben Kindern in der Fremde, mittellos, alle zusammen in einem kalten Dachzimmer – so hatte man die harten Jahre überlebt. Es war wie ein böser Traum: Erinnerte man sich an das Leben in der alten Heimat, so fühlte man sich wie zum Frosch verwandelt. Doch zum Glück war man so mit Überleben beschäftigt, dass man solchen Gedanken nicht allzu oft nachhing.

Und dann war das unheilige Jahr der Jahrhundertmitte gekommen, das als „Heiliges Jahr" in die Geschichte einging. Für Maria hatte es düstere Schatten auf das neue Jahrzehnt geworfen.

Es hatte die Gewissheit von Vatis Tod gebracht. Man hatte es geahnt, aber immer noch gehofft, er würde eines Tages doch noch aus der Gefangenschaft zurückkehren. Wenigstens waren dadurch lange Jahre quälenden Bangens beendet, vor allem für Mutter

Mutter hatte zwar mit viel Mut und Gottvertrauen ihre sieben Kinder ohne Vati über die Notzeiten gebracht. Doch zunehmendes nächtliches Schluchzen zeigte an, dass nun ihre Kraft erschöpft war.

Allein dies ließ Maria als Entschuldigung dafür gelten, was sie für Mutters unheiligsten Beschluss im „Heiligen Jahr" hielt: die „Erziehung" der jüngeren Geschwister dem älteren Bruder anzuvertrauen.

Maria, als die jüngste der Schwestern, und den kleinen Bruder Florian, damals elf und sechs Jahre alt, hatte es besonders hart getroffen. Die drei älteren Schwestern waren schon „in der Fremde". Und die vierte, diplomatischer und kompromissbereiter als Maria, verstand es besser, sich mit dem Bruder zu arrangieren.

Dass Maria die Zahl Dreizehn für eine Glückszahl hielt, hatte einen handfesten Grund: Denn gerade zu ihrem dreizehnten Geburtstag, nach einem schier unendlich langen Jahr, war eingetreten, was sie kaum mehr zu hoffen gewagt hatte: Der ältere Bruder hatte als „Stellvertreter Vatis" in Sachen Erziehung aufgegeben und war wieder in die „Fremde" gegangen. Wenn das kein gutes Omen war!

Dazu kam das dritte Care-Paket. Es versprach, nicht nur ein Fürsorgepaket, sondern auch ein Freudenpaket zu werden, wie das erste. Man wusste: Es enthielt Dinge, die man sich sonst niemals leisten konnte. Und diesmal durfte Maria es öffnen. Es war ja auch eine Geburtstagsüberraschung. Beim zweiten Mal, unter dem Regiment des Bruders, hatte dies nicht einmal Mutter gewagt, ohne seine Genehmigung einzuholen.

Nun aber, an ihrem dreizehnten Geburtstag, lag Maria voller Wut auf ihrem Bett. Keine Träne an den Wangen, die an Mitleid appellierte. Und nicht einmal Florian kam, um ihr Trost zu spenden.

Maria lag auf dem Bauch, den Kopf zur Wand gedreht, um die anderen nicht sehen zu müssen. Schwer atmend, versuchte sie, erst ihre Wut zu zügeln, dann ihr Selbstmitleid.

Schwester Katharina hatte gesagt, langsames, tiefes Atmen würde in solchen Fällen helfen. – Und tatsächlich: Sobald Marias Atem ruhiger wurde, erwachten nach und nach Bilder der Vergangenheit, erheiterten sich ihre Sinne. Und sie erinnerte sich voller Wehmut an die Zeit, als das Care-Paket noch ein Fürsorgepaket gewesen war.

Es war im Spätherbst des dritten Jahres nach ihrer Flucht, als das erste Care-Paket angekommen war. Man wohnte damals noch zu sechst in dem kalten Dachbodenzimmer, ohne die älteste Schwester und den älteren Bruder. Maria war neun und Florian vier Jahre alt.

Eines Nachmittags, Maria war als Einzige schon von der Schule zurück, klopfte es an der Tür. Draußen stand ein Mann in blauer Uniform und mit blauer Schirmmütze. Auf dem Arm trug er ein riesiges Paket. Maria kannte den Mann. Es war der Briefträger. Doch er hatte nur selten Briefe für sie dabei, und so ein Paket hatte er noch nie gebracht. Wer hätte ihnen auch eines schicken sollen?

Mit der Post konnte man sich Sachen schicken lassen, die in einem Katalog abgebildet waren. Die konnte man bestellen. Maria besaß so einen Katalog. Jemand hatte ihn aufs Plumpsklo gelegt, und sie hatte ihn gerade noch vor der ihm hier zugedachten Bestimmung retten können. Er enthielt so viele schöne Bilder, und die waren für eine solche Verwendung doch zu schade.

Maria diente der Katalog dazu, von Dingen zu träumen, die sie vielleicht später, viel später einmal haben würde. Schöne Frauen mit schönen Kleidern waren da zu sehen, Schmuck und Schuhe, mit hohen Absätzen, so wie Willis Mutter ein Paar hatte. Doch bestellen konnte sie solche Sachen natürlich nicht. Wie hätte man die auch bezahlen sollen?

Und nun stand der Briefträger mit einem Paket da. Es gab zwar kein Türschild, doch er kannte Maria und ihre Familie.

„Das ist für euch", sagte er freundlich. „Deine Mutter ist wohl nicht da?"

Maria verneinte.

„Na ja", meinte er zögernd, „dann darfst du unterschreiben. Du musst nämlich bestätigen, dass es richtig angekommen ist."

„Das ist für uns?", fragte Maria ungläubig.

„Ja, für euch", betonte er, „ein Kär-Paket."

„Ein was?", fragte Maria.

„Ja, schau her!" Er zeigte auf ein aufgeklebtes Etikett: „C-A-R-E" stand da, in großen Buchstaben. „Das ist Englisch. Es ist eine Überraschung aus Amerika."

„Aus Amerika?" – Maria kam aus dem Staunen nicht heraus.

„Ja, aus Amerika", insistierte der Briefträger. „Na, dann lasst euch mal überraschen. Und viel Freude damit!"

Bevor sie sich's versah, hatte Maria schon das riesige Paket auf dem Arm.

Lächelnd drehte sich der freundliche Mann um, winkte Maria von der Treppe aus noch einmal zu und verschwand.

„Aus A-me-ri-ka", wiederholte Maria ungläubig, als sie das Paket auf den Tisch legte. Es war sehr groß, aber nicht all zu schwer.

Maria wusste, wo Amerika lag. Es war sehr weit weg und war sehr groß. Die Lehrerin hatte Maria nämlich einen Atlas geschenkt.

Sonst mussten die Kinder die Schulbücher selbst kaufen. Marias Geschwister besorgten sie Ende des Schuljahrs bei Schülern höherer Klassen. Oft waren sie schon etwas verschlissen. Das war nicht schlimm, dann brauchte man wenigstens nicht so viel zu bezahlen.

Für Mutter waren die Kosten für Schulbücher nämlich eine große Belastung, auch wenn jetzt nur noch vier aus der Familie zur Schule gingen. Schwester Nummer drei hatte im Sommer die Schule beendet und eine Ausbildungsstelle als Krankenschwester in der Stadt gefunden. Dort hatte sie freie Kost. Anders als die älteste Schwester und der Bruder, die „in die Fremde" gegangen waren, wohnte sie aber noch zu Hause.

Zum Glück konnte Maria die meisten Bücher ihrer älteren Geschwister benutzen. Der Atlas war für mehrere Jahre zu gebrauchen, und er war sehr teuer. Maria und ihre älteren Schwestern mussten sich daher längere Zeit mit einem Exemplar aushelfen.

Nun hatte Maria ihren eigenen Atlas und war nicht mehr auf ihre Nachbarin angewiesen. In diesem Jahr stand Bayern auf dem Lehrplan. Maria hatte aber schon den ganzen Atlas studiert. Dabei war sie auch auf Amerika gestoßen. Und sie wusste, dass es hinter einem großen Meer lag, sehr groß war und sehr schön sein musste.

Und dann holte sie den großen Atlas heraus, suchte Amerika, suchte Seen und Gebirge, Flüsse und Städte. Sie träumte von Amerika.

Die Schwestern staunten nicht schlecht, als sie Maria über den Atlas versunken fanden, neben ihr das riesige Paket. Auch sie wussten nicht, was „Care" bedeutete, und welche Bewandtnis es damit haben konnte.

Zum Glück kam Mutter bald danach zurück. Denn natürlich traute sich niemand, das Paket zu öffnen, ohne sie zu fragen.

Auch Mutter konnte kaum glauben, dass es für ihre Familie sein sollte. Sie meinte, es müsse ein Irrtum sein. Man kannte niemanden, der ihnen ein Paket schicken würde, und schon gar nicht in Amerika. Und bis Weihnachten war es ja noch einige Monate hin. Man überprüfte die Anschrift: Diese war durchaus korrekt.

Maria war als Erste von der Richtigkeit überzeugt. Sie kannte ja solche „Wunder", wie Mutter es nannte, aus mehreren Märchen. Auch die anderen ermunterten Mutter, das Paket doch zu öffnen. Schließlich stand ihr Name darauf.

Mutter aber zögerte noch immer. Sie wollte sich um Gottes willen nichts aneignen, was vielleicht gar nicht ihnen gehörte.

Sie ging daher zur Wirtin. Die fragte wiederum ihren Sohn, den Bürgermeister. Und der bestätigte, dass es mit dem Paket durchaus seine Richtigkeit habe. Vor einiger Zeit, erklärte er, habe man in der Gemeinde nach Bedürftigen nachgefragt, und er habe die Familie genannt. Wenn jemand bedürftig sei, dann doch ihre Familie.

Natürlich, beruhigte er Mutter, habe er darüber nicht mit anderen gesprochen. Sie könne das Paket guten Gewissens öffnen. Es sei eine Spende von guten Menschen in Amerika, dem früheren Kriegsgegner, bestimmt für arme Leute in Deutschland. Denn das Elend hier habe sich auch dort herumgesprochen.

Nun wagte auch Mutter, das Paket zu öffnen.

Obenauf, in Zeitungen einer fremden Sprache verpackt, lagen fünf Tafeln Schokolade. Darunter drei Plastiksäcke mit der Aufschrift „Care". Mutter suchte nach einem Brief mit der Adresse der Menschen, die das Paket geschickt hatten. Doch es war keiner zu finden.

Eine Plastiktüte enthielt kleine Päckchen und Dosen. „Milk" stand auf einem der Päckchen. Maria erriet sofort, dass das „Milch" heißen musste. Merkwürdig: Wenn man es schüttelte, hörte es sich aber wie Pulver an. Mutter klärte sie darüber auf, dass man natürlich Wasser hinzugeben müsse. Solches Milchpulver habe es auch zu Kriegszeiten schon gegeben.

Wesentlich schwerer tat man sich dabei zu erraten, was „Corned beef" wohl heißen konnte. Niemand kam darauf, und so wandte man sich lieber den Päckchen zu, die sich weich anfühlten.

Hier brauchte man keine Aufschriften zu entziffern. Man erkannte sofort, dass es sich um Mädchenkleidung handelte. Kleider, Röcke, Blusen in verschiedenen Größen, etwa von sechs bis fünfzehn Jahren. Auch eine Hose war enthalten. Sie war fast in Erwachsenengröße und würde sicher dem älteren Bruder passen.

Alles wurde, nach Größe geordnet, auf den Tisch gelegt. Mutter teilte den Kindern die Kleidungsstücke zu, darauf achtend, dass alle gleichmäßig bedacht wurden. Dann erst durfte anprobiert werden.

Tatsächlich kam für alle Mädchen fast eine vollständige Bekleidungsausrüstung für den Herbst zusammen. Nur Florian war zu kurz gekommen. Es waren nur Mädchenblusen enthalten. Die erkannte man an den runden Kragen. Jungen trugen Hemden mit spitzen Kragen.

Lediglich eine Bluse, die auch für Maria schon etwas klein war, schien der Größe nach für Florian geeignet zu sein.

Florian probierte sie bereitwillig. Sie passte ihm. Er dachte sich nichts dabei, eine Mädchenbluse zu tragen. Bei den Märchenspielen mit Maria war er ja auch in Mädchenrollen geschlüpft, hatte sich in Rotkäppchen und Schneewittchen verwandelt.

Mutters Sorgenfalten waren so schnell zerstreut. Weit bedenklicher wäre es gewesen, wenn die Hose nur einem der Mädchen gepasst hätte. Solche Gewissensbisse blieben ihr aber erspart.

Von den fünf Tafeln Schokolade wurde eine aufgeteilt, eine nahm Mutter in Verwahrung. Die übrigen übergab sie den Mädchen mit dem Auftrag, sie in der Klasse zu verteilen. Andere an ihrem Glück teilhaben zu lassen war für Mutter selbstverständlich.

Und diesmal war es Florian, der von Mutters Gemeinschaftssinn profitierte. Schon am folgenden Sonntag, nach dem Kirchgang, wurde Mutter von einer unbekannten Frau zum Dank eine Lederhose für Florian überreicht, welche, so die Frau, ihrem Sohn zu klein geworden war.

Diese war in den folgenden Jahren Florians ganzer Stolz. Und so sah man ihn jahrelang in Lederhose und Mädchenbluse draußen herumtollen, bei Wind und Wetter, ohne dass jemals ein Wort des Spottes an Mutters Ohr gedrungen wäre.

Ja, das erste Care-Paket war ein echtes Fürsorgepaket.

Auch das dritte Care-Paket, pünktlich zu Marias dreizehntem Geburtstag eingetroffen, schien zunächst ein Freudenpaket zu werden.

Maria war begeistert, als sie es öffnen durfte. Es enthielt für sie eine schöne weiße Bluse und einen herrlichen roten Rock, beide mit Rüschen versetzt. Sie erinnerten an Zigeuner. Maria hatte gerade in letzter Zeit viel über Zigeuner gelesen.

Und es gab nicht einmal Streit mit der älteren Schwester. Der wäre die Bluse sowieso zu eng gewesen. Sie hatte mit ihren fünfzehn Jahren bereits einen recht kräftigen Busen. Und der rote Rock mit den Rüschen war ihr zu auffällig. Sie zog „dezentere" Kleidung vor, wie sie sich ausdrückte. Und mit einem knielangen dunkelblauen Faltenrock und einer weißen Bluse aus kräftiger Baumwolle war sie ohnehin gut bedient.

Ein Problem war wieder Florian: Es gab wieder nur Mädchenblusen, mit runden Kragen. Doch daran war er schon gewöhnt. – Ob Hemd oder Bluse: Er nahm es damit nicht so genau, solange er dazu seine Lederhose tragen durfte. Die hätte er am liebsten auch im Bett angezogen. Sie ersparte nicht nur überflüssiges Händewaschen, sie hob auch das Selbstbewusstsein: Je schmutziger, desto „zünftiger" – so das Lederhosen-Prinzip. Und so sahen es auch seine Kameraden. Und solange man eine zünftige Lederhose trug, war es „wurscht", wie der Kragen aussah.

22

Dass auch Florians abgetragene Unterwäsche von Maria stammte, das war ja nicht zu sehen. Und die Peinlichkeit, ihre rosaroten Strumpfhosen der staunenden Dorfbevölkerung vorführen zu müssen, war ihm zum Glück erspart geblieben – dank Mutters selbst gestrickter Kratzstrümpfe, die Florian erstaunlich schnell akzeptierte: Jucken an den Schenkeln war doch noch eher zu ertragen als der Spott der Kameraden.

Für Mutter freilich blieb das „Lederhosen-Prinzip" ein Buch mit sieben Siegeln. Vergebliche Liebesmüh, es ihr erklären zu wollen. Sie war der festen Überzeugung, in Florians Alter von nun schon acht Jahren sei es „anständiger", lange Hosen zu tragen, vor allem sonntags.

Das Care-Paket enthielt tatsächlich eine lange schwarze Hose. Doch das machte es gerade zum Sorgenpaket. Denn sie war Florian entschieden zu groß und für den älteren Bruder sicher zu klein.

Mit einer gebieterischen Geste reichte Mutter Florian die Hose hin.

„Aber ich hab doch schon eine Hose!", wehrte dieser ab und streckte stolz den Bauch heraus.

„Du brauchst auch eine anständige Hose!", insistierte Mutter.

Florian darauf trotzig: „Aber die Lederhose ist doch anständig – und vor allem praktisch!"

„Du probierst die Hose, und keine Widerrede mehr!", beendete Mutter den Dialog.

Missmutig zog Florian die Hose an. Sie hing an den Schenkeln wie eine zerknitterte Fahne im schlaffen Wind. Und anders als seine Mädchenbluse fand Florian das ganz „damisch", also dämlich.

Immerhin wurde dadurch sein theatralischer Sinn angeregt. Und um zu beweisen, wie wenig „anständig" – für ihn also praktisch – diese viel zu lange und zu weite Hose war, schlurfte er, die Beine zu einem breiten O auseinandergespreizt, durchs Zimmer.

Doch er hatte Mutters Sparsamkeitssinn unterschätzt. Wenn man die Hosenbeine etwas einschlüge, meinte sie, ginge es durchaus.

„Dann sieht er vollends aus wie ein Clown", mokierte sich Maria, halb lachend, halb ernst, angesichts der Stofffülle, die auch Florians Hintern umwehte. Und obwohl sich dessen Miene sichtbar verdunkelte, setzte sie noch eins drauf:

„Aber wer weiß – vielleicht wird es später einmal Mode, mit schlabbrigen Hosen herumzulaufen und damit die Straßen zu kehren. So kann man sich doch glatt die Straßenfeger sparen. Florian ist seiner Zeit eben weit voraus."

„Vielleicht wird es auch mal Mode, mit zerrissenen Hosen und Strümpfen rumzulaufen", stimmte Florian ein, schob dabei ein Hosenbein hoch und zeigte triumphierend ein kleines Loch in den Kratzstrümpfen. Ihm lag diese Art des Humors durchaus.

Mutter aber, die Ironie prinzipiell missverstand, empörte sich über diese undankbaren Bemerkungen. Sie fühlte sich dabei ertappt, dass doch tatsächlich ein Löchlein sich vor ihren mütterlich-fürsorglichen Bemühungen um Sitte und Anstand hatte retten können. Schließlich war ja alles sauber. Und man solle sich mit dem zufriedengeben, was man bekomme.

„Ja, ja", nahm Maria, durch Mutters Missverständnis noch mehr gereizt, den Ball wieder auf: „Schließlich heißt es schon in Goethes ‚Faust': ‚Was man nicht hat, das eben brauchte man – und was man hat, kann man nicht brauchen.' "

Seit Maria die Klosterschule besuchte, gab sie des Öfteren solche Sprüche zum Besten. Das verunsicherte Mutter umso mehr, als sie selbst gewohnt war, eigene Handlungen mit einem Kalenderspruch als Maxime zu rechtfertigen. Und vor allem hasste sie Zweideutigkeiten.

Maria aber liebte eben dies. Zudem hatte Florians theatralische Einlage ihre blühende Fantasie erst richtig angeregt:

Vor ihrem geistigen Auge erschien Florian, lachend, Arm in Arm mit seinen Freunden, in viel zu weiten und zu langen Hosen durch die Straßen schlurfend, immer wieder stolpernd, wenn er auf den Hosensaum trat. Die Hosenbeine der Freunde waren vorne, in der Höhe der Knie, aufgeschlitzt. Und bei jedem ihrer Schritte öffnete sich ein großes Maul, das einen fast zu verschlingen drohte. –

Maria schüttelte den Kopf: absurder Gedanke! - Kein Mensch konnte jemals auf eine so dumme Idee kommen, mit aufgeschlitzten Hosen herumzulaufen - und Arme schon gar nicht. Arme waren verurteilt zu Sitte und Anstand. Sie mussten ihre Armut ja vergessen machen.

Chancenlos jedoch Einsicht und Vernunft, wenn Marias Fantasie erst einmal erweckt war: Plötzlich sah sie sich selbst - in schwarzer Hose! Sie klebte förmlich an ihrem Körper, brachte Hinterteil und Taille wirkungsvoll zur Geltung.

Maria erschrak. Zugleich aber prickelte es in ihren Adern. - Gewiss: In Sachen Busen konnte sie mit der Schwester noch nicht konkurrieren. In so einem „unanständigen Aufzug" aber, wie Mutter es nennen würde, konnte sie ihre Schwester jederzeit ausstechen. Eine Hose anzuziehen hätte die nie gewagt! -

Und auf einmal, wie von einer Tarantel gestochen, packte sie die Hose, derer sich Florian inzwischen entledigt hatte, und ehe Mutter ein Wort herausbrachte, hatte sie diese auch schon angezogen.

Sie passte wie angegossen.

Maria drehte sich stolz einmal im Kreis, streckte ihre Brust heraus und entschied in einem Ton, der keinen Widerspruch duldete:

„Wenn Florian die Hose nicht tragen will, dann werde ich sie eben anziehen. Die ist viel praktischer als die fürchterlichen Kratzstrümpfe. Schließlich mutet man Florian ja auch zu, meine Blusen zu tragen, die eindeutig der weiblichen Anatomie entsprechen."

Mutter fiel aus allen Wolken. Bei Marias letzten Worten ging ein Zucken durch ihren Leib, als habe sie der Blitz getroffen. Nicht nur, dass Maria so aufsässig wurde: Dass sie ihre mit so viel Liebe gestrickten Strümpfe verachtete und zudem mit verwerflichen Argumenten ein so unsittliches Vorhaben verteidigte, das war die Höhe.

Nun gab es kein Halten mehr. „Wo hast du nur solche Ausdrücke her!" schrie sie auf, sichtbar außer Fassung.

„Aus der Biologie", warf die Schwester ein. Ihre Stimme klang betont kühl. Sonst nutzte sie jede Gelegenheit, Maria bloßzustellen. Doch diesmal stellte sie sich nicht auf Mutters Seite.

„Sexualkunde heißt das", korrigierte Maria. Sie sah mit Genugtuung, dass die Schwester bei diesem Wort errötete. Maria wusste wohl, dass das Unterrichtsfach „Biologie" hieß. Das entsprechende Kapitel im Buch war aber mit „Sexualkunde" überschrieben.

„Das ist ja unerhört!", schrie Mutter auf.

Maria wusste sofort, dass Mutters wundester Punkt getroffen war. Dennoch fragte sie keck zurück: „Wegen der ‚weiblichen Anatomie' oder weil ich Hosen anziehen will?"

„Wegen beidem!", zeterte Mutter.

„Aha, so ist das also!", stichelte Maria weiter. „Florian soll, ganz nach Bedarf, mal den kleinen Jungen und mal das Mädchen spielen. Und wenn unsereins Hosen anziehen will, ist das unerhört."

„Das ist etwas ganz anderes. Und zieh sofort die Hose aus!", kommandierte Mutter. Es war deutlich zu erkennen, dass ihr nun die Hand ausrutschen würde.

„Jungen dürfen also alles", fuhr Maria unbeeindruckt fort, „und unsereins darf weder weiblich noch männlich sein. Ein Mädchen ist eben bloß eine Sache - so hättest du das wohl gern!"

„Gib doch endlich nach!", redete nun die Schwester auf Maria ein, „du siehst ja, wie aufgebracht Mutter ist. Und außerdem kannst du die Hose draußen sowieso nicht tragen."

„Und warum nicht, bitteschön?" giftete Maria zurück.

„Weil - weil das viel zu auffällig ist - und außerdem unschicklich", erwiderte die Schwester zögernd.

Maria fiel ein eigenartiger Unterton in ihrer Stimme auf. Er verriet unterdrückte Lust am Verbotenen. - Das war die Gelegenheit, der Schwester zu zeigen, dass sie doch die Mutigere war!

„Du mit deiner ständigen Angst aufzufallen!", höhnte sie. „Und was heißt hier ‚unschicklich'? Die Zeiten ändern sich eben. - Wetten wir: Irgendwann kommen auch Röcke aus der Mode, und dann wirst du als Frau eben auch Hosen tragen müssen, wenn du nicht auffallen willst. Und was machst du dann?"

Maria wusste, wie ungerecht sie war. In der Klosterschule war sie das stille Mäuschen, das vor allem nicht auffallen wollte. Doch zu Hause, gegenüber der Schwester, war das ganz anders. Hier konnte sie mit kleineren oder auch größeren Provokationen ihren Mut erproben. Vor allem aber wollte sie wenigstens einmal das letzte Wort behalten.

Mutter reckte sich zum Himmel, stieß mit zuckender Bewegung aus: „Gott, wenn das Vati wüsste!"

Das war, Maria wusste es, Ausdruck für Mutters höchste Erregung und Hilflosigkeit. So hieß es, wenn sie nicht mehr weiter wusste.

Dennoch gab Maria trotzig zurück: „Du bist ja nur wütend darüber, dass der große Bruder seinen Vati ausgespielt hat."

Und dann warf sie sich in Hose und Rüschenbluse aufs Bett.

Diesmal behielt Maria tatsächlich das letzte Wort.

Verschämt vergrub Maria ihr Gesicht im Kopfkissen. Sie kannte sich selbst nicht mehr. Woher nur dieser Drang, sich hervorzutun? Hatte Mutter denn nicht Recht, ihr Grenzen zu setzen? Wer arm war, durfte nicht mit unanständigem Verhalten Blicke auf sich ziehen. - Und wie konnte sie nur so aufsässig werden? Dem Bruder gegenüber hätte sie das nie gewagt. - Es war unwillkürlich aus ihr herausgebrochen. Nun, an ihrem dreizehnten Geburtstag, hatte sich Vieles Luft gemacht, was schon lange in ihr aufgestaut war.

Und trotz ihrer Wut fühlte Maria sich irgendwie befreit. Der große Bruder war ja nun schon zwei Wochen weg, und sie hatte noch keine Gelegenheit gehabt, ihren Triumph darüber auszukosten. - Warum aber diese Ausfälle gegenüber Mutter? -

Maria schloss die Augen. Sie suchte sich an das erste Care-Paket zu erinnern. Es war über sie gekommen wie die Taler vom Himmel über das arme Mädchen, das sein letztes Hemdchen hergegeben hatte: fast neue Kleidung für alle, erstmals in der neuen Heimat! Außer für Florian. Der hatte mit einer Mädchenbluse vorlieb nehmen müssen. Man hatte ja nichts anderes. Es galt die eiserne Regel der Not: Man gibt sich mit dem zufrieden, was man hat.

Und Mutter hatte damals den richtigen Instinkt bewiesen: Bluse oder Hemd, das spiele keine Rolle, hatte sie souverän befunden. -

Unumstößlich hatte es bis dahin geschienen, das unselige Strampelhosen-Prinzip, das die Welt in zwei Farben aufteilte: Hellblau für Jungen, Rosa für Mädchen. Mutter aber hatte es mit einem Handstreich hinweggefegt. Sie hatte es ersetzt durch das Trümmerfrauen-Prinzip. Angesichts der Not hatte man es sich nicht mehr leisten können, zwischen Männlein und Weiblein solche Unterschiede zu machen. – Schwere Zeiten ändern eben auch die Sitten.

Gewiss: Mutter hatte „nur" der Not gehorcht, nicht dem eig'nen Triebe. Das aber schmälerte nicht ihr Verdienst.

Einen Moment fühlte Maria Stolz auf Mutter. Sie hatte in Zeiten der Not Vati nicht nur vertreten: Sie war selbst ein Vati geworden.

Doch Marias Stolz vermischte sich sogleich mit Bitterkeit: Und nach all dem verweigerte Mutter ihr nun die Hose! Was für Florian gegolten hatte, sollte nun für Maria nicht mehr gelten. Warum nur?

Zweifellos hatte auch das mit Vati zu tun.

Maria erinnerte sich: „Da musst du Vati fragen. Der hat die Hosen an." Ja, so hatte Mutter sich gelegentlich geäußert: Eine Hose, das war für sie nicht nur ein Kleidungsstück. Es war Symbol für Vatis Männlichkeit, für seine Macht und Stärke. Und die war unantastbar. – So stark sich Mutter in der Tat gezeigt hatte: In ihren Gedanken an Vati war sie die schwache, unterwürfige Frau geblieben. Es war ein Sakrileg, sich seiner Symbole zu bemächtigen.

Das hatte diese verruchte, männermordende Lola im Film „Der Blaue Engel" getan: Grell geschminkt, mit Hose und Zylinder, so hatte sie ehrbaren Männern den Kopf verdreht. – Eine geschminkte Frau in Hosen – das war für Mutter Sodom und Gomorra. –

Und dann war der Bruder gekommen. Der hatte plötzlich „die Hosen an". Und Mutter war wieder in die zweite Reihe getreten. – Dabei war der Bruder gerade erst neunzehn! Volljährig, das wusste Maria, wurde man erst mit einundzwanzig. – Hier war alles auf den Kopf gestellt! Das Strampelhosenprinzip hatte wieder obsiegt. –

Und Maria ahnte, dass sie für ihr Frausein würde kämpfen müssen. Und dazu gehörte auch das Recht auf Hosen.

Es hätte bedeutendere Anlässe gegeben, sich mit dem Bruder als Ersatz-Vater zu streiten.

Während der ersten Jahre war es eigentlich noch gegangen. Schon damals hatte der Bruder, obwohl nicht der Älteste, die Arbeiten zugeteilt. Und die Tischgespräche hatten sich meist auf Arbeitsverteilung und Sparsamkeitsappelle beschränkt.

Im Grunde, so analysierte Maria, hatten sie sich schon damals entfremdet. – Auch Notzeiten bringen die Menschen einander nicht unbedingt näher.

Doch richtig schlimm wurde es erst, als Mutter auf die unselige Idee kam, dem Bruder an Vatis Stelle die „Erziehungsgewalt" zu übertragen. Und pünktlich zu Marias zwölftem Geburtstag war er nach Hause zurückgekehrt. Das hatte er damals am Weihnachtstag, als Mutter Vatis Tod bekannt gab, feierlich versprochen.

Der Bruder aber verstand „Erziehungsgewalt" durchaus wörtlich. Und sein Beistand für Mutter in Sachen Erziehung sollte Marias Befürchtungen sogar noch übertreffen.

Und Mutter bestätigte fast täglich diese neuen Machtverhältnisse: Hatte der Bruder einmal entschieden, wagte sie kein Widerwort. Blutete ihr Mutterherz aus Mitleid doch zu sehr, dann suchte sie des Bruders harte Strafen abzumildern, doch nur im Geheimen. Sie wusste ja, dass weder Maria noch Florian sie verraten würde.

Des Bruders erste Sorge als „Familienoberhaupt" war, durchzusetzen, woran Mutter gescheitert war. Und das hieß vor allem: Florians „Eigensinn" zu brechen.

Der Bruder hatte Arbeit in einer neu eröffneten Gärtnerei in der Nähe gefunden. Jeden Abend standen nun, neben den Schuhen der ganzen Familie, ein Paar über und über mit Lehm verschmierte Stiefel vor dem siebenjährigen Florian. Die hatten am Morgen alle blitzblank zu sein, sodass sie Arbeitskollegen und Nachbarn beschämten. Das galt auch, wenn der Regen die Erde so aufgeweicht hatte, dass bereits der erste Schritt Florians mühselige Arbeit wieder zunichtemachte.

Maria war neben ihren täglichen Kochpflichten – Mutter war ja den ganzen Tag als Wäscherin tätig – nun auch für Gartenarbeit zuständig. Anders als Mutter duldete der Bruder die erheblichen Schularbeiten am Gymnasium nicht als Ausrede. Dabei, so schien es ihr, spielte ein gewisser Neid eine nicht unerhebliche Rolle.

Der Bruder hatte ja keine höhere Schulbildung genießen dürfen, so wie Maria und die Schwester. Er hatte in den Zeiten der Not die Schule vorzeitig beenden müssen, um Mutter beizustehen. –

Beklagte er deshalb so gern Marias „Faulheit"? War es vielleicht Schuldbewusstsein dem Bruder gegenüber, das Mutters unseligen Entschluss bestimmt hatte? – Doch warum sollten nun Maria und Florian dafür büßen? War das denn ihre Schuld? –

Und Mutter wurde nicht müde, den Bruder als „leuchtendes Beispiel" hinzustellen, der sich so selbstlos für die Familie „aufopferte". Das aber machte Maria noch weniger geneigt, ihm die Rolle des Vati-Stellvertreters zuzubilligen. Und das war nicht nur Trotz.

Die Schwester aber war im Ganzen fein heraus. Sie war schon in der Quarta des Lyzeums der Klosterschule, kam meist erst mit dem Abendzug nach Hause. Auch wurde ihren Verweisen auf „schulische Pflichten" weit mehr Glauben geschenkt. Das nahm sich so viel seriöser aus als „Hausaufgaben". Maria hätte sich aber eher die Zunge abgebissen, als sich solch gestelzter Begriffe zu bedienen.

So wurde also die Schwester nur am Wochenende mit Arbeiten belangt. Und auch damit hielt sich der Bruder auffällig zurück.

Maria wollte zunächst Mutters Meinung, die Schwester als die Folgsamere habe dies auch verdient, nicht ganz von der Hand weisen. Dann aber fiel ihr deren durchaus geschickte Strategie im Umgang mit dem Bruder auf. Sie musste nur im richtigen Moment die erwachsene Frau spielen, den Busen entsprechend zur Geltung bringen. Dann wurde der große Bruder hilflos und die Schwester von Arbeitsaufträgen verschont.

Maria hätte dann der Schwester am liebsten die Augen ausgekratzt. Mit ihren zwölf Jahren konnte sie da nicht konkurrieren.

Gegenüber Frauen, stellte sie verbittert fest, herrschten eben andere Gesetze als im Umgang mit kleinen Jungen oder Mädchen.

Manchmal sann sie auch darüber nach, wie sie der Schwester ihre Weiblichkeit abspenstig machen könnte. Und es kam vor, dass diese morgens vergeblich ihren Büstenhalter suchte. Später, wenn das Gezeter verklungen war, fand er sich meist ganz zufällig weit unten im Korb mit der dreckigen Wäsche wieder.

Gegenüber Florian gab es für den großen Bruder keine vergleichbaren Hemmungen bei der Durchsetzung der „Erziehungsgewalt".

Florian entwickelte gerade zu der Zeit, als der Bruder das Kommando übernahm, eine beachtliche Fußball-Leidenschaft. Bei jeder Gelegenheit spielte er mit seinen Freunden auf der Wiese. Er kannte alle Mannschaften der Fußballoberliga Süd und die Namen vieler Spieler. Abends gingen die Kämpfe im Zimmer weiter: Jeder vertrat eine Mannschaft, Spielfeld war eine Kiste mit je zwei eingeschlagenen Nägeln als Tore. Dahinein hatten Knöpfe, von einem Flohknopf ins Gleiten gebracht, ein Papierkügelchen zu befördern.

Maria bewunderte die Ausdauer und die Begeisterung, die Florian und seine Freunde dafür aufbringen konnten.

Der große Bruder aber schien das ganz anders zu sehen. Oft fielen gerade dann, wenn Florians Freude sich lautstark äußerte, „wichtige Holzarbeiten" für ihn an, die natürlich sofort zu erledigen waren.

Dass Florian zu Hause immer weniger sprach - Mutter sagte „immer bockiger wurde" - war für Maria kaum verwunderlich. Wer sich vornahm, seinen „Eigensinn zu brechen", der hatte, so meinte sie, kaum besonderen Dank von ihm zu erwarten.

Wie aber dem Brüderchen beistehen? Maria wusste es nicht. Sie fühlte sich schuldig gegenüber Florian, den sie nicht zu schützen vermochte. Und sie fühlte sich gedemütigt: Hatte sie für ihren kleinen Bruder nicht Verantwortung getragen wie eine Mutter, bevor man sie entmündigt hatte? - Ja, sie war Mutter gewesen, ohne Frau zu sein - eine - jungfräuliche Mutter.

Maria erschrak. Sie schlug im Liegen die Hände vors Gesicht: Eine jungfräuliche Mutter? - Jungfrau und Mutter? -

Sie zitterte. Einen Augenblick versuchte sie, die Zweifel zurückzudrängen. Zu spät. - Da war sie wieder! Maria hatte es geahnt, dass sie wiederkommen würde: die donnernde Stimme von der Kanzel - und mit ihr der durchdringende Geschmack der Scham.

Maria erinnerte sich nur zu gut: Es war an jenem unheiligen Tag gewesen, im November der „Heiligen" Jahres, als Maria - wie Mutter sagte - „Frau geworden" war.

Mitten in der Nacht war sie aufgewacht: Das Laken unter ihr - blutbefleckt. Da hatte sie erfahren, was Frausein hieß: Frausein war „Beflecktheit", Ohnmacht, Scham. - Wie sehr hätte sie da des Mitgefühls bedurft! Sie hatte es von der Schutzpatronin erhofft. Die war ja die Gottesmutter. Die musste wissen, was Frausein hieß.

Dann in der Kirche: Sie sucht Trost, sie wird begrüßt von frischem Frühlingsduft. Sie schaut zur Seite: Rote Lippen, Kirschennägel, stolze Fraulichkeit. Von der Kanzel seltsam schwärmerische Töne: „Gottesmutter" - „Jungfrau" - „unbefleckt empfangen" - „mit Leib und Seele in den Himmel aufgenommen". Und, mit erhobener Stimme: „Heiligste Frauenpflicht", „Reinheit und Natürlichkeit". - Dann aber das Gewitter. Pfeile des Hasses prasseln von oben herab, auf die elegante Dame neben ihr: „Schande", „Unnatürlichkeit", „sündhaftes Begehren des Fleisches" - „Sodom und Gomorra".

Maria, befleckt und voller Scham, fraulichen Beistand erflehend, fühlt sich verraten: Die Schutzpatronin - entflohen in ihren „unbefleckten Himmel"! - „Mutter und Jungfrau, unbefleckt!"- also keine Frau! - Was weiß denn die von fraulicher Scham! -

Maria spürte, wie die blassen Lippen bebten: Warum denn musste ihre Schutzpatronin „jungfräuliche Mutter" sein, ihrer Menschlichkeit entsagen? Warum denn wurde ihr Frau zu sein verwehrt? - Wie tröstlich wäre es gewesen, wenn auch sie „befleckt" gewesen wäre - wie alle Frauen. Vollkommenheit aber, die dem natürlichen

Gang der Dinge sich enthob, die schüchterte ein.

Doch – hatte die Schutzpatronin Maria wirklich verraten wollen? – Aber nein! – Sie war ja nicht von selbst geflohen. Auch sie hatte man verjagt. Man hatte ihr die Fraulichkeit, die Menschlichkeit entrissen, indem man sie erhöhte, zu erhöhen glaubte. Und man erniedrigte die Frauen: Sie, die Mutter aller Mütter, sie sollte nicht mit ihnen die „Befleckheit" teilen. – „Befleckt" zu sein, das hieß, des Frauseins sich zu schämen, hieß, sich zu unterwerfen, sein ganzes Leben lang.

Empörung mischte sich mit Selbstmitleid: Sie, die kleine Maria, sie konnte nicht entfliehen ihrer Scham. Sie hatte keinen „unbefleckten" Himmel. Und niemand, der sie trösten wollte.

Maria seufzte. Unruhig wälzte sie sich hin und her:

Und Mutter? – Wer hatte sie getröstet in den Stunden der Verzweiflung? – War das nicht die „Jungfrau"? Warum sonst waren sie täglich fast gepilgert zur Maria-hilf-Kapelle? – Doch wenig später nur war Mutter auch geflohen, weg aus dem Fegefeuer der Verantwortung. Und die hatte sie so tapfer getragen, jahrelang! –

Merkwürdig, zwei Fluchten, die so ähnlich waren! – Hatte gar die eine mit der anderen zu tun? –

Seit Vati verschwunden war, hatte Mutter des Schutzes der Gottesmutter bedurft. Und sie war ihr ergeben – so wie einst dem Vati. Eine „unbefleckte Jungfrau" und Mutter – aber keine Frau! War die nicht Trost und Rettung für Mutter, die selbst ihr Frausein haßte? – Und wenn auch sie für ihr Muttersein das Frausein aufgab, erlöste sie sich dann nicht von „Befleckheit", Ohnmacht, Scham?

Und wie die Gottesmutter dem Gottessohn ergeben war, so unterwarf sich Mutter ihrem eig'nen Sohn. Unterwerfung befreite sie von der Last des Vati-Anteils, von der Verantwortung, die ein grausames Trümmerfrauen-Prinzip ihr aufgebürdet hatte. –

Und es war das noch grausamere Strampelhosen-Prinzip, das erneut obsiegte. Das Mädchen Hosen verbot. Das Mütter dem eigenen Sohn unterwarf. Das Frauen befahl, „befleckt" sich zu fühlen. Und das keine frauliche, keine menschliche Gottesmutter duldete.

33

Und der Bruder? – Der hatte in Wahrheit Vati nie vertreten. Er hatte nur die Vater-Maske aufgesetzt, die das Strampelhosen-Prinzip ihm gereicht. Und das hatte des Bruders Hand geführt wie Knecht Ruprecht seine Rute.

Im Grunde aber, dessen war Maria sich nun sicher, war der Bruder so hilflos wie Mutter. Und vielleicht war er selbst am unglücklichsten. – Ja, auch der Bruder tat ihr Leid.

Und Maria fühlte, dass sie nicht nur Vater, sondern auch Mutter verloren hatte. Doch sie zurückzuholen, lag nicht in ihrer Macht. Sie konnte nur für ihr Recht auf Hosen kämpfen, den Vati-Anteil verteidigen, den sie sich erworben hatte. – Ja, das wollte sie tun.

Und ihre Entschlossenheit erfüllte Maria mit Stolz: Sie hatte ihren Kampf ja bereits begonnen. Und sie hatte ihn mit einer „männlichen" Hartnäckigkeit geführt, auf die der große Bruder nicht gefasst war.

Dem Bruder war die Küchenkompetenz, die Maria sich in den Jahren seiner Abwesenheit erworben hatte, nicht verborgen geblieben. Natürlich ging er davon aus, dass Maria, obwohl entmündigt, diese Arbeiten auch weiterhin übernehmen würde.

Dabei hatte er aber die Rechnung ohne den Wirt, das heißt hier: ohne Maria gemacht! Fantasie und Verantwortung, so sagte sie sich, lassen sich nicht kommandieren. Und wenn diese von ihr nicht mehr gefragt waren – wieso sollte sie sich dann darum bemühen?

Maria erinnerte sich an Mutters Kartoffel-und-Kraut-Tradition der ersten Jahre in der neuen Heimat: Kartoffeln und Kraut, Kraut und Kartoffeln. Zur Abwechslung Kartoffeln und Rotkraut, garniert mit einem netten Spruch: „Man isst, was auf den Tisch kommt."

Sie wollte Mutter und Bruder mit den eigenen Waffen schlagen. Dabei würden freilich Florian und sie selbst am meisten leiden. Das war aber nicht zu umgehen. Sie bat also Florian um Verständnis, der schweren Herzens sein Einverständnis zu ihrem Plan gab.

Zum Glück gab es ja die „schulischen Pflichten". Die brachten es mit sich, dass Maria täglich frühestens gegen zwei Uhr nach Hause kam. Und zweimal wöchentlich war es, wie man leicht einsehen konnte, sogar notwendig, den späteren Nachmittagszug zu nehmen.

Der Bruder hatte Pause von zwölf bis eins. - Der sollte sich sein Essen gefälligst selber machen! Kalte Kartoffeln und Kraut standen ja auf dem Tisch, viermal wöchentlich. Er musste ja ordentlich essen, bei seiner harten Arbeit! Und was übrig blieb, wurde nach Mutters ehemals eisernem Prinzip am Abend wieder aufgewärmt.

Verständlicherweise konnte auch Florian nicht mittags zu Hause sein - bei seinem langen Schulweg! Auch fanden sich Gründe, ihn immer öfter etwas auszudehnen. Das hatte mit einer gewissen Evi zu tun, über deren Existenz aber nur Maria eingeweiht war.

Leicht einzusehen war, dass Florian kaum anders konnte, als mit dem Essen auf Maria zu warten. Er profitierte davon, dass bei den neu eingetretenen Gegebenheiten auch die ältere Schwester keinen Grund fand, sich besonders schnell zu Hause einzufinden und es vorzog, prinzipiell gleich den Abendzug zu nehmen.

Ohne dass es auffiel, konnte Maria mit Florian in der Woche so ihren eigenen Speiseplan als „Geheimplan" weiterführen. Sonntags gönnte man auch dem Bruder ein Stück Fleisch. Solchen Luxus häufiger zu genießen wäre nach seiner und Mutters Überzeugung sowieso bloße Verschwendung gewesen.

So kamen alle mit den neuen Küchenregeln - die für den Bruder ja die alten waren - recht gut über die Runden. Man musste sich ja auf längere Koexistenz einstellen. Ob diese auch „friedlich" zu nennen war, das war freilich, wie so vieles, eine Frage des Standpunkts.

Immerhin: Die Art, wie der Bruder die Kartoffel-und-Kraut-Therapie hinnahm, das nötigte sogar Maria einen gewissen Respekt ab. Sie schrieb das der frischen Landluft zu, die er tagein, tagaus genoss.

Doch schien er sich auch bewusst zu sein, was es hieß, Vorbild sein zu müssen. Er kannte schließlich Mutters Prinzipien aus den

Zeiten der Not am besten. Nun durfte er sie nicht enttäuschen. Eine Versündigung wäre es gewesen, etwas auf dem Teller zu lassen - und seien es auch nur kalte Kartoffeln und Kraut.

Maria schien es in diesen Monaten, als stände die Zeit still, als wäre sie buchstäblich eingefroren. Und das entbehrte nicht einer gewissen Ironie. Und doch sollte sie, wenn sie später daran zurückdachte, sogar für diese harte, aber lehrreiche Zeit dankbar sein. Denn mit Ironie lassen sich schwere Zeiten leichter ertragen.

Florian aber tat sich mit einer Strategie, die nicht den geraden Weg verfolgte, auf die Dauer doch recht schwer. Er war ein aufrechter Junge, sagte geradeheraus, wie ihm zumute war. War der gerade Weg verbaut, so wurde er schweigsam, verschloss sich in sich selbst.

Aus Prinzip und mit äußerster Kraft etwas in sich hineinzuwürgen, was ihm den Appetit verdarb, das war seine Sache nicht. Es schnüre ihm die Kehle zu, wenn er zu etwas gezwungen werde, erklärte er Maria einmal. Und Maria glaubte ihm aufs Wort.

Natürlich wusste sie, dass der Bruder das für Einbildung hielt. Er fand darin die Bestätigung dafür, dass es Florians „Eigensinn zu brechen" galt. Und so musste Maria all ihre Geschicklichkeit aufbringen, um Florian vor Situationen zu bewahren, die er in seiner Geradlinigkeit nicht bewältigen konnte.

Vor allem galt das, wenn seine Augen einmal größer waren als sein Hunger oder auch sein Durst.

Es war an einem schönen Herbstsonntag.

Man hatte sich angewöhnt, wenigstens Sonntagnachmittag Tee zu trinken. Es gab gewöhnlich Pfefferminztee. Der war am billigsten, und alle mochten ihn, auch Florian.

In der Woche davor hatte man Mutter ein Päckchen Schwarztee geschenkt. Der sei sehr teuer, berichtete sie. Man probierte gemeinsam. Auch die Schwester, die sich mit Kritik gewöhnlich zurückhielt, fand ihn „gewöhnungsbedürftig". Florian wurde da deutlicher. Er nannte ihn schlicht „ekelhaft". Nur für Mutter war er „recht ansprechend". Es war ja ein teures Getränk, und dazu noch ein Geschenk. Doch auch sie hatte sich einen Löffel Zucker mehr genommen als gewöhnlich.

Von dem wertvollen Getränk blieb also noch reichlich übrig. Mutter füllte es in eine alte Limonadenflasche und stellte sie nahe der Wasserstelle auf die Kommode.

An diesem Sonntag hatte Florian den Nachmittag mit seinen Freunden Willi und Wunni draußen verbracht. Zur Teezeit kam er zurück. Mutter deckte gerade den Tisch.

Florian, sichtlich durchgeschwitzt, sang froh gelaunt:

„Hob i oanen Durscht, Durscht, Durscht! - mir is olles wurscht, wurscht, wurscht!"

Er sah die Limonadenflasche, schenkte sich ein volles Glas ein, nahm einen großen Schluck. Plötzlich riss er erschrocken die Augen auf, rannte zum Waschbecken. Doch bevor er es erreichte, sprudelte es schon aus seinem Mund.

Gerade in diesem Moment kam der Bruder herein, sah den spuckenden Florian mit dem Glas.

„Das hast du für deine Gier!", peitschte seine Knecht-Ruprecht-Stimme. „Zur Strafe wirst du das Glas austrinken, jetzt sofort!"

Florian kam gar nicht dazu, etwas zu entgegnen. Maria, die am Fenster stand, sah nur, wie er sich vor Ekel schüttelte.

„Das werden wir doch sehen!", brüllte der Bruder.

Er ging auf Florian los, packte ihn, entriss ihm das Glas. Geistesgegenwärtig presste Florian die Lippen zusammen.

Der Bruder packte ihn am Kinn, drückte es nach unten, und bevor Florian reagieren konnte, ergoss sich der Tee in seinen Mund.

Florian röchelte und würgte, schlug um sich.

Maria schrie auf, sprang heran, riss dem Bruder das Glas aus der Hand, das zu Boden fiel. Florian riss sich los, rannte zur Tür, und mit einem lauten Knall war er verschwunden.

Maria stürzte ihm nach, und bevor sie die Türe zuschlug, brüllte sie ins Zimmer: „Du kannst ihn ja gleich umbringen!"

Maria hatte Mühe, Florian hinterherzukommen. Er rannte, so schnell er konnte, Richtung Steinbruch.

Sie keuchte, ihr Herz hämmerte. „Florian, Florian!" schrie sie immer wieder. Sie befürchtete das Schlimmste.

Erst, als sie vor einer Höhle standen, schien sich Florian zu fassen. Entdeckerlust bändigte seine Wut.

Höhlen faszinierten ihn. Sie versprachen Abenteuer, hatten zugleich etwas Fürsorgliches an sich – wie Marias kleine Hütte in der alten Heimat. Und Florian bedurfte der Fürsorge, so wie er sich nach Abenteuern sehnte. Höhlen drangen in die Erde ein, verbargen tief im Innern ihr Geheimnis vor der Welt – vielleicht auch einen Schatz. Und je tiefer, je enger, je dunkler die Höhle, desto geheimnisvoller ihr Versprechen.

„Gehen wir hinein?", fragte Florian mit recht ruhiger Stimme.

Bevor Maria antworten konnte, marschierte er schon geradewegs voran, Maria hinterher. Ihr wurde unheimlich. Es war auf einmal stockdunkel um sie herum. Sie streckte ihren Arm aus, wollte Florians Hand fassen. Der aber schien schon zu weit vorne zu sein.

Plötzlich das Gefühl, als fasse sie jemand von hinten in der Hüfte. Im gleichen Moment ein Schrei. Sekundenbruchteile danach ein dumpfer Schlag aus der Tiefe.

Maria schauderte. Sie blieb augenblicklich stehen, ließ sich auf die Knie herab, tastete sich am steinigen Boden entlang. Noch ein paar Zentimeter, dann griff sie ins Leere: Kein Boden mehr – und Florian verschwunden!

Ihre Kehle schnürte sich zu. Unfähig, auch nur einen Laut auszustoßen, lauschte sie nach unten. Leises Rascheln aus der Tiefe, dann, sehr tief unten, ein leises Plätschern, als sei ein Stein in einen Brunnen gefallen.

Endlich entrang sich ihrer Kehle ein gellender Schrei. Es hörte sich irgendwie an wie „Florian". Tief unter ihr ein leises Wimmern, dann eine matte Stimme: „Ich bin da – es ist so dunkel."

„Halt aus, Florian, halte dich fest!", schrie Maria verzweifelt. „Ich hole dich heraus."

Sie rannte aus der Höhle, suchte einen langen Ast, fand keinen, der lang genug war. Neben ihr ein Haselnussbusch. Doch wie einen Zweig abschneiden? Sie hatte ja kein Messer. Vielleicht mit einem spitzen Stein. Sie fand einen, schlug auf den Ast ein, mit dem Mute der Verzweiflung. Sie spürte, wie ihre Kräfte nachließen.

Dann, von hinten, eine leise, matte Stimme: „Maria, ich bin da."

Florian saß zitternd und leichenblass am Eingang der Höhle. Die nackten Schenkel waren verschrammt und bluteten.

Maria rannte auf ihn zu, umarmte ihn, drückte ihn, so fest sie nur konnte. Sie setzte sich an seine Seite, drückte seinen Kopf an ihre Brust, fühlte seinen keuchenden Atem.

Florian schloss die Augen. Erst nach und nach beruhigte er sich.

Sie mussten lange so gesessen haben, bis Florian wieder die Augen aufschlug. Mit ruhiger Stimme berichtete er:

„Der Boden war plötzlich weg, um mich herum war es so schrecklich dunkel. Erst nach einiger Zeit habe ich weit oben einen fahlen Lichtschein entdeckt. Ich merkte, dass ich auf einer Böschung lag, auf Schotter. Dann habe ich einen kleinen Stein genommen, nach unten geworfen. Er muss sehr, sehr tief gefallen sein. Es dauerte ziemlich lang, bis ich ein Plätschern hörte. Nun wusste ich, dass ich auf keinen Fall weiter nach unten rutschen durfte. Ich fühlte die Felsen hinter mir. Sie waren genügend rissig, sodass ich mich daran festhalten konnte. Und so bin ich langsam nach oben geklettert. Und dann - ja dann habe ich dich gesehen, wie du auf den Busch eingeschlagen hast."

„Ach Florian, lieber Florian! - Das hätte böse ausgehen können!"
Maria erschrak bei ihren eigenen Worten.

„Ja, Maria, ich weiß", erwiderte er kleinlaut, drückte sein Gesicht tief in ihre Brust.

Plötzlich richtete er sich auf, sagte fast vorwurfsvoll: „Warum hast du mich nicht festgehalten, wenn du schon nach mir gegriffen hast?"

„Ich habe dich doch gar nicht fassen können, du warst ja gar nicht mehr da", antwortete Maria verwundert.

„Aber sicher doch!", protestierte Florian, schüttelte den Kopf. „Ich habe deine Hände doch deutlich in den Hüften gespürt!"

„Das - das - das war nicht ich", stotterte Maria, zuckte zusammen.

Sie war sich sicher, dass sie im selben Moment auch zwei Hände in ihrer Hüfte gefühlt hatte.

Maria schaute nach oben, auf Florian. In voller Größe stand er vor ihr: Florian, der Blühende. Ein gleißender Schein umgab sein Gesicht, helle Strahlen umspielten sein Haar. Er erschien ihr wie ein Auferstandener, erstanden aus dem Schattenreich, zum Greifen nah und doch merkwürdig entrückt. -

Deutlich nahm Maria eine Stimme wahr. „Be careful!", flüsterte sie, in sanftem, jungfräulichem Fürsorgeton.

Maria hätte beschwören können, dass es nicht die Stimme der Englisch-Lehrerin war.

2

Adam und Eva
oder
Das Niemandsland

Adam und Eva lebten nackt zusammen im Paradies.
Und sie schämten sich nicht ihrer Nacktheit.

Die Schlange aber verführte sie, vom verbotenen
Baum der Erkenntnis zu essen. Es veränderte nicht
ihre Nacktheit, doch ihre Gedanken.

Und sie sahen, dass sie nackt waren. Und sie schämten sich ihrer Nacktheit.

Es begann damit, dass man am gegenüberliegenden Ufer ein
zweites Boot entdeckte und dass Adam seine Eva fand.

Das zweite Boot befand sich flussaufwärts, von der Anlegestelle
des dorfeigenen Ruderboots aus gesehen. Meist lag es auf der gegenüberliegenden Seite, exakt da, wo die Gemarkungen des Dorfs der
Maibaumdiebe an den Fluss grenzten. Es gab aber Leute, die es
auch auf der diesseitigen Flussseite gesichtet haben wollten.

Das kam vielen verdächtig vor. Denn mit dem gegenüberliegenden Ufer wollte man ja nichts zu tun haben. Auch das diesseitige
Ufer mied man an dieser Stelle nach Möglichkeit – das heißt, wenn
man nicht gerade gezwungen war, Heu einzuholen.

Nun waren zwar schon viele Jahre seit jener frevelhaften Tat ver-
flossen, als Angehörige des Nachbardorfs den dorfeigenen Maibaum gestohlen hatten. Doch die erlittene Demütigung saß so tief,
dass nicht einmal ein gemeinsam verlorener Krieg die Erbfeind-
schaft hatte beenden können.

So bildete der kleine, verträumte Fluss mit seinem fast schwarzen Moorwasser eine Art Grenzlinie zwischen „Gut und Böse", und man tat gut daran, sich nicht zu nahe an sie heranzuwagen.

Auch das diesseitige Ufer war hier eine Art Niemandsland. Und wie es Niemandsländer so an sich haben: Je weniger man darüber wusste, desto mehr gab es zu erzählen. Fantasien waren keine Grenzen gesetzt, wo niemand sich anheischig machte, sie zu überprüfen.

Und für Fantasien gab es reichlich Anlass.

Man erinnerte sich noch gut an den spektakulären Auszug der rothaarigen „Hexe" aus der Messe am Tag der „Unbefleckten Empfängnis Mariens", im „Heiligen Jahr". Man wusste zwar nichts von ihr. Das war aber auch nicht nötig. Sie hatte rote Haare, und das genügte.

Man munkelte, sie sei an jenem Tag in diese Richtung entschwunden, und auch am Flussufer sei sie gesichtet worden. Nie mehr aber hatte man sie in der dorfeigenen Kirche erblickt.

Vieles sprach dafür, dass sie im Dorf der Maibaumdiebe Unterschlupf gefunden hatte. Bezeugen konnte das freilich niemand. Doch wer rechtschaffenen Leuten den Maibaum stahl, dem war auch so eine Schandtat zuzutrauen.

Und überhaupt: Was hatten Fremde an dieser Flussseite zu suchen? Wusste man denn, was sich da so alles abspielte? Vielleicht wurde gar so etwas wie ein Hexensabbat gefeiert!

Es gab also Grund, diese Uferpartie zu meiden wie die Pest.

Rechtgläubige Katholiken beschränkten sich demnach darauf, diesen Uferabschnitt von der Maria-hilf-Kapelle aus zu beobachten, von wo er gut einsehbar war. Zudem befand man sich hier in unmittelbarer Obhut der „unbefleckten Jungfrau".

Manche behaupteten, das Boot sei schon Mitte September gesichtet worden, genau zu Beginn des neuen Schuljahres im „Heiligen Jahr". Doch auch das war nur ein Gerücht.

Und so war es, wie es mit Gerüchten eben so war: Nichts Genaues wusste man nicht.

Gewiss hatten Menschen aus dem Dorf der Maibaumdiebe ihre Finger im Spiel, welche den Fluss gut kannten. Denn, so versicherten Anlieger, außer an der Anlegestelle des eigenen Bootes sei der Fluss nur noch an dieser Stelle gefahrlos zu überqueren. Ansonsten gab es überall Untiefen und kleinere Stromschnellen.

Demgegenüber gaben andere zum Besten, Hexen bedürften solcher Hilfe doch gar nicht. Sie kannten sich ja in vielen Dingen aus, die Rechtgläubigen höchst suspekt erschienen. Wieder andere wandten ein, dass sie doch gar kein Boot brauchten, um den Fluss zu überqueren. Hatte sie nicht ihren Besen, auf dem sie reiten konnten? – Wer aber kannte sich schon so genau aus bei den Gewohnheiten von Hexen?

Als bloßen Aberglauben abtun mochte man solche Überlegungen jedenfalls nicht. Man war ja an Übernatürliches aus dem Katechismus gewöhnt. Auch der Herr war auf dem Wasser gewandelt, und nur der ungläubige Petrus war eingesunken, weil sein Glaube nicht stark genug war. Für wirklich Gläubige war manches möglich, was anderen undenkbar erschien.

Undenkbar erschien auch, was der Wirklichkeit entsprach.

Das Boot wurde nämlich von einem Mädchen namens Evi benutzt, das seit dem Herbst des „Heiligen Jahres" die hiesige Schule besuchte und im Dorf der Maibaumdiebe wohnte.

Das aber war viel zu nahe liegend, um glaubwürdig zu erscheinen, und so wenig geeignet, Fantasien anzufachen. Und niemand im Immer-noch-nicht-ganz-einhundert-Seelen-Dorf brachte die tatsächlichen Gegebenheiten in Erfahrung. Denn mit dem Dorf der Maibaumdiebe wollte man ja nichts, aber auch gar nichts zu tun haben.

Eine Ausnahme gab es aber doch: Florian.

Für ihn sollte Evi neben Maria die größte Bedeutung erlangen. Das aber kam nicht von heute auf morgen: Gut Ding will Weile haben.

Evi war fast zwei Jahre älter als Florian und im ersten Jahr mit ihm zusammen in der Klasse. Sie gehörte zwar schon dem zweiten Jahrgang an. Doch in dieser Zwergschule wurden immer noch jeweils zwei Jahrgänge zu einer Klasse zusammengefasst.

Evi war schon damals auf Florian aufmerksam geworden. Als Klassenbester beschämte er manch einen des zweiten Jahrgangs. Und er war anders als andere Jungen. Wenn man Mädchen verspottete, war er nie dabei, ja, er verteidigte sie sogar. Er übte einen großen Reiz auf Evi aus. Doch Mädchen mussten lernen zu warten, bis ihre Stunde kam.

Florian sah zunächst keine Veranlassung, auf Evi besonders viele Gedanken zu verwenden. Dabei spielte aber die Tatsache, dass sie ein Mädchen war und im Dorf der Maibaumdiebe wohnte, eine geringere Rolle.

Entscheidend für ihn war, dass er ihrer noch nicht bedurfte. Er hatte ja Willi und Wunni. Willi ging zwar noch nicht zur Schule, doch Wunni, etwa so alt wie Evi, war auch in seiner Klasse.

Den langen Weg zum Nachbardorf, wo die Schule lag, machte Florian morgens gemeinsam mit Wunni. Dessen Eltern waren tagsüber nicht zu Hause, und Wunni blieb nach dem Unterricht meist bis zum Abend bei einem Cousin, nicht weit von der Schule.

So musste Florian den gut einstündigen Heimweg alleine machen. Nachdem nun seit März der große Bruder zu Hause das Regiment übernommen hatte, gab es auch keinerlei Veranlassung zur Eile. Florian gewöhnte sich daran, den Schulweg so lange auszudehnen, bis Maria zu Hause war, um mit ihr gemeinsam zu Mittag zu essen. Und das war, wenn Maria den zweiten Nachmittagszug nahm, erst gegen vier Uhr.

Vor allem, wenn es geregnet hatte, gab es für ihn keinen Grund, sich zu langweilen. Auf der ungeteerten Straße bildeten sich Riesenpfützen. Eine ergoss sich in die andere, bis auch diese, bis zum Rand gefüllt, zum Überlaufen kam. Hatte das Wasser einmal die schwächste Stelle der Absperrung gefunden, riss es rasch eine große Furt in den zufällig entstandenen Deich. Es ergoss sich in größeren

Strömen in eine neue Pfütze, Sand und manchmal sogar Steine mit sich reißend.

Für Florian war es ein riesiges Vergnügen, die Entstehung der Welt im Kleinen zu beobachten. Kontinente und Meere bildeten sich und vergingen wieder. Es gab keine schönere Art, die Schöpfung und das Vergängliche kennen und achten zu lernen.

Vor allem aber: Man konnte auch selbst Schöpfer spielen. Nach eigenem Willen schuf er Flüsse und Seen, die er nach Gutdünken mit Barrieren schützte, öffnete und wieder schloss, vergrößerte oder ganz versiegen ließ. Er bildete Länder, Meere und Kontinente und wurde Herr seiner eigenen Welt.

Viel zu schnell verging die Zeit, und manches Mal musste sich Florian bei Maria entschuldigen, die bis spät nachmittags mit seinem Lieblingsessen, Grießbrei oder Pfannkuchen mit Apfelkompott, auf ihn wartete. Er hatte ja keine Uhr, und wenn die Wolken tief am Himmel hingen, konnte er sich nicht einmal nach der Sonne richten.

Doch Maria hatte Verständnis, und sie verpetzte ihn nie, vor allem niemals beim Bruder.

Noch gegen Ende des ersten Schuljahres begann auch Florian sich für Evi zu interessieren. Das war zu der Zeit, als der große Bruder die Möglichkeiten testete, Florians „Eigensinn zu brechen".

In Florians zweitem Schuljahr wurden beide wieder getrennt, denn Evis dritter Jahrgang wurde mit den Viertklässlern zusammengefasst. Inzwischen hatten sich aber bereits so feste Gewohnheiten herausgebildet, dass ihre Beziehung darunter keinen Schaden litt.

Dazu gehörte der gemeinsame Rückweg von der Schule. Eigentlich war dieser nur zum kleinen Teil gemeinsam, doch Florian, ganz Kavalier, nahm einen kleineren oder auch größeren Umweg gerne in Kauf.

Nicht einmal mehr Willi, der inzwischen auch eingeschult worden war, bildete nun eine Konkurrenz. Und Willi sollte bald mit seiner Mutter in die Stadt ziehen – „zu den Amerikanern", hieß es. So sehr Florian Willi mochte, er war nicht einmal traurig darüber.

Denn weder er noch Evi hatten Interesse daran, ihren Kreis zu erweitern. Sie bildeten ein Paar, das zusammengehörte – wie Adam und Eva. Die waren auch aus ihrem Paradies vertrieben worden, und sie hatten sich dennoch nicht gleich getrennt. Und das sprach durchaus für sie.

Florian freute sich riesig, als er endlich ins dritte Schuljahr kam: Es war das Jahr der Wiedervereinigung – nicht der zweier deutscher Länder, die sollte noch auf sich warten lassen. Im Kleinen aber wuchs schon damals zusammen, was zusammengehörte, und das waren Florian und Evi.

Für Florian war es selbstverständlich, sich mit Evi zu zeigen. Als Banknachbarn bildeten sie nun auch äußerlich sichtbar eine Einheit.

Natürlich wollten in der Klasse die Jungen unter sich sein. Man stellte seine Jungenhaftigkeit unter Beweis, indem von der Mädchengruppe auch räumlich gebührenden Abstand hielt. Florian aber hatte sich, da in den Jungenreihen ein Platz fehlte, freiwillig zu Evi in die zweite Reihe gesetzt.

Das hatte durchaus gewisse Vorteile. So bei der täglichen Fingernagelkontrolle, bei der man alle Finger ausgestreckt auf die Bank zu legen hatte. Dabei würdigte die Lehrerin die Mädchenhände kaum eines Blickes. Über die Jungennägel wachte sie jedoch mit solchen Argusaugen, dass es selbst eitlen Mannequins den Rang abgelaufen hätte. Wer sich auch nur mit dem Ansatz eines Trauerrands ertappen ließ, hatte seiner Scham durch Eckestehen gebührenden Ausdruck zu verleihen. Grenzen fand diese Strategie allerdings durch die Tatsache, dass es nur vier Ecken zu besetzen gab. Im Wiederholungsfall waren daher Tatzen mit einer dünnen Rute auf die Fingerspitzen fällig.

Florian aber genoss durch sein mutiges Bekenntnis nicht nur bei der Lehrerin, sondern auch bei den Mädchen Respekt. Manch eine beneidete Evi sogar für ihren Banknachbarn. Und auch die Jungen erkannten, dass sie es ihm zu danken hatten, dass der Kelch der Schande an ihnen vorübergegangen war.

46

Es gab also keinen Grund für Florian, die Verbindung mit Evi geheim zu halten – außer zu Hause.

Merkwürdig war dennoch, wie wenig im Dorf davon Kenntnis genommen wurde. Niemand achtete darauf, dass Evi im Dorf der Maibaumdiebe wohnte, mit dem man ja tödlich verfeindet war.

Natürlich kommen einem dabei Romeo und Julia in den Sinn. Doch anders als diese beiden entstammte unser Pärchen nicht hoch angesehenen Familien der Stadt bzw. des Dorfes. Beide waren im Grunde Fremde geblieben, und das hatte in ihrem Fall sogar Vorteile. Denn als Fremde besaßen sie eine Art Narrenfreiheit, und mit der ließ sich durchaus leben, wenn man es verstand.

Es gibt also keinen Anlass, ein tragisches Ende dieser aus Sicht der Dörfler eigentlich skandalträchtigen Beziehung zu erwarten.

Skandalträchtig heißt ja nicht skandalös, denn dies setzt ein gewisses öffentliches Interesse voraus. Im Grunde kann jede Beziehung „skandalös" erscheinen, wenn es der eingeübte voyeuristische Blick so will. Doch wo dieser fehlt, weil schlicht kein Interesse daran besteht, lässt sich manch kaum erwarteter Freiraum finden. Und Evi wie Florian verstanden ihn in ihrem Sinne zu nutzen.

Ironischer weise profitierte Florian dabei von vergangenen Kämpfen eben des großen Bruders, der ihn nun in Evis Hände trieb. Der hatte ja die erste Welle des Misstrauens gegenüber „Zuagraosten", bisweilen auch handgreiflicher Art, erlebt und ausgestanden. Doch selbst dieses Misstrauen war mittlerweile erlahmt und einer Normalität, ja sogar einem gewissen Interesse gewichen: Zwar hatten die Älteren der Familie inzwischen das Weite gesucht, doch es wuchsen ja noch zwei Mädchen heran, die, wenn auch keine Güter, so doch immerhin gewisse Reize zu bieten hatten. Und mit Schönheiten des anderen Geschlechts, welche Hoffnungen nähren konnten, war man ja dieser Orten, wie bereits berichtet, nicht gerade gesegnet.

Einen handfesten Skandal hatte man aber auch zu bieten. Der war mit dem Namen Karin verbunden.

Karin war drei Jahre älter als Maria, zu dieser Zeit also sechzehn. Angesichts des Notstands, was das andere Geschlecht betraf, war es nur zu verständlich, dass so mancher hoffnungsfrohe junge Mann seine Blicke an ihre Rocksäume heftete. Das heißt: Man hätte es gerne getan. Doch bei Karin ergaben sich dabei gewisse Probleme. Karin trug nämlich gar keine Röcke, sondern Hosen!

Nun kann man nicht behaupten, dass man, wenn es bei Blicken blieb, bei Karin nicht auf seine Kosten kam. Denn so zugeknöpft sie sich unten zeigte, so offenherzig ging es weiter oben zu - doch, und das ist die Krux bei der Geschichte, eben nur für neugierige und gelegentlich auch „unzüchtige" Blicke.

Wer mehr als einen kessen Blick, etwa eine kesse Lippe riskieren wollte, der war bei ihr aber an der falschen Adresse. Denn Karin war nicht auf den Mund gefallen. Und sie war keine „Zuagroaste", die man unverzüglich hätte Mores lehren können.

Und Karin war so ehrvergessen, mit den schmachtenden Blicken, die sie auf sich zog, nur zu spielen. Sie verstand es nämlich sehr gut, sie in die Schranken zu weisen. Dazu gab es außer Religion - was nicht unbedingt Karins Fall war - auch die Insignien der Macht. Und da rangierte, noch über Rohrstock und Soutane, das Militärkäppi.

Karin schämte sich nicht, Arm in Arm mit dem Träger einer fremden Uniform durchs Dorf zu schlendern. Und was das Allerschlimmste war: Dessen Gesicht war schwarz!

Wie sehr Karin auf dem Pfad der Untugend wandelte, war schon daran zu erkennen, dass sie sich die Lippen schminkte, in tiefem Rot, wie amerikanischen Frauen. - Und musste sich denn über Gerüchte wundern, wer in solcher Weise brave Christenmenschen in Versuchung führte? -

Sogar von Mädchenhänden mit langen, rot lackierten Fingernägeln wurde berichtet, obszön eine fremde Uniform und schwarze Haut umfassend! Und gar mancher hätte wohl beschwören wollen, dass es sich dabei um Hexenkrallen handelte.

Wie man sich solch „obszönes Umfassen" vorzustellen habe, das mochte man aus Gründen der Scham doch lieber im Dunkeln

48

lassen. Zudem war es viel erregender, sich in bunten Farben auszu-
malen, was man nicht so genau wusste.

Fantasie und moralisches Empfinden waren also zu dieser Zeit in
hohem Maße erregt. Und man war viel zu sehr mit dem Weiter-
geben und Erfinden von Gerüchten beschäftigt, um sich mit so
unscheinbaren Knirpsen wie Florian und Evi abzugeben.

Evi, ein außerordentlich aufgewecktes Mädchen, wohnte allein
mit ihrer Mutter. Sie war, als sie in die dritte Klasse kam, fast zehn
Jahre alt. Sie hatte ein blasses, fein geschnittenes Gesicht und halb-
lange, blond gelockte, leicht rötliche Haare. Auch sie wuchs ohne
Vater auf. Und auch sie hatte, wie Florian, ihren Vater nie kennen
gelernt. Immerhin hatte der sie noch gesehen. Gleich nach ihrer
Geburt, kurz bevor er an einer unheilbaren Krankheit starb, war er
von der Front in Russland zurückgekehrt.

So hatten sich zwei Kinder mit ähnlichem Schicksal in der Fremde gefunden. Das heißt: Eigentlich stammte Evis Mutter aus der
Gegend, sie hatte aber die Kriegszeit und die Jahre davor in Berlin
verbracht.

Genaueres konnte Evi darüber nicht berichten. Doch sie wusste,
dass ihre Mutter es zu Hause, bei ihren Eltern, sehr schwer gehabt
hatte. Evis Mutter kümmerte sich zwar rührend um sie, dennoch
fühlte sich Evi oft allein.

Manche Mädchen ihres Alters, die sich alleine fühlten, vertrauten
ihre geheimen Gedanken einem Tagebuch an. Sie hüteten es wie
ein wertvolles Schmuckkästchen, zeigten es niemandem, kamen
aber nicht umhin, ständig davon zu reden. Sie wagten nicht, diesen
Schmuck zu tragen, wollten ihn aber doch aller Welt präsentieren.

Evi aber hatte Glück. Sie brauchte kein Tagebuch, um sich auszusprechen. Sie hatte ja Florian. Er war für sie das Tagebuch – nicht
anders als für Maria. Und dieses Tagebuch brauchte man vor niemandem zu verstecken.

Er war nicht mehr Klein-Florian, sondern ein kluger, aufgeschlos-
sener Junge. Und er war nicht so grob zu Mädchen wie andere
Jungen seines Alters. Und das schätzte Evi an ihm.

Florian erzählte Maria oft von Evi, und Maria war sehr froh darüber. Sie freute sich auch, wenn sie ihren kleinen Bruder über manche Dinge „aufklären" konnte, über die Mutter nicht so gerne sprach. Florian grinste nicht verlegen und rümpfte nicht die Nase, wenn sie mit ihm über „Frauenangelegenheiten" redete.

Maria sagte immer „Frauenangelegenheiten", wenn sie von sich oder Evi sprach. Sie sagte nie „Mädchen". Sie mochte dieses Wort nicht, das ihr nicht einmal einen weiblichen Artikel zubilligte.

Natürlich wusste sie: Es hieß auch „das" Jungchen oder „das" Herrchen. Jedes Diminutiv war neutral, der Artikel hing von der Verkleinerungsform „-chen" ab. So hatte es Schwester Katharina erklärt. Dennoch fand Maria es sehr ungerecht gegenüber Mädchen. Denn man sagte ständig „das" Mädchen oder „das" Fräulein. Doch man rief nicht den ganzen Tag „das Jungchen". Man sagte schlicht „der Junge" – oder auf bayrisch, echt „zünftig": „der Bua".

Florian schien sich, dank Evis Hilfe, in „Frauenangelegenheiten" inzwischen gut auszukennen, besser als in „Männerangelegenheiten". Und er erzählte Maria alles mit geradezu rührender Offenheit.

Eigentlich war es Evi, die Florian „aufgeklärt" hatte. Sie fand seine „Naivität" oder besser seine Unbefangenheit „einfach süß". Er konnte sich so gut auf Mädchen einlassen, fühlte, so meinte sie, fast wie ein Mädchen. Florian empfand das durchaus als Kompliment.

Es war im zweiten Sommer nach Florians schrecklichem Heiligen Abend im „Heiligen Jahr". Florian war neun und Evi bald elf Jahre alt. Maria sollte erst mit dem späteren Nachmittagszug nach Hause kommen, und Florian begleitete Evi, wie gewöhnlich, bis zum Fluss, ins „Niemandsland". Dort legten sie sich ins Gras.

Florian erzählte Evi auf dem Weg den Hergang der Ereignisse an jenem unheiligen Tag, als er stundenlang knien musste, weil er nicht „um Verzeihung bitten" wollte. Florian wusste ja nicht wofür. Er hatte nur mit seinen Freunden Wunni und Willi um die Wette gepinkelt. Und das war doch nichts Verbotenes.

Er erzählte auch, dass er Maria gezeigt habe, wie man den Schniedelwutz halten musste, damit man einen richtig weiten Bogen hinbekam. Leider habe er nicht mehr prüfen können, ob Maria seine Demonstration auch richtig verstanden habe, denn die Mutter sei ja so schrecklich dazwischengefahren.

Evi lächelte: „Was hätte deine Schwester denn machen sollen? Sie ist ja schließlich ein Mädchen. Einem Mädchen kommt es nicht auf weite Bögen an. Dafür aber wird es eine Frau und kann Kinder bekommen."

„Wieso dafür?", protestierte Florian.

„Weil du keine Kinder kriegen kannst", klärte Evi auf. „Du bist ja ein Junge. Du bekommst ja auch keine Brust."

So unverblümt darauf zu bestehen, was Jungen gegenüber Mädchen fehlte und was sie nicht konnten, das fand Florian entwaffnend und brutal. Er wollte ja gar nicht anders sein als Evi. Nun aber hatte sie ihn gereizt.

„Was?", rief Florian und schob sein Hemd hoch. „Und was soll das sein?"

„Natürlich nennt man das auch Brust, es ist aber keine Frauenbrust, so wie ich jetzt eine bekomme."

Florian schaute sie ungläubig an: „Wieso?"

Evi lachte.

Florian schien irritiert. „Du meinst, du bekommst eine richtige Brust, so wie Maria?"

Evi schmunzelte. „Ja, natürlich!"

Sie hätte Florian am liebsten einen Kuss gegeben. Sie fand ihn ja so süß. Und sie flüsterte ihm geheimnisvoll ins Ohr: „Ich kann es dir ja zeigen, aber nur, wenn du mir ganz fest versprichst, es niemandem zu erzählen."

„Großes Ehrenwort!", gab Florian prompt zurück.

Evi zog langsam ihre Bluse hoch, bis zum Hals, dann den kleinen BH, den sie schon trug. Sie war offensichtlich stolz darauf.

Florian schaute durchaus interessiert, verglich mit seiner Brust. – Ja, sie sah doch etwas anders aus, war einiges runder als seine.

„Du bist ja auch älter", wehrte er schließlich ab.

51

„Dennoch bekommst du nie so eine Brust wie ich."

Nun wurde Florian doch neidisch.

„Du kannst aber ruhig fühlen", tröstete ihn Evi. Und als Florian zögerte, nahm sie seine Hand und ließ sie über ihre Brüste gleiten.

„Es ist schön weich", kommentierte Florian anerkennend, „fast so weich wie Moos."

„Du brauchst schon ziemlich viel Moos, wenn du auch so eine Brust unter deiner Bluse haben willst", neckte Evi weiter.

Natürlich hatte sie längst bemerkt, dass Florian eine Mädchenbluse trug, doch sie hatte sich bisher nie dazu geäußert.

Florian sprang auf. „So viel auch wieder nicht. Wollen wir wetten, dass ich bald so viel gefunden habe?"

Nach wenigen Minuten kehrte er mit einem Berg von Moos zurück. Es reichte nicht nur für ihn. Auch Evis Busen wurde so groß, dass ihre Mutter sicher neidisch geworden wäre. Florian stopfte noch mehr Moos unter seine Bluse. Sein Busen durfte doch nicht kleiner sein. Sein Pinkelbogen war ja auch der größte gewesen.

„Er muss auch so groß sein, für das Baby", belehrte Evi.

„Es muss schön sein für ein Baby", sagte Florian, drückte auf seinen weichen Busen, dann auf den von Evi. Niemals hätte er gesagt, dass er gern ein Baby wäre. Das gehörte sich für Jungen nicht. Doch er meinte es durchaus so, wie Evi seiner Stimme entnahm.

Und ehe Florian sich's versah, hatte Evi ihm einen Kuss auf die Stirne gedrückt.

„Weil du so lieb warst", fügte sie hinzu.

Nun wurde Florian doch rot. Er fühlte sich plötzlich unbeholfen.

Und dazu neckte Evi weiter: „Ich habe noch nie eine Frau mit so großem Busen in Lederhosen gesehen."

Florian sprang auf. Doch Evi war schon am Wasser, flüchtete sich ins Boot.

Florian schnappte nach dem Bootsrand, rutschte aus, stürzte kopfüber ins Wasser. Mit triefend nasser Bluse kam er heraus. Traurig schwamm sein Busen davon, hinterließ auf der weißen Bluse dunkelgrüne Spuren.

Evi lachte kurz auf. Dann aber kam die fürsorgliche Evi zurück.

Sie half Florian ins Boot, zog seine Bluse über den Kopf, wrang sie aus, wischte damit über seine schmale Jungenbrust. Dann legte sie ihren Arm um ihn und drückte ihn fest an ihren übergroßen, weichen Busen aus Mädchenbrust und Moos.

„So kannst du aber nicht nach Hause gehen. Komm mit, ich gebe dir eine Bluse von mir. Ich wohne ja gleich über dem Berg."

Florian widersprach nicht. Er fühlte sich wohl in Evis Armen. Mutter hatte ihn nie so in ihre Arme genommen. Maria manchmal schon, aber das war anders.

Auf dem Weg bekundete Evi Florian ihren Respekt dafür, dass er sich ihr freiwillig mit „Frauenbusen" gezeigt hatte.

Florian staunte: „Und welches Problem siehst du dabei?"

Evi lächelte über seine Unschuldsmiene.

Andere Jungen, so erfuhr er nun, hätten bei solchen Dingen sehr wohl Probleme. Evi erzählte von einem Vorfall aus der dritten Klasse.

Zwei Jungen waren, weil sie Strumpfhosen trugen, ständig von anderen gehänselt worden. Einmal wurden sie von zwei Klassenkameraden gefragt, wann ihnen denn die Brüste wachsen würden und wann sie ihre Tage bekämen. Zur Rache „entführten" die Strumpfhosenträger die beiden frechen Jungs. Das sei „Indianerbrauch", erklärten sie.

Die „Gefangenen" wurden in Mädchen verwandelt. Zuerst mussten sie Monatshöschen anziehen, in Himbeersaft getränkt, damit es echt aussah. Dann wurden sie mit weiteren fraulichen Attributen ausgestattet: Büstenhalter, mit stinkenden Socken ausgestopft, weiße Rüschenunterhöschen, die unter dem Blumenrock hervorschauten, dazu rosarote, langärmlige Blusen. Auch kleine Zöpfe, gepuderte Wangen und rot geschminkte Lippen fehlten nicht.

Zur Krönung wurden Fotos gemacht – mit dem sanften Hinweis für die Gefangenen, die könne man ja in der Klasse zeigen, falls sie auf die Idee kämen, etwas zu verraten.

Nun wurde Florian doch etwas unruhig. Er trug ja auch die alten Blusen seiner Schwestern. Doch niemals hatte er sich darüber Gedanken gemacht. Nun wunderte es ihn, dass es noch niemandem in der Klasse aufgefallen war.

„Und woher kennst du die Geschichte?" fragte er nachdenklich.

„Manchmal ist es besser, nicht alles zu wissen", war Evis viel sagende Antwort. „Auch Mädchen können Geheimnisse für sich behalten."

Florians Blick fiel auf seine nackten Beine: Die roséfarbene Strumpfhose von Maria aufzutragen, das war ihm zum Glück erspart geblieben. Und das hatte er Mutters Kratzstrümpfen zu verdanken.

Seit er Evi kannte, hingen sie nicht mehr in großen Ballen an seinen Schenkeln. Wie schon vor ihm Maria entledigte sich Florian nun der Kratzmonster täglich am Schulweg und verstaute sie in der Tasche.

Dass nun die Füße, in durchaus unanständiger Weise, nackt in seinen Schuhen steckten, war nicht einmal der Lehrerin aufgefallen. Er saß ja neben Evi, in der zweiten Bankreihe. Und die Aufmerksamkeit der Lehrerin war regelmäßig auf die hinteren Reihen gerichtet, wo die weniger fleißigen Schüler saßen. Zudem wehrte Evis langer Rock aufdringliche Blicke auf seine Beine wirksam ab.

„Aber ich trage doch auch die Bluse meiner Schwester", gestand nun Florian treuherzig.

„Ich weiß", bemerkte Evi, durchaus wieder etwas neckisch. Als Florian rot anlief, fügte sie in schmeichelndem Ton hinzu: „Du aber bist viel zu nett, um dich zu hänseln."

Und zur Bekräftigung gab sie ihm einen Kuss, der sanft seine Oberlippe berührte.

Eine weitere Aufklärung benötigte Florian nicht. Und er war froh darüber, dass es auf diese Weise geschehen war. Bei Mutter hätte das sicher ganz anders ausgesehen. Doch Mutter, das stand auch für Florian fest, würde sich auf so heikle Dinge ohnehin nicht einlassen. Und das war ihm auch lieber so.

Es war das erste Mal, dass Florian Evi besuchte, und er kam mit einer neuen weißen Bluse zurück. Sie sah ähnlich aus wie die alte, doch war sie nicht so abgetragen.

Maria bemerkte es sofort, nicht aber Mutter und der Bruder. Und so trug Florian Evis Bluse auch weiterhin.

Ganz unbefangen erzählte Florian Maria, was sich zugetragen hatte. Erst als ihm sein Versprechen wieder einfiel, stockte er verlegen.

„Sagst du auch wirklich niemandem etwas?", fragte er Maria besorgt.

„Großes Ehrenwort", entgegnete Maria, und Florian war beruhigt.

Im Geheimen gestand sich Maria ein, wie sehr sie Florian und Evi darum beneidete, so unbefangen miteinander umgehen zu können.

Vielleicht hatten ihre Klassenkameradinnen doch Recht: Im Umgang mit Jungen war sie in der Tat wie die „Unschuld vom Lande".

Für Maria existierte das männliche Geschlecht vorwiegend in Form ihres kleinen Bruders, den es bisweilen zu trösten galt. Und wenn sie ganz ehrlich war, gestand sie sich ein, dass sie des Trostspendens mehr bedurfte als Florian ihres Trostes.

Nie hätte sie, so wie Evi, Florian zu necken gewagt. Zu sehr benötigte sie ihn, um sich durch Fürsorge ihrer selbst als Mädchen – oder besser als heranwachsende Frau – zu versichern.

Florian bedurfte keiner Bestätigung seiner Jungenhaftigkeit. Er schämte sich nicht, seine Enttäuschung zu äußern, dass ihm keine Brüste wachsen würden wie Evi. Und er hätte sich durchaus vorstellen können, ein Kind zu bekommen.

Maria verstand Evi vollkommen. Florian zeigte so wenig Neigung, sich von Mädchen abzugrenzen. Er hatte es nicht nötig, mit durchaus eindeutigen schlüpfrigen Sprüchen seine Jungenhaftigkeit zu demonstrieren. Was andre für „naiv" halten mochten, war gerade seine Stärke. Es machte ihn auch für Evi so anziehend.

Manchmal fragte sich Maria, ob es für Florian nicht noch schwieriger sein musste, ohne Vater aufzuwachsen, als für sie. Er sollte ja einmal ein Vater werden. Wie aber sollte er es lernen? Maria hatte wenigstens Mutter, mit der sie über „Frauenangelegenheiten" streiten konnte, auch wenn ihr Mutter in dieser Hinsicht nicht sehr kompetent erschien.

Sicher aber hatte Florian Recht, wenn er sich nicht krampfhaft auf seine spätere Vaterrolle kaprizierte. – War es denn so wichtig, in wessen Bauch das Kind aufwuchs, das ja Anteil hatte an Mutter und Vater?

Florian hatte früher begriffen als sie, dass in ihm auch ein Teil der Mutti steckte, so wie Vati in Maria.

Florian lernte auch Evis Mutter kennen. Denn Evi verstand es, die Freiheiten im „Niemandsland" zu nutzen, und Florian folgte freudig. Und immer, wenn er von Evis Mutter kam, leuchteten seine Augen.

Vergeblich drängte Maria darauf, ihr Evis Mutter zu beschreiben.

„Eine schöne Frau lässt sich nicht beschreiben", war Florians lakonische Antwort.

Und Maria bemerkte durchaus mit etwas Stolz: Ihr Brüderchen entwickelte sich zum Frauenkenner. Er wusste, wann Respekt angebracht war, und wann Diskretion. Er war nicht nur anders als die meisten anderen Jungen, er war ihnen auch weit überlegen. Denn er wusste längst, was diese nicht wahr haben wollten:

Wem nichts Besseres einfiel, als Mädchen hinterher zu pfeifen, wer halb verlegen, halb hämisch grinste, wenn es um „Frauenangelegenheiten" ging, der war nichts weiter als ein blutiger Ignorant.

Man musste nicht ins Paradies zurückkehren, um zu wissen, dass es keinen Grund gab, sich seines Körpers zu schämen. Man brauchte nur ein kleines „Niemandsland", frei von schlechten Gedanken.

3

Aschenputtel-Träume
oder
Kleine Fluchten

„Flucht" ist nicht gleich „Flucht". Es gibt kleine, große und verheerende Fluchten.

Verheerende Fluchten fegen über das Land hinweg wie eine gewaltige Sturmflut. Sie reißen alles mit sich in ein Meer der Hoffnungslosigkeit. Trügerische Stille geht ihnen voraus. Oft aber wissen die Menschen solche Vorboten nicht zu deuten.

Auch große Fluchten sind schlimm. Sie entwurzeln die Menschen, entfremden sie der Wirklichkeit und sich selbst.

Nicht so kleine Fluchten. Sie können heilsam sein, können helfen, die Wunden großer Fluchten zu heilen.

Ob auch verheerende Fluchten heilbar sind, das ist eine andere Frage. Um deren Folgen zu heilen, braucht es sicher viel, viel Zeit.

Zu der Zeit, als der große Bruder in die Vater-Maske geschlüpft war, hatte auch Maria mit dem Gedanken gespielt wegzulaufen – ganz weit weg. So hatte sie als Kind einmal weglaufen wollen, es dann aber doch nicht getan. Auch jetzt gab es gute Gründe, die dem entgegenstanden.

Der wichtigste Grund war Florian. Nachdem man ihr die Verantwortung für ihn entzogen hatte, fühlte sich Maria ihm noch mehr verbunden, gerade jetzt, nach Florians Fluchtversuch.

Nein – fliehen, das ging nicht, auch mit Florian zusammen nicht.

Und überhaupt: Wer einmal eine große oder gar verheerende Flucht erlebt hatte, der überlegte es sich gründlich, ob er noch einmal fliehen sollte. Er versuchte es lieber mit kleinen Fluchten.

So Florians Flucht zu Evi. Sie half ihm aus seiner inneren Not. Und es schien, als habe sie ein Wunder ausgelöst: Denn wenig später war auch der Bruder geflüchtet: aus der Vater-Maske zurück in die Fremde. Und er hinterließ als Frucht seines Scheiterns einen strahlenden Florian. – Auch Fluchten können heilsam sein.

Zu dieser Zeit gab es im Osten Deutschlands viele Menschen, die ähnliche Hoffnungen hegten. Man hörte wieder viel von großen Fluchten. Und man hörte viel von Ost-Berlin. Das war der Teil Berlins, der sich wieder „Hauptstadt" nannte und im Osten lag. Und der hieß jetzt DDR. Diese Buchstaben wurden aber nur geflüstert. Man dürfe sie nicht laut sagen. Der richtige Name sei nämlich SBZ.

Maria verstand nicht, warum diese drei Buchstaben besser sein sollten. Eigentlich waren sie noch schlimmer. Sie erinnerten an KZ. Und das, so hatte sie gehört, waren die schlimmsten Buchstaben überhaupt. Was sie bezeichneten, war offenbar so schlimm, dass man dafür eine Abkürzung brauchte, die auch als Autokennzeichen hätte dienen können. So ersparte man sich weitere Gedanken.

Es gab für den Teil Deutschlands, der im Osten lag, auch noch ein anderes Wort: Das hieß „Zone". Darunter konnte sich Maria nun überhaupt nichts vorstellen. Sie kannte das Wort nur von der Klosterschule. Da gab es auch verbotene „Zonen". Die durften die Mädchen nicht betreten.

In der „Zone", so hieß es nun, gebe es Unruhe, besonders in dem Teil von Berlin, der zu dieser „Zone" gehörte und der sich „Hauptstadt" nannte. Sogar von Aufstand war die Rede.

„Aufstand" war ein Wort, das wirklich bedrohlich klang. „Mach bloß keinen Aufstand!" war die schlimmste Drohung, zu der Marias älterer Bruder gegriffen hatte. Damit wurde jede kleine Ungezogenheit als Verbrechen eingestuft. Und auch Florian wusste, dass danach Schläge folgten. Und die erschienen dem älteren Bruder ebenso „angebracht" wie Mutter.

Große Fluchten gab es nur in eine Richtung.

Viele Menschen flüchteten, so hieß es, aus der „Zone" in den „goldenen Westen". Das klang so, als erwarteten sie hier „goldene Zeiten". – Wer so redete, dachte Maria, der wusste nichts von Flucht, von Verlust der Heimat. Gewiss, man konnte hier, im „goldenen Westen", überleben, „sein Auskommen haben", wie Mutter sagte. Und man konnte Dinge sehen, die man sich doch nicht leisten konnte. Doch all das gab einem nicht zurück, was endgültig verloren war. Und Maria dachte mit Wehmut an ihre kleine Hütte in der alten Heimat, wo sie Märchen gelesen und, manchmal auch mit Vati, gespielt hatte. Das waren für sie die „goldenen Zeiten".

Auch Mutter hatte einmal behauptet, sie hätten sich auf die „richtige" Seite geschlagen. Das war nach einem „Flüchtlingstreffen". Dabei war das gar nicht ihre Sache. Da wurde so viel von „Heimat" geredet. Und das vertiefte nur den Schmerz. Sie meinte, man solle lieber davon sprechen, wie man am besten über die Runden kam.

Doch auch Mutter fragte sich nicht mehr, wie man überhaupt „sieben hungrige Münder stopfen" konnte. Und das war ein Zeichen dafür, dass es wirklich aufwärts ging.

Genaueres darüber, warum es wieder große Fluchten gab, war nicht zu erfahren. Dazu hätte man ein Radio gebraucht, und das besaß man nicht. Vielleicht wollten die Menschen auch nichts Genaueres wissen. Man schätzte sich ja glücklich, von der neuen „Flüchtlingswelle", zumindest bisher, „verschont" geblieben zu sein.

Es war im dritten Sommer nach dem „Heiligen Jahr", im achten Jahr nach der „verheerenden Flucht".

Maria war nun mit Mutter und Florian allein im Haus. Die zwei Jahre ältere Schwester, Nummer fünf im Familienplan, hatte überraschend die Klosterschule abgebrochen und war, wie der ältere Bruder, auch „in die Fremde" gegangen.

Maria wunderte sich darüber. Man hatte die Schwester doch immer als so „tüchtig" und „folgsam" gelobt. – Immerhin, so viel lernte sie daraus: Nicht immer lohnte sich „Folgsamkeit".

Für Maria brachte der Weggang der Schwester gewisse Vorteile. Nun besaß sie endlich ihr eigenes Bett, ja sogar so etwas wie eine eigene Kammer. Zimmer konnte man das zwar nicht nennen. Doch im Vergleich zu früher, als sich acht Personen ein einziges Zimmer teilen mussten, waren die Wohnverhältnisse nun geradezu luxuriös.

Maria war freilich der Meinung, dass ihr in ihrem Alter - sie war nun immerhin schon vierzehn - wenigstens eine Ecke für sich alleine zustand. Mit Florian, vor allem aber mit Mutter weiter in einem Zimmer schlafen zu müssen, das empfand sie als Zumutung, auch wenn die Betten durch Leintücher optisch abgetrennt waren.

Sie bot Mutter das breite Bett an, das sie sich bisher mit ihrer Schwester geteilt hatte. Ihr genüge nun ja das kleine, erklärte sie bescheiden. Mutter durchschaute den Hintergedanken nicht sogleich. Das kleine Bett konnte nämlich in die Dachkammer gestellt werden, und so konnte Maria auch diese für sich in Besitz nehmen.

Durch einen roten Vorhang, den sie günstig erstanden hatte, trennte sie den Teil mit dem Gerümpel ab. Eine große, viereckige Blechwanne, über die Lehnen zweier Stühle gelegt, diente als Tisch. Nun hatte sie eine kleine Kammer für sich, die fast ihrer Hütte in der alten Heimat glich. Freilich würde es im Winter etwas kalt werden, da die Dachkammer nicht heizbar war. Aber dann konnte man ja die Türe offen lassen.

Die Inbesitznahme des Dachbodens bedeutete für Maria so etwas wie die Rückkehr in Träume der Kindheit. Auch die Liebe zu Märchen stellte sich wieder ein, doch anders als früher. Nun waren es Märchenprinzen, die ihr ermöglichten, der Arbeitswelt zu entfliehen, sich eine andere Welt zu erträumen.

Erfüllung der Träume für ein paar Stunden bot ein gelegentlicher Kinobesuch mit Mutter und Florian. Der musste freilich durch Zusatzarbeiten verdient werden. Zum Glück war die Konkurrenz beim Dienst auf der Kegelbahn zu der Zeit nicht mehr groß. Nur wenige waren nun, da es aufwärts ging, noch auf ein „Zubrot" angewiesen. Mit steigendem Wohlstand stiegen auch die Ansprüche, und man war nicht erpicht, sich den freien Sonntag zu verderben.

Das galt aber nicht für Mutter: Ihr war es im Laufe der Zeit gelungen, eine bescheidene Summe auf einem Sparbuch anzulegen. Das verwaltete sie mit eiserner Hand. Für einen „Luxus" wie einen Kinobesuch – und wären es nur drei bescheidene Mark – hätte sie niemals das Sparbuch „geplündert". Man müsse doch einen „Notgroschen für schwere Zeiten" parat haben, war ihre Devise.

Maria schien es, als ginge es dabei nicht nur um Vorsorge. Mutter bedurfte der Not, sich ihrer selbst zu versichern: Selbstentsagung war ihr Lebenszweck, und sie hasste „Verschwendung" aus Prinzip. Früher, in der alten Heimat, hätten sie sich auch alles „vom Munde abgespart", betonte sie immer wieder. Ein Stück Brot wegzuwerfen, und sei es noch so hart, bedeutete eine „Versündigung" gegenüber Gott. So war es seit ihrer Kindheit, und so blieb es ihr Lebtag.

Und das erwartete sie auch von den Kindern: Wenn etwa Botengänge für Nachbarn nur dürftig entlohnt wurden, erklärte sie kurz: „Wer den Pfennig nicht ehrt, ist des Talers nicht wert." Das ärgerte Maria dann doch. Schließlich gab es zwischen Sparsamkeit und Geiz doch einen Unterschied.

Anderen gegenüber hatte sich Mutter aber selbst zu Zeiten der Not großzügig gezeigt. Sie war die Erste, die im Namen der Familie ihre Bereitschaft erklärte, mit der Spendenbüchse für noch ärmere Menschen in Afrika zu sammeln. Sie wusste: Dabei half man auch sich selbst. So konnte man als Flüchtling die großherzige Aufnahme in der neuen Heimat durch gute Taten abgelten.

Und Maria lernte bei solchen Gelegenheiten, ihr Konkurrenzverhältnis mit der Schwester für gute Zwecke nutzbar zu machen.

Natürlich wollte sie am Ende des Tages mehr gesammelt haben. Mit Spürnase und bald auch mit Erfahrung hinsichtlich der Spendenfreudigkeit von Nachbarn gewappnet, sprach sie immer zuerst bei denen vor, die sie als großzügig kannte. Mehr aus Gewitztheit denn Ordnungsliebe notierte sie fein säuberlich die Spendernamen samt gespendeter Beträge und trug die Liste – rein zufällig – so vor sich her, dass die höchsten Spenden stets gut erkennbar waren. Die Wirkung entsprach durchaus ihrer Kalkulation und festigte Marias Ruf als erfolgreicher Spendensammlerin.

Nur einmal, im Februar, wurde Mutter ungewollt ihrem Prinzip konsequenter Selbstentsagung untreu. Es war einer der seltenen Momente, dass sie sich krank fühlte. Sie ließ sich – es war zum Glück Sonntag – sogar dazu überreden, auf den beschwerlichen Kirchgang zu verzichten und einige Stunden das Bett zu hüten. Natürlich würde sie tags darauf wieder den Weg zur Arbeit in der Fleischerei antreten. Das war so selbstverständlich, dass darüber kein Wort verloren wurde.

Um unerschwingliche Arzneikosten zu sparen, musste Maria auf Mutters Anweisung ihre Medizin zusammenmixen. Dazu ließ sie einen Löffel Margarine in heißer Milch zerlaufen. Vom kostbaren Honig freilich durfte sie lediglich „eine Spur" hinzugeben.

Maria aber drehte ihr den Rücken zu und machte daraus einen ganzen Teelöffel. Dass Mutter dennoch keinen Verdacht schöpfte, bewies eindeutig, dass sie wirklich krank war. Außerdem gönnte sie sich noch einen Tee, aufgebrüht mit getrockneten Holunderblüten, nun aber nur mit einer halben Süßtablette.

Einen Arztbesuch lehnte Mutter strikt ab. Als Maria sie vorsichtig zu tadeln versuchte, verteidigte sie sich mit dem Hinweis, solche Dinge habe sie „zu Hause" auch vom Haushaltsgeld bestreiten müssen, und das habe Vati stets streng rationiert.

Dass Mutter tags darauf tatsächlich wieder auf den Beinen war, kam Maria fast wie ein Wunder vor. Und insgeheim schrieb sie dies auch ihrer kleinen Schwindelei mit dem Honig zu.

Mutters moralische Grundsätze waren seit dem Weggang des Bruders fester gefügt denn je. Nun, da auch keine Hoffnung auf Vatis Rückkehr mehr bestand, schienen seine Maximen ihn selbst zu ersetzen. Und vielleicht, so vermutete Maria, halfen sie Mutter auch über den wenig rühmlichen Abgang des Bruders hinweg.

Erstaunlich war, wie schnell die Zeit seines Regiments vergessen war. Vieles regelte sich wieder so, wie es vordem gewesen war. Und nun, da nur noch Maria und Florian mit Mutter zusammenlebten, erschien ihr das Verhältnis zueinander zwangloser als zuvor, trotz Mutters Prinzipien.

Wenn alle etwas beitrugen, konnte man sich einen gemeinsamen Kinobesuch immerhin alle zwei Monate erlauben. Sorgfältig wurden die Programme studiert und diskutiert, bevor man sich zum Besuch eines Filmes entschloss, der einen zu Tränen rühren würde. Manchmal brachte Maria aus der Stadt auch Filmprogramme mit Abbildungen von den Hauptdarstellern mit.

Das war eine gute Gelegenheit, sich eine Bildersammlung von Filmstars anzulegen, ohne dass Mutter an etwas Schlimmes dachte.

Auch Florian sammelte ja „Sanella-Bilder", von Südamerika. Für ein paar Groschen kaufte er ein Album und klebte sie dort ein. Oft saß er stundenlang davor und träumte von der fremden Welt, die so weit entfernt und so interessant war.

Er bot Maria sogar freiwillig an, ihr bei den Einkäufen zu helfen. Während der Krämer anhand von Mutters Liste die Waren zusammensuchte, konnte Florian nämlich in aller Ruhe ein Bild auswählen, das ihm in seiner Sammlung noch fehlte. Manchmal durfte er auch welche, die er doppelt besaß, gegen andere eintauschen.

Groß war seine Freude, als endlich ein Satz vollständig und das Album „Südamerika" gefüllt war. Und „zur Feier des Tages" lud er Mutter und Maria zu einer Gratis-Kinovorstellung ein. Voller Stolz bezahlte er von seinem Ersparten den Eintritt für alle.

Maria beneidete ihren kleinen Bruder für diesen Erfolg. Ihre Sammlung von Filmstars, so schien es, würde wohl nie zu Ende kommen. Es war eine so fremde Welt. Und ihr Wunsch, in diese Welt einzudringen, wurde größer, je mehr sie sammelte. Und oft verlor sie sich in Träumen. Und je mehr sie sich mit Bildern schöner Frauen umgab, desto fremder wurde ihr das eigene Leben.

Zum Glück waren zu jener Zeit die Filmträume bei allen dreien recht ähnlich und vergleichsweise leicht zu befriedigen.

Am unkompliziertesten war Florian. Es faszinierte ihn, mit „den Großen" in die Stadt zu fahren und sich an wandernden Bildern zu berauschen. Besonders beeindruckt hatte ihn Erich Kästners Film „Das fliegende Klassenzimmer". Und natürlich wollte er nun auch dessen zweiten Film, „Pünktchen und Anton", sehen.

Auch Maria und Mutter lasen Kästners Bücher gerne. So gab es darüber keinen Streit, und es war so gut wie beschlossene Sache.

Die neuen Märchen spielten mit Vorliebe im Wald, in der Heide oder in der ungarischen Puszta. Die Märchenprinzen und -prinzessinnen nannten sich „Förster vom Silberwald" und „Försterliesel", „Sennerin von Sankt Kathrein" oder auch „Piroschka".
Die Filmbesuche erweckten Träume, die in ihnen schlummerten. Sie halfen zu vergessen. Auf der Alm, im Försterhaus oder in der weiten Puszta fanden ihre verdrängten Gefühle neue Lebensräume.
Und Maria entdeckte bisher ungeahnte Gemeinsamkeiten mit Mutter.
Im Grunde waren die Bedingungen ihrer Kindheit ja in mancher Hinsicht recht ähnlich. Sicher war Mutters Kindheit härter gewesen als ihre eigene. Dennoch beneidete Maria sie auch ein wenig.
Mutter war sieben Jahre vor dem Ersten Weltkrieg geboren, hatte als kleines Mädchen noch Friedenszeiten erlebt und war nicht so früh wie Maria in Kriegswirren gestürzt worden. Bis zum Zusammenbruch der österreichisch-ungarischen Doppelmonarchie hatte es noch einmal vier Jahre gedauert. Da war Mutter immerhin schon elf. Maria aber hatte gerade vier Jahre Kind sein dürfen, bis die grässliche Wolfsstimme im Radio das schreckliche Ende des Lebens in der alten Heimat erahnen ließ.

Mehr und mehr wurde Maria aber klar, wie unterschiedlich sie doch waren, trotz aller gemeinsamen Erlebnisse.
Mutter hatte ihre Gefühle bisher immer auf „Sparflamme" gehalten. Nach außen hin mochte sie bisweilen gar gefühlskalt wirken. Maria aber wusste, dass sie mit Härte, vor allem gegen sich selbst, ihre inneren Verletzungen zu verbergen suchte. Es war eine Art Überlebensstrategie, mit der sie die Erinnerung an all die schrecklichen Erlebnisse in Schach zu halten trachtete.
Heimatfilme jedoch weckten in ihr Sehnsucht nach Heimat, nach Geborgenheit. Und sie befreiten Gefühle, die sie sich sonst nie zugestand.

So besonders „Sissi", der Film über die letzte Kaiserin von Öster-
reich. Die verschwundene Welt der Kindheit erwachte für Mutter
zu neuem Leben. Sie schwelgte in nostalgischen Erinnerungen.
Zugleich aber verstand es Mutter meisterhaft, sobald „die Pflicht
rief", die Traumgestalten wieder in ihr Schattenreich zu verbannen.

Einerseits bewunderte Maria diese Fähigkeit. Andererseits störte
es sie, dass Mutter so unvermittelt „zur Tagesordnung" übergehen
konnte. Maria dagegen suchte das Filmerlebnis zu verlängern,
wollte mit Mutter oder Florian darüber diskutieren.

Zu Marias Unwillen gab sich Mutter aber nach Filmbesuchen
meist recht wortkarg, hörte nur schweigend zu, wenn Maria das Geschehen noch einmal Revue passieren ließ. Sie ertrug es auch noch,
wenn Maria - mit Worten, die an Schwester Katharina erinnerten -
das Weltbild der Försterliesel oder Sennerin vorsichtig kritisierte.
Wenn sie aber erklärte, Sissis Welt sei wohl ein für alle Mal vergangen oder bezweifelte, dass die Försterliesel schon in der Gegenwart
angekommen sei, dann stand Mutter auf und machte sich am Feuer
zu schaffen oder an anderen Dingen, die sie für wichtiger hielt.

Mutter hasste Diskussionen. Ihr waren die Tränen genug, die sie
während der Vorstellung vergossen hatte. Sobald sie getrocknet
waren, sobald die grelle Saalbeleuchtung sie aus den Träumen riss,
schaltete ihr Gefühlsofen wieder auf „Sparflamme".

Dann verstummte Maria enttäuscht und zog sich in ihre Kammer
zurück, so wie früher in ihre Bretterhütte. Dort dachte sie darüber
nach, warum sich Mutter so verhielt.

Maria fand Mutters „Sissi"-Schwärmerei irgendwie „sentimental".
Sie hatte das Wort kürzlich bei der Besprechung eines Heimatfilms
gelesen und fand es hier passend. - Was aber hieß das eigentlich?
War denn ihre Begeisterung für Märchen nicht das Gleiche? Und
was störte sie an Mutters Haltung? -

Auch das, fiel Maria ein, hing wohl mit Vati zusammen: Im
Grunde hatte Mutter ja immer nur Vatis Träume nachgeträumt.
Deshalb wohl sie nicht darüber sprechen. Zu schmerzlich wurde ihr
dabei bewusst, dass ihre jetzige Welt nichts mehr gemein hatte mit

der Welt ihrer Kindheit. Nur im Kino konnte Mutter davon träumen – und vielleicht, wenn sie zur Gottesmutter betete. Doch im Gestern zu leben, half nicht, das Heute zu bewältigen. –

Gewiss: Auch Maria sehnte sich bisweilen zurück, nach der Geborgenheit ihrer kleinen Hütte. Doch auch, wenn die nie wiederkehren würde, gab es keinen Grund, ihr nachzutrauern. Sie hatte sich ja einen Schatz bewahrt, den ihr niemand nehmen konnte: ihre Liebe zu Märchen.

Und Maria hatte Märchen nicht nur nachgeträumt. Sie hatte den Fortgang mitgestaltet. So hatte sie selbst auf der Flucht das Pferd geführt, als es galt, den Prinzen heimzuführen in sein Reich.

Sie wusste: Märchen ereigneten sich immer wieder, und immer auf andere Weise. Sie spielten zwar in einer anderen Wirklichkeit, gaben Träume vor. Doch die Träume lebten in Maria weiter, machten sie zu ihren Märchen. Die aber waren nicht beendet, und sie war überzeugt: Es lag auch an ihr selbst, wie sie enden würden.

So konnte sie das eigene Schicksal besser bewältigen. – Und vielleicht würde es ihr auch helfen, ihre Märchenträume zu leben.

Der folgende Sommer brachte einen Einschnitt nicht nur für die Nation, sondern auch für Marias Familie.

Seit Juni waren sie stolze Besitzer eines eigenen Radios, eines Grundig-Gerätes, das schon durch seine Größe imponierte. Es verlieh dem Fortschritt eine Stimme, und man konnte nun hörbar daran teilnehmen. Es bedurfte nur eines kleinen Drehs an dem Knopf, um sich in ganz verschiedene Welten zu versetzen. Man konnte sogar, wenn Mutter nicht da war, auf dem Bett liegen und Musik genießen – zu Hause, in der eigenen Kammer!

Bald sang die kleine Cornelia: „Pack die Badehose ein, nimm dein kleines Schwesterlein, und dann nischt wie raus an' Wannsee". Bald bliesen die Zillertaler Musikanten ins Horn. Dann wieder erhob die Königin der Nacht ihre Stimme zu höchsten Höhen, um Zarastro Rache zu schwören. Dazwischen Nachrichten, Wasserstandsmeldungen, Suchmeldungen des Deutschen Roten Kreuzes.

Selbst Mutter, die skeptisch gefragt hatte, ob so ein „modisches Zeug" wirklich notwendig war, bediente bisweilen den Einschaltknopf. Meist tat sie das nur, wenn Suchmeldungen für vermisste Menschen durchgegeben wurden. Immer noch suchten viele auf diese Weise Angehörige, von deren Schicksal sie seit dem Krieg nichts wussten. Manchmal stellte Mutter dabei sogar die Hausarbeit ein, setzte sich an den Tisch, den Kopf in beide Hände versenkt, und schien dann für Minuten in einen tiefen Traum zu verfallen.

Interessant fand Maria die lustigen Slogans oder kurzen Gedichte, welche folgten, wenn es hieß: „Und nun wieder Werbung."

Und die Kenntnis der Werbeslogans steigerte ihr Selbstbewusstsein. Jetzt konnte sie mit ihren Klassenkameradinnen mithalten: Sie wusste ja so gut wie diese, dass Persil doch Persil blieb – auch wenn nichts weißer waschen konnte als Sunil – und dass man für Wolle natürlich Perwoll brauchte. Sie wusste, dass mit Kaba der Tag gut begann und Sanella auf den Teller gehörte und, wenn sie ranzig wurde – so dichtete Maria weiter – zu den Mäusen in den Keller.

Sie kannte nun Dinge, von denen sie nur träumen konnte. Sie wusste, dass Onko-Kaffee – richtiger Bohnenkaffee, nicht Chicorée oder „Muckefuck" – auch in Schmuckdosen erhältlich war. Sie wusste, dass das Make-up, mit dem Marilyn Monroe sich schminkte, „Happy End" hieß und dass „Bel Ami" Perlonstrümpfe waren, „eine passende frauliche Beinbekleidung zu jeder Gelegenheit".

Maria musste lächeln, wenn sie an ihr Kindheitstrauma dachte: die Angst vor dem „Bösen Wolf" im schwarzen Kasten. Sie war immer hinter dem Sofa verschwunden, sobald Vati das Radio angeschaltet hatte. Nun aber, stellte sie selbstbewusst fest, herrschte sie über die Stimmen, die daraus drangen, und konnte sie sogar zum Schweigen bringen.

Und doch ahnte sie: Dieses Wolfstrauma steckte tiefer in ihr, als sie sich eingestand. Ob sie wollte oder nicht: Der Kasten erinnerte sie auch an Tausende schmutzigroter Fahnen mit „Wolfshaken" im Innern, an Arme, die, wie bei Hampelmännern, zum Gruße in die Höhe schnellten, an grölende Mäuler über „kurzen, kleinen Rumpelstilzchen-Bärtchen".

Florian teilte Marias Trauma nicht. Er stand der neuen Errungenschaft nicht nur unbefangen gegenüber, er zeigte sogar großes Interesse daran. Und er steuerte aus seinen „Kegeldienst-Ersparnissen" eine für ihn unglaublich große Summe zum Erwerb bei.

Sein Engagement hatte einen einleuchtenden Grund: Im Sommer dieses Jahres fand die Fußballweltmeisterschaft statt. Und durch den großen schwarzen Kasten konnte er unmittelbar an diesem Geschehen beteiligt sein, die Dribblings, Kombinationen und Tore zwar nicht sehen, doch sich mithilfe des Reporters wenigstens vorstellen. Und an Fantasie mangelte es ihm wahrlich nicht.

Die Fußballweltmeisterschaft war ein Ereignis, das nicht nur die Jungen in den Bann zog – vor allem deren Ende.

Es war am vierten Juli. Das Märchen war Wirklichkeit geworden. Und Florian hatte am Lautsprecher gehangen und alles miterlebt! Das ließ auch Maria nicht ungerührt, und selbst in Mutters Auge war eine Freudenträne zu bemerken.

Der Schlusspfiff des Endspiels in Bern ging unter im fünffachen Schrei des Radioreporters: „Aus – aus – aus – aus! – Das Spiel ist aus! – Deutschland ist Fußballweltmeister!"

Florian sprang in die Luft. „Wöltmeister samma, Wöltmeister samma!", hörte Maria noch, und schon war er verschwunden. Und Mutter hatte nicht einmal gemerkt, dass er gegen ihr Verbot verstoßen hatte, zu Hause Bayrisch zu sprechen.

Doch nicht nur Florian war aus dem Häuschen. Aus allen Häusern rannte es herbei. Man bildete eine Menschenschlange. Die großen Jungen setzten sich an die Spitze, Florian und Wunni bildeten den Abschluss.

„Mir – san – Mei – ster! – Mir – san – Mei – ster!", skandierten die älteren Jungen.

„Mir – san – Mei – ster", tönte es von hinten nach vorn.

„Wölt – mei – ster!", wagte Florian zu korrigieren. Er wusste, dass das noch mehr war als bloß Meister. Er hatte ja die Sanella-Bilder aus Südamerika gesammelt.

„Wölt - mei - ster!", nahmen die Großen das Stichwort auf und gerieten augenblicklich aus dem Tritt. Ein Dreivierteltakt war in ihrem Marschrhythmus nicht vorgesehen.

Wieder gab Florian von hinten den Ton an: „Wölt - meister!", skandierte er, indem er die Silben „meister" auf zwei Achtel verkürzte und dabei mit den Achseln zuckte. Das Achselzucken und der neue Rhythmus pflanzten sich von hinten nach vorne fort.

Mittlerweile hatten die Hinteren die jeweils Vorderen an den Schultern gepackt.

„Mir - san - Wölt - meister!", hallte es nach allen Seiten, während die männliche Dorfjugend schulterwackelnd um den Hof zog. So korrekt im Takt setzte man den Fuß auf, als habe man von klein auf nichts als marschieren gelernt. Und doch mochten die wackelnden Schultern so ganz und gar keinen militärischen Geist erkennen lassen. Dessen bedurfte es auch nicht. Es war ja so schön zu siegen, wenn man sich so lange in der Niederlage eingerichtet hatte.

„Aus dem Häuschen" waren inzwischen auch Maria und die Dorfmädchen, ja sogar die Erwachsenen. Sie bildeten einen Kreis um die schulterwackelnden Marschierer.

Maria bemerkte einige Mädchen, die sie nicht kannte. Sie mussten aus dem Dorf der Maibaumdiebe stammen, denn auch Evi war darunter. Doch niemand schien sie zu beachten. Man wackelte fröhlich im Viervierteltakt an ihnen vorbei.

„Er ist doch ein richtiger Junge", raunte Evi Maria zu, als Florian gerade vorbeimarschierte. Maria nickte heftig, ohne sich über das „doch" zu wundern. Am liebsten wäre sie mitgezogen. Die Jungen grölten zwar, und das gehörte sich für Mädchen nicht. Doch sie zogen ohne Fahne, und das fand sie sympathisch.

Und dann geschah das Ungeheuerliche: Florian ergriff Evis Hand, und Evi reihte sich unverzüglich im richtigen Marschrhythmus ein, die anderen fremden Mädchen und Maria hinter ihr.

Fröhlich zwitschernde Mädchenstimmen mischten sich in den vom Stimmbruch gekennzeichneten Jungenchor. Jungen und Mädchen aus dem Immer-noch-nicht-ganz-einhundert-Seelen-Dorf und aus dem Dorf der Maibaumdiebe, über Jahrzehnte miteinander verfeindet, marschierten gemeinsam und sangen stolz: „Mir – san – Wölt – meister! – Mir – san – Wölt – meister!"

Und Evi reckte ihre nun schon erkennbar frauliche Brust.

Es gab in der Tat Grund zum Stolz. Sie hatten alle einen Sieg errungen. Es gab nicht nur ein „Wunder von Bern".

Und Maria dachte schon an die Folgen: Nun würde es nicht mehr lange dauern, bis die 100-Seelen-Grenze im Dorf wieder überschritten wäre, und diesmal endgültig.

Tatsächlich bestätigte sich ihre Vorhersage, doch auf ganz andere Weise als erwartet: Wenig mehr als zwei Jahre später kamen erneut Flüchtlinge in diese Gegend, ausgerechnet aus dem Land, das Deutschland im Endspiel besiegt hatte, aus Ungarn. Mitleidsvolle Blicke der Sieger verfolgten sie, auch die von Florian.

Maria aber wusste: Es gab Schlimmeres zu verlieren als ein Fußballspiel – zum Beispiel die Heimat. Sie hatte nicht nur die Erinnerung daran bewahrt. Sie wusste auch: Sogar Niederlagen konnten heilsam sein. Es war keine Schande zu verlieren, doch es war eine Schande, nicht verlieren zu können.

Wie das aber ihrem kleinen Bruder klarmachen, ohne ihm die Freude am Sieg zu nehmen, der auch sein Sieg war? – Maria verglich das Schicksal der Neuankömmlinge mit ihrem eigenen. Zunächst fiel es Florian schwer, sich hiervon einen Begriff zu machen. Er hatte ja das Glück, den Verlust der Heimat nicht bewusst erlebt zu haben. Doch Florian war klug.

Und Maria nutzte die Gelegenheit, sich mit der Vergangenheit auseinanderzusetzen. Dabei lernte sie sich selbst besser kennen. Auch das war heilsam. Es ließ sie freier in die Zukunft blicken.

Und es gelang ihr, in Florian so etwas wie ein Gefühl der Verbundenheit mit diesen armen Menschen hervorzurufen – wenn sie ihnen schon nicht helfen konnte.

Bei großen Fluchten war es wichtig, dass man fest zusammenstand.

4

Der Märchenprinz
oder
Die dritte Bank

Märchenprinzen kamen von weit her, um ihre künftige Prinzessin zu erlösen. Manche riskierten dabei ihr Leben, wenn es nicht der richtige Zeitpunkt war. So bei „Dornröschen". Manche mussten auch selbst erlöst werden. So im „Froschkönig".

Als Kind hätte Maria sich lieber erlösen lassen. Das war nicht so edelmütig. Doch der Preis, etwa mit einem Frosch das Bett teilen zu müssen, erschien ihr doch zu hoch. Sie ekelte sich so vor Fröschen.

Nun, da sie schon lange fünfzehn war, machte sich Maria darüber nicht mehr so viele Gedanken. Es war wohl besser, einfach alles auf sich zukommen zu lassen.

Es war Mitte Juli. Die Aufregung um Fußball hatte sich wieder gelegt. Doch das Radio, das zu diesem Anlass angeschafft worden war, büßte seine Faszination nicht ein.

Eine Zeitlang war auch Mutter von der Möglichkeit angetan, sich sonntags auf Knopfdruck an der Zillertaler Trachtenkapelle oder den Schöneberger Sängerknaben zu erfreuen. Maria mochte Volksmusik nicht, doch sie ertrug es stillschweigend. Mutter war so wenig zu Hause, und sie gönnte sich ja auch sonst nichts.

Manchmal lauschte Mutter auch der leisen, monotonen Stimme des Suchdienstes des Deutschen Roten Kreuzes. Danach hörte Maria meist ihr leises Schluchzen. Doch das dauerte nicht lange. Mutter hatte wohl eingesehen, dass sie dadurch ihren Schmerz nur erneuerte. Und sie versank bald wieder in der gewohnten Stille.

71

So war die Zeit gekommen, dass auch Maria vom Radio profitieren konnte. Wenn sie alleine war, hörte sie mit Vorliebe klassische Musik.

Ihr Interesse dafür war im Musikunterricht geweckt worden. Vor allem von Opern war sie angetan. Maria war ja schon seit vier Jahren in der Klosterschule, Ende Untertertia.

Heute wurde im Radio eine ganze Oper übertragen: „Carmen" von Georges Bizet. Auch darüber hatten sie neulich gesprochen, und sie hatten sogar den Text einer Arie von Carmen auf Französisch erhalten: „L'amour est l'enfant de Bohème".

Wie gut, dass Maria jetzt neben Latein und Englisch auch Französisch lernte! Es eröffnete ihr neue Welten. Und sie liebte den Klang dieser Sprache – vor allem, wenn der Text von Liebe sprach und von Böhmen. Sie kam ja aus Böhmen – beinahe. Ihre Geburtsstadt lag ja nicht weit von der böhmischen Grenze entfernt.

Ein Filmplakat kam ihr in den Sinn: Rita Hayworth als Carmen. Sie hatte genau so ausgesehen, wie Maria sich eine Zigeunerin vorstellte: langes, gelocktes, fast rotes Haar und tiefrote Lippen. Dazu ein langer roter Rock mit vielen Rüschen, eine weiße Bluse mit breitem, tiefem Ausschnitt, um den Hals eine Kette mit bunten Perlen. Besonders beneidete Maria sie um die großen Ohrringe. Sie bestanden aus drei Medaillons und reichten bis zur Schulter.

Noch lange, nachdem die Oper beendet war, lag Maria auf ihrem Bett und träumte. Hatte sie nicht auch eine weiße Bluse und einen roten Rock? Nur hatte der nicht so schöne Rüschen wie auf dem Plakat.

Sie stand auf, schob den roten Vorhang vor dem Gerümpel beiseite. Dahinter hatte sie eine Stange am Dachgebälk befestigt, die ihr als Garderobenstange diente. Sie hatte Rock und Bluse schnell gefunden.

Sie überlegte: Es wäre wohl besser, sich abzusichern, um bei dem geheimen Kostümfest, das sie inszenieren wollte, nicht auf unliebsame Weise überrascht zu werden. Sie schob den Riegel vor, den sie neulich unbemerkt an der Innenseite ihrer Kammer befestigt hatte.

Aufgeregt streifte sie ihr altes geblümtes Kleid ab, zog die Bluse und das kratzende Baumwollunterhemd aus, das sie von ihrem älteren Bruder „geerbt" hatte. Auch die hässliche Unterhose stammte von ihm. Mutter hatte die Öffnung vorne einfach zugenäht. Die hatte Maria „abzutragen", bis sie sich in ihre Bestandteile auflöste. – Sinnlos, dabei nachzuhelfen: Mutters Spürsinn machte jedem Löchlein den Garaus, bevor es die Chance hatte, sich auszubreiten.

So etwas unter dem schönen Rock zu tragen, war wirklich unpassend. Und sie entledigte sich auch des hässlichen Büstenhalters, der sowieso schon erheblich spannte.

Sie bemerkte, wie ihr das Blut in die Wangen schoss, als sie die weiße Bluse und den roten Rock über die nackte Haut zog. Sie kratzten nicht so wie die grässliche Unterwäsche.

Zum Glück hatte Maria unter dem Gerümpel auch einen Spiegel gefunden. Nur der schräge Riss störte etwas. Doch sicher ging es Carmen nicht besser. Sie schlief ja in einem Zigeunerwagen.

Maria betrachtete sich im Spiegel. Sie war nicht unzufrieden. Nur der Ausschnitt ihrer weißen Bluse erschien ihr zu klein. Sie durchtrennte vorsichtig das Gummiband am Kragen, zog die Falten auseinander, sodass Teile ihrer Schultern freigelegt wurden. Es sah nun fast so aus wie die Bluse von Carmen.

Maria war stolz.

Sie zog die Bluse wieder aus, nähte hinten Schlingen und zwei kleine Knöpfe an. Sie musste ja auch in Mutters Gegenwart tragbar sein.

Dann musterte sie ihren Busen. Er hatte in letzter Zeit erkennbar zugenommen. Und mit dem Ausschnitt kam er gut zur Geltung. Auch Carmen zeigte doch, was sie besaß. Ihr waren Mutters Schamgefühle fremd. – Nun noch den Rock etwas nach unten gezogen, und Maria war zufrieden. Sie würde auch einen Weg finden, Rüschen anzusetzen. Dann sähe er aus wie Carmens Rock.

Doch wie lächerlich ihre langen, geflochtenen Kleinmädchenzöpfe als Carmen wirkten! Rita Hayworth trug das Haar offen. Rasch entflocht Maria ihre schwarzbraunen Zöpfe. Immer wieder fasste sie mit allen Fingern in das Haar, strich es nach unten.

73

Endlich war sie fertig. Zufrieden stellte sie fest, wie ihre Haare sich nun zu leichten Locken rollten. Mit einiger Fantasie konnte man sie fast mit denen auf dem Filmplakat vergleichen. Maria musste nur die Stirnhaare mit einer Haarklammer so befestigen, dass sie hinter dem Ohr blieben.

Nun bemerkte sie, wie nackt die Ohren ohne Ringe wirkten.

Doch Maria wusste Rat. Sie fand in der Werkzeugkiste einen Kupferdraht, schnitt mehrere Stücke ab, bog sie zurecht und verkettete sie, sodass es aussah, als hingen drei Ringe aneinander. Die oberen Enden ließ sie offen, drückte sie so zusammen, dass man die Ringe über das Ohr schieben konnte. Sie hatte ja keine Ohrlöcher.

Zufrieden betrachtete sie im Spiegel ihr Werk. Nur die Schuhe – sicher trug Carmen modische Pumps mit hohen Absätzen!

Maria stellte sich auf die Zehenspitzen, fing an, vor dem Spiegel ihre Hüften zu wiegen. Und bald wirbelte sie durch den Dachboden, sang aus voller Kehle:

„L'amour est l'enfant de Bohème,
qui n'a jamais, jamais connu de lois –
et si tu m'aimes, je ne t'aime – si tu m'aimes, je ne t'aime pas –
mais si je t'aime, si je t'aime – prends garde à toi!"

Von nun an geschah es öfter, dass eine kleine Carmen in ihrer Kammer auf diese Weise Französisch lernte. Einmal war Mutter früher zurückgekommen, hörte sie auf dem Dachboden singen. Zum Glück hatte Maria nicht vergessen, den Riegel vorzuschieben. Unvorstellbar, wenn Mutter sie „in diesem Aufzug" überrascht hätte! Ihr fröhliches Singen aber konnte sie leicht erklären. Sie müsse das Lied aus der Oper für den Musikunterricht üben, log sie, und zwar auf Französisch.

Mutter konnte mit dem Wort „Oper" ebenso wenig anfangen wie Maria noch vor kurzem. Sie wunderte sich nur, dass man jetzt, in der letzten Woche vor den Ferien, in der Schule noch so schwierige Dinge verlangte. Doch das war durchaus in ihrem Sinn: Strenger Umgang mit Mädchen konnte nicht schaden. Und da Marias Noten in Französisch ordentlich waren, so war sie's zufrieden.

Ein Ereignis gab es doch in dieser sonst wenig ereignisreichen Zeit: den Besuch des Films „Kinder des Olymp" von Marcel Carné, gedreht im vorletzten Kriegsjahr.

Er spielt im Gauklermilieu einer französischen Kleinstadt, handelt von der unglücklichen Liebe zwischen den Pantomimen Batiste und Garance. Scheinbar fest eingebunden in eine bürgerliche Ehe, führen beide ein Doppelleben: Ihre Partner sind nur Ersatz für ihre eigentliche Liebe. Sie sehen, sie riechen sich, wenn sie einen anderen lieben, suchen einander, ohne sich zu finden. Tiefe Melancholie am Schluss, als der unglückliche Batiste inmitten närrischen Karnevalstreibens verzweifelt seine Garance zu erspähen sucht.

Mutter war empört über solche „Unmoral", konnte nicht verstehen, wie man „sich so vergessen konnte". Maria aber war bewegt: unglückliche Menschen, die ständig auf der Suche waren, die sich wandeln und verwandeln. Das war traurig, doch es faszinierte sie.

Sie zog es vor, Mutter nichts zu entgegnen. Zu schmerzhaft, gegen Unverständnis anzureden. Sinnlos, ihr die Moral des Filmes zu erklären: Wir leben in zwei Welten, und was uns umgibt, ist wie ein Schatten im Vergleich zu dem, was in uns lebt, bisweilen tobt: Und das ist faszinierend, betörend – aber auch bedrohlich.

Auch wenn sie so Vieles teilten: Mutters Welt war nicht Marias Welt. Mutter hasste das Doppeldeutige, die Verwandlung. Sie hatte Angst vor dieser Innenwelt, wollte, durfte sie nicht sehen. Maria aber liebte, brauchte sie: So verschaffte, was an Geheimnisvollem in ihr schlummerte, sich Luft zum Atmen. Und das war befreiend.

Der Ferienmonat August war die Zeit des Heidelbeerpflückens und Pilzesammelns und des Verkaufs der Ware in der Stadt.

Bisher hatte meist die Schwester am Markt hinter den Heidelbeereimern gestanden. Doch die war nun auch „in der Fremde". Maria war also für den Verkauf alleine zuständig.

Das war mit recht zwiespältigen Gefühlen verbunden. Zwar bedauerte sie den Weggang der Schwester nicht all zu sehr. Sie brauchte nur an die Kratzspuren von deren langen Fingernägeln zu denken. Doch nun kam sie beim Verkauf bisweilen in höchst unangenehme Situationen. Ständig hatte sie das Gefühl, dass Mitschülerinnen sie beobachteten, höhnisch über die „Unschuld vom Lande" grinsten oder gar mit Fingern auf sie zeigten. – Wer außer ihr trug denn noch Kleinmädchenzöpfe! Einmal sprach sie tatsächlich ein Mädchen der Parallelklasse an, und Maria schämte sich zutiefst.

Seit sie in der Klosterschule war, wusste sie: Wer arm war, hatte gegenüber Reichen keine Chance. Reiche konnten mit zerrissenen oder schlabbrigen Hosen herumlaufen – man erkannte dennoch, dass sie reich waren. Arme waren dazu verurteilt, sich jederzeit „anständig" zu zeigen. Es half auch nichts, wenn man die Reichen imitierte: Man wurde den Geruch der Ärmlichkeit nicht los.

In der ersten Zeit verzog sich Maria in den letzten Winkel des Marktes, weit vom Hauptzugang abgelegen, immer hoffend, dass sich kein ihr bekanntes Gesicht dahin verirren würde. Mutters Kopftuch bedeckte die verräterischen Zöpfe und ihre Scham.

Freilich stand sie hier wesentlich länger. Und es kam vor, dass sie mit halb vollen Eimern wieder zurückfahren musste.

Später fiel ihr etwas Besseres ein: Wenn sie schon erkannt werden sollte, dann wollte sie wenigstens nicht mit Mutters kleinkariertem Kopftuch zusätzlich Spott auf sich ziehen.

Heutzutage, machte sie Mutter klar, musste man adrett gekleidet sein, wenn man beim Verkauf erfolgreich sein wollte.

Mutter wusste, dass „adrett" so etwas Ähnliches bedeutete wie „schicklich". Und so war sie einverstanden, dass Maria zum Verkauf ihren roten Lieblingsrock anzog. Sie habe aber darauf zu achten, dass die Bluse „züchtig" sei – das hieß natürlich der Ausschnitt nicht zu tief. Maria verstand, ohne dass dieses verdächtige Wort über Mutters Lippen kam und ihr Schamröte ins Gesicht trieb.

Mit zwei Eimern, in rotem Rock und dunkler Bluse, zog Maria los. Die weiße Bluse war sorgfältig in ihrer Tasche verstaut. Auf der Toilette im Zug wechselte sie dann die Bluse und entflocht ihre Zöpfe, so wie sie es bei ihrem geheimen Kostümfest geübt hatte.

76

So stand eine hübsche Carmen mit aufgelöstem Haar am Markt-platz hinter ihren Heidelbeereimern. Und zumindest aus der Ferne hatte sie nichts mehr mit dem Schulmädchen gemein.

Die Carmen-Verkleidung schützte Maria vor Spott. Und sie ver-lieh ihr auch etwas vom Stolz der wilden Zigeunerin.

Durch diese Verwandlung wurde Maria auch bewusst, wie wenig doch die vielen Mühen beim Pflücken in barer Münze einbrachten.

In den ersten Nachkriegsjahren war das noch verständlich gewe-sen. Es hatte an allem gefehlt, und man hatte sich eben bescheiden müssen. Aber das war nun schon einige Jahre her. Nun füllten sich die Schaufenster mit Waren, von denen man früher nur hatte träumen können. Das Gesetz des Schwarzmarktes verlor seine Gül-tigkeit, und mit ihm der Wert amerikanischer Zigaretten, die man früher von vorbeischlendernden Soldaten hatte erhaschen können.

Mit dem Angebot an fertigen Waren sank aber auch die Wert-schätzung für sauber gepflückte Heidelbeeren.

Hierzu, so meinte Maria, trug vor allem eine Heidelbeerpflück-mode bei, die sie zutiefst verabscheute: Immer mehr Menschen be-nutzten einen Kamm mit breiten, tiefen Zähnen. Von „Pflücken" konnte da keine Rede mehr sein. Die Sträucher wurden regelrecht abrasiert. Zurück blieben entlaubte, jämmerliche Pflanzengerippe.

Es war eine wahre Schändung der Natur. Und in Marias Alb-träumen wuchsen die Heidelbeersträucher zu gewaltigen Bäumen, die entlaubt, als dürre Spindeln, in die Landschaft ragten, Opfer menschlicher Rationalisierungswut.

Und natürlich enthielt das, was feilgeboten wurde, mehr Blätter als Heidelbeeren. So verdarb dieses „Kamm-Unwesen" nicht nur die Preise, es schädigte dazu noch den Ruf ehrbarer Handpflücker!

An diesem trüben Augusttag war der Verkauf recht schleppend verlaufen. Auch Marias zaghaftes Anpreisen ihrer sauberen Ware hatte wenig Erfolg. Bisweilen schoss ihr Schamröte ins Gesicht, wenn sie versuchte, Vorübergehende anzusprechen.

Doch auch ein gewisser Stolz hielt sie davon ab. Sie empfand es als demütigend, seine Arbeit anpreisen zu müssen. Konnte nicht jeder selbst den Unterschied zwischen ihrer sauberen handwerklichen Arbeit und der von unzivilisierten Kammpflückern sehen?

Wut stieg in ihr auf, wenn sie sah, wie mancher der „Umweltschänder" sich mit frechen Sprüchen in den Vordergrund schob, leider oft mit Erfolg, wie Maria verbittert feststellte.

In solchen Momenten neigte sie zum Träumen. Sie fühlte sich plötzlich klein und hilflos, wie von riesigen Kämmen erfasst, die sie in ein Meer der Unzivilisiertheit zu reißen drohten. Sie kämpfte gegen Heidelbeerblätter an, die sie unter sich begraben wollten, und schreckte dann regelrecht hoch, wenn ein Kunde sie ansprach.

Maria war gerade mit Auslegen oder besser: Ausstellen der Steinpilze beschäftigt. Aufrecht, wie Sonnenschirme an einem Strand, sollten sie nebeneinander stehen und ihre makellosen Hüte zeigen.

Eine amerikanische Uniform bewegte sich auf sie zu. Sie fühlte, wie ihre Hand zu zittern begann. Ein unachtsamer Handgriff, und die abgewogenen, fein säuberlich in Reihen liegenden Heidelbeeren rollten aus dem Becher, direkt auf die Uniformstiefel zu.

Blitzschnell, als gelte es einen gegnerischen Angriff abzuwehren, hielten die Stiefel inne, hinderten einige vorwitzige Beeren daran weiterzurollen.

Maria war in der Absicht, den umfallenden Becher aufzuhalten, nach vorne gekippt. Sie stützte sich mit der Linken auf dem Pflaster ab, schielte nach oben. Unsicher hangelten sich ihre Augen an den gescheckten Kaki-Hosen entlang, übersprangen den breiten, dunkelbraunen Ledergürtel, hüpften von Knopf zu Knopf bis zum sauber geschlossenen Hemdkragen. Über dem schwarzen Gesicht, weit in die Stirn geschoben, ein Militärkäppi.

Maria hielt zögernd inne, warf dann kurz entschlossen den Kopf in den Nacken. Sie schaute geradewegs in die verschmitzten Augen. Das Weiß ließ die Pupillen fast schwarz erscheinen. Unter der runden Nasenwölbung ein breit lächelnder Mund. Es war kein Siegerlächeln, wie man es oft an Besatzungssoldaten beobachten konnte.

„Oh, I'm sorry!", kam es, fast geniert, von oben.

Überrascht starrte Maria in das wohlgeformte schwarze Gesicht. Es wirkte gütig.

„Don't worry", beruhigte die Stimme, „I'll take this cup."

Maria blickte fasziniert auf die schwarzbraunen Finger, die auf den halb leeren Becher zeigten, nahm mit geöffnetem Mund Fingernägel und Innenseite der Hand wahr, die sich, erstaunlich hell, von der sonst dunklen, gepflegt wirkenden Haut absetzten.

Sie schaute nach oben, erhaschte ein Lächeln, lächelte zurück.

Der Soldat streckte ihr den Arm entgegen. Ohne nachzudenken, ergriff ihn Maria, ließ sich von ihm aufrichten.

„Danke!", entgegnete sie, spürte, wie Blut in ihre Wangen schoss.

„Oh, you're welcome!" Strahlend weiße Zähne blinkten sie an.

„I'm Mike - and you?"

Maria schaute ihn verwirrt an.

„Ik - heiße - Mike - and you?", wiederholten die etwas aufgewölbten, dunklen Lippen. Ein Finger zeigte auf Marias Brust, erwartete ruhig die Antwort.

Maria spürte, wie die Schamröte in ihrem Gesicht nachließ.

„Ah! - Ich heiße Maria."

„Oh, Mary! - What a nice name!"

„Nein, nicht Mary - Maria!", korrigierte Maria mit fester Stimme.

„Oh, I understand - Mai'aia."

„Marrria!" - betonte Maria, deutlich das R rollend.

„Oh ya, ik vastehe: Mai'ia - not: Mai'aia." Es klang, als ob er einen heißen Kloß auf seiner Zunge wälzte.

Maria musste lachen, der schwarze Soldat lachte zurück. Dann griff er in die Tasche, brachte eine Packung Zigaretten hervor.

„It's for you!"

„Aber ich rauche nicht!", entgegnete Maria, leicht empört.

Natürlich hatte sie davon gehört, dass man amerikanische Zigaretten in Geld eintauschen konnte. Sie hätte sich aber viel zu sehr geschämt, jemanden darauf anzusprechen.

Der Fremde schien Marias prompte Antwort zu verstehen und sogar zu schätzen.

„Oh, sorry!", entschuldigte er sich.

Allein seine schwarze Hautfarbe schien ihn davor zu schützen, sein Erröten zu zeigen. Er nahm den halben Becher Heidelbeeren, griff noch einmal in die Tasche, zog nun einen Fünfdollarschein heraus und reichte ihn Maria hin.

Maria starrte ihn an: „Aber – das ist doch viel zu viel."

„It's okay", kam die abwehrende Antwort. „You stay here every day – jede Tak?"

„Zweimal in der Woche", erwiderte Maria.

„Oh yes, I understand, you're here every week", lächelte das schwarze Gesicht.

„Nein, zweimal", insistierte Maria – „twice – every week".

Sie war froh, dass ihr rechtzeitig die englischen Wörter eingefallen waren, um dem netten Soldaten zu helfen. Und der revanchierte sich unverzüglich mit dem besten Deutsch, das er zustande brachte:

„O ya, ik vastehe: twice – äh – zweimal yede Wok – äh – week!"

Maria lachte herzlich, und der schwarze Soldat lachte zurück.

Er steckte eine Heidelbeere in den Mund, dann noch eine und eine dritte, nickte anerkennend: „Very good, indeed! – see you later – Bye, Mai'ia!"

Er lächelte Maria zu, winkte, drehte sich kurz entschlossen um, winkte darauf noch einmal, lächelte wieder und verschwand in der Menge. Nur sein unbeschreibliches Lächeln blieb zurück.

In der darauf folgenden Woche kam Mike wieder an Marias Stand vorbei. Sie hatte es gehofft und immer wieder verstohlen nach der Uniform Ausschau gehalten. Sie war schon dabei, die leeren Heidelbeereimer und Becher enttäuscht zusammenzupacken, als er plötzlich vor ihr stand – diesmal in Zivil.

Maria war überrascht. Wäre nicht sein unnachahmliches Lächeln gewesen, sie hätte Mike gar nicht erkannt. Er sah schick aus in der sauber gebügelten, hellbeigen Hose, den tadellos geputzten, beigefarbenen Schuhen, dem weißen Hemd mit geöffnetem Kragen.

Nun, da er kein Uniformkäppi trug, fiel ihr auf, wie erstaunlich glatt seine dunklen Haare waren. Sie hatte sich Schwarze immer mit Kraushaar vorgestellt.

Maria verstand sofort, warum er die Uniform abgelegt hatte. Sie sah es an seinem Lächeln. Es war gütig, fast väterlich. Zur Uniform der Sieger gehörte Siegerlächeln. Das demonstrierte Überlegenheit, schüchterte ein. So war man es gewohnt, auch von den Schwarzen - Angehörigen einer, wie man geglaubt hatte, minderwertigen Rasse. Das war eine notwendige, für viele Deutsche aber harte Lektion.

Doch Mike lag es fern, Maria eine Lektion zu erteilen.

„Oh, would you go yet? – What a chance for me!" lächelte er Maria an, ergriff wie selbstverständlich zwei der leeren Eimer.

„The way to the railway station, I suppose?"

„Ja, zum Bahnhof", antwortete Maria, als hätte es nie außer Frage gestanden, dass er sie begleiten würde. Nun, da sie Mike schon etwas kannte, war sie erstaunt, wie gut sie sein Englisch verstand.

„Der Zug geht aber erst in einer Stunde", fügte sie rasch hinzu.

„Whow – one hour for us, for you and me, what a chance!", jubilierte er. Und schon war er mit den Eimern um die Ecke gebogen.

„Aber das ist nicht der nächste Weg zum Bahnhof", gab Maria zu bedenken, hoffend, dass er ihrem Einspruch nicht stattgeben würde. Sie wusste, dass dieser Weg an einem Park vorbeiführte.

„I know, but this way is better", gab Mike zurück, ohne seinen Schritt zu verlangsamen.

Es waren nur wenige Meter zum Park, danach noch knapp fünf Minuten bis zum Bahnhof. Maria war froh, dass Mike diesen Weg genommen hatte. Hier lief man weniger Gefahr, von Bekannten oder Klassenkameradinnen erkannt zu werden. Dennoch musste sie damit rechnen, dass man tags darauf mit Fingern auf sie zeigen würde. Sie war überrascht, wie gleichgültig sie das in Kauf nahm. Es wurde von Mikes Lächeln bei weitem aufgewogen.

Mike ließ sich auf der dritten Bank nieder, weit genug von der Straße entfernt, um keine Aufmerksamkeit zu erregen, und nicht so tief im Park, dass man unlautere Absichten hätte vermuten können.

Maria setzte sich neben ihn, schaute schweigend auf die gepflegten Hände, die fast schüchtern auf seinen Knien ruhten. Sie war froh, dass er nicht versuchte, den Arm auf ihre Schultern zu legen, obwohl sie sich nicht dagegen gewehrt hätte.

„Black hands – slave hands", sagte er ruhig, nachdem er einige Zeit Marias Blicke lächelnd ertragen hatte. – „My grandfather was a slave", fügte er erklärend hinzu.

„A slave?" – Maria schaute ihn fragend an.

Mike stand auf, imitierte einen Peitschenhieb so echt, dass Maria das Knallen zu hören glaubte. –

„This is what they do with a slave."

Er schaute Maria nachdenklich an: „Now, many Germans feel like slaves – but you are not like a slave, you are proud – and you are beautiful – stolz und sön."

„Schön", korrigierte Maria, durchaus etwas stolz. „Doch ich bin nur ein armes Mädchen, aus einer Familie mit sieben Kindern, ohne Vater. Wir haben alles verloren."

„You lost your father?", fragte Mike, unsicher lächelnd zurück, fügte dann, als Maria nickte, hinzu: „Oh, I'm sorry."

Maria sah es ihm an, dass er es ernst meinte.

Dann saßen sie schweigend nebeneinander, und es war Maria, die seine Hand suchte. Sie fühlte sich warm und weich an.

Sie strich mit ihren Fingerspitzen an seiner Handoberfläche entlang, über die etwas spitz zulaufenden, fast fraulichen Fingernägel hinweg, suchte die Innenseite der Hand, berührte sie erst zart, drückte sie dann fester und fester.

Sie schwiegen. Maria hätte lange vor sich hin träumen können. Sie fühlte die warme, schwarze, schützende Hand – die Hand der „Schutzmacht".

Mike war es, der sie nach einiger Zeit sanft hochzog und ihr zärtlich ins Ohr flüsterte: „You must go – your train!"

Maria hätte es sicher vergessen. Sie hätte auch ohne Bedauern den Zug verpasst, doch seine Geste war sehr bestimmt.

„You are poor, but you are a nice girl – and you are beautiful", versicherte er zum Abschied, hauchte einen sanften Kuss auf ihre Hand, ergriff die sauber ineinandergeschobenen Eimer, begleitete sie zum Ende des Parks, drückte ihr den Griff des großen Eimers in die Hand und verschwand lächelnd mit einem „Bye, Mai'ia!"

Im Zug holte Maria den kleinen Eimer aus dem großen heraus, um die Becher zu ordnen, die sie am Marktplatz nur hineingeworfen hatte. Ihr Blick fiel auf ein dünnes Päckchen am Boden, sauber verpackt. Aufgeregt öffnete sie es: In das Papier eingerollt – ein Paar Perlonstrümpfe!

Marias Herz schlug schneller.

Sie kannte solch zarte Strümpfe nur aus Filmen, hatte sie an Lola im Film „Der Blaue Engel" bewundert. Sie hatte gehört, dass man sie nun auch in Deutschland wieder kaufen konnte. Und sie wusste, dass es Mädchen gab, die sich einen schwarzen Strich hinten auf die Beine malten. Es sollte aussehen, als trügen sie Perlonstrümpfe. – Und nun hielt sie, Maria, echte Perlonstrümpfe in der Hand!

Hastig, als hätte sie Verbotenes entdeckt, rollte sie das Papier wieder zusammen, schaute sich um, ob sie jemand beobachtet habe. Nur ein älterer Herr saß etwas weiter von ihr entfernt und las Zeitung. Die Aufregung steigerte sich, als sie zur Toilette schlich.

Sie setzte sich aufs WC-Becken. – Jetzt glitt das hauchdünne seidige Etwas durch ihre Finger – und jetzt rollte es zart an ihren Beinen entlang nach oben!

Maria schob die Beine auseinander, glitt wieder und wieder mit den Fingerspitzen über die zarte Haut, die sie umgab, genoss das sanfte Streicheln auf dem seidigen Glanz und begann zu träumen. „You are beautiful", hatte Mike gesagt. – Ja, sie wollte schön sein!

Pochen an der Tür weckte sie aus den Träumen. Hastig rollte sie die Perlonstrümpfe nach unten, wickelte sie ins Papier. Mit hochrotem Kopf verließ sie das WC, schob sich an dem älteren Herrn vorbei. Er sagte nichts, doch sie spürte seine Blicke im Nacken.

Der Zug hielt. Maria schaute aus dem Fenster, erschrak. Sie packte schnell ihre Eimer, konnte gerade noch herausspringen, bevor der Zug wieder anrollte.

Die dritte Bank im Park war ein recht sicherer Platz.

Noch schien niemand im Ort etwas bemerkt zu haben. Allerdings wechselte Maria ihren Standort am Markt nun häufiger, darauf achtend, nicht zu nah bei Leuten ihres Dorfes zu stehen.

Und sie nahm nun immer einen späteren Zug. Der Verkauf gehe eben sehr schleppend, machte sie Mutter klar.

Das klang durchaus glaubwürdig, war allerdings in diesem Fall unzutreffend. Denn auf geradezu wundersame Weise hatten sich ihr neue Absatzmärkte erschlossen. Erstaunlich viele amerikanische Soldaten waren auf den Geschmack von Heidelbeeren gekommen.

Dies rief nun doch manchen Neider auf den Plan. Doch niemals konnte Maria eine Affäre nachgewiesen werden. Denn wohlweislich verzichtete ein schwarzer Soldat in Zivil darauf, sich in Marias Nähe aufzuhalten. Dagegen war er immer wohl darüber informiert, wenn ihre Vorräte zur Neige gingen, und saß dann pünktlich auf der dritten Bank im Park.

Dennoch dauerte es noch eine Woche, bis er seinen Arm um Marias Schulter legte, und eine weitere Woche, bis Maria Näheres über ihn in Erfahrung brachte.

Schon früh war Maria aufgefallen, wie wenig Leute zu sagen hatten, die viel redeten. Und manche brauchten viele Worte, um ihre Leere zu verdecken. Mutter hätte viel zu sagen gehabt. Doch ihr Schweigen war bedrückend. Maria respektierte es. Seit sie versucht hatte, Mutter auf Vati anzusprechen, sie danach in Tränen gesehen hatte, unternahm Maria nichts mehr, ihr Schweigen zu brechen.

Mikes Schweigsamkeit war beredt und heiter. Sein liebevolles, fast väterliches „Mai'ia", sein hintergründiges Lächeln sagten mehr als Worte. Schon nach kurzer Zeit glaubte Maria ihn besser zu kennen als selbst ihre Geschwister – Florian natürlich ausgenommen.

Nur eines verstand sie nicht: Was konnte er nur an ihr finden, da sie sich doch bei ihrer ersten Begegnung so ungeschickt benommen hatte? War ihre Zurückweisung des „Mary", ihr Beharren auf der deutschen Aussprache ihres Namens nicht sehr unhöflich gewesen? – Doch Mike hatte es wie selbstverständlich akzeptiert.

84

Es war spontan aus ihr herausgekommen. Maria bedauerte es nicht. Sie liebte ihren Namen. In seiner deutschen Form klang er wie Musik. Und sie war nicht bereit, sich diesen schönen Namen nehmen zu lassen. Es war durchaus etwas Stolz dabei. Wer arm war, musste stolz sein. Man hatte ja nichts anderes.

Des Öfteren hatte Maria beobachtet, wie sich junge Mädchen bei amerikanischen Soldaten mit englischen Brocken anzubiedern suchten. Maria verachtete sie. Sie tauschten ihre Sprache gegen ein paar Zigaretten.

Maria war stolz auf ihre Muttersprache. In ihr hatte sie Märchen gelesen, hatte sie denken und träumen gelernt. Durch ihre Sprache war sie geworden, was sie war. – Wer seine Sprache aufgab, der gab sich selbst auf. Seine Sprache zu verleugnen, das war die Haltung eines Sklaven.

Mike aber hatte Respekt gezeigt, vor ihr, der verachteten, armen Deutschen. Er schien zu wissen: Man befreite sich nicht aus Schande, indem man seine Sprache verkaufte. Man konnte arm sein und dennoch Stolz und Würde bewahren. Wer aber seine Sprache aufgab, die ihm die Welt erschloss, der gab auch seine Würde auf.

Maria sang gern Carmen-Lieder auf Französisch, und sie war stolz darauf, Mikes Sprache zu verstehen. Diese Sprachen eröffneten ihr neue Welten. Doch ihre Muttersprache, das war ihre Welt. Und seine Welt gibt man nicht preis.

Schon beim nächsten Treffen erfuhr Maria, warum sie, trotz ihrer Armut, Mike beeindruckt hatte. Auch er hatte Demütigung erfahren und Schande, hatte Selbstbehauptung gelernt und Stolz.

Was nun seine Muttersprache war, das war für seine Vorfahren die Sprache von Sklavenhaltern gewesen. Als Sklaven mussten sie diese übernehmen. Es war Bedingung für ihr Überleben – und ihre Befreiung. Doch es hatte Generationen gedauert, bis aus der Sklavenhaltersprache Mikes Muttersprache geworden war, Generationen, die eine neue Identität schufen, für die nun seine neue Muttersprache stand.

Mikes Vorfahren waren vor über hundert Jahren als Sklaven aus Zentralafrika auf eine Zuckerrohrplantage auf Kuba verschleppt worden. Erst seinen Großeltern gelang die Flucht nach Florida, wo sie unter ärmsten Bedingungen, verachtet, aber als freie Menschen ihr Leben fristeten.

Mike wusste, was ein Leben in Froschgestalt bedeutete. Schon seine Vorfahren hatten lernen müssen, in verwandelter Gestalt zu leben – nicht anders als Maria. Doch sie hatten den Glauben an die Befreiung, an eine bessere Zukunft nicht aufgegeben. Und sie hatten sich selbst aus der Sklaverei befreit.

Mike aber war als Befreier für andere in Marias Land gekommen. Er hatte die Rückverwandlung aus der Froschgestalt zum freien Menschen vollzogen. Er konnte stolz sein auf seine Sprache und auf sein Land. Er bedurfte keines triumphalen Siegerlächelns. Er hatte das ruhige, gewinnende Lächeln von Menschen, die sich behauptet hatten – allen Anfeindungen zum Trotz.

Unter normalen Umständen hätte sich Mike in einem Land, in dem er täglich Rassendiskriminierung erlebte, niemals freiwillig zur Armee gemeldet. Seinem Vater aber, im gewaltlosen Kampf der Schwarzen engagiert, war klar, was ein Sieg Hitlerdeutschlands bedeutet hätte.

Und so kam es, dass Mike als Befreier, zusammen mit den ersten amerikanischen Soldaten, am D-Day in der Normandie, in Omahabeach, europäischen Boden betrat. Doch er sprach fast nicht darüber. Es war merkwürdig. Er war in dieser Hinsicht fast wie Mutter.

Erst die Englisch-Lehrerin, eine ältere, aufgeschlossene Nonne, klärte Maria auf: „Omahabeach, das war für amerikanische Soldaten das Grauen. Zehntausenden hatte es das Leben gekostet." Und sie fügte hinzu: „Doch über eine grauenhafte Vergangenheit spricht man nicht. Das ist nicht nur bei uns so."

Mike erzählte sehr sachlich aus seinem Leben, ohne übertriebenen Stolz. Es war nicht einmal aus ihm herauszulocken, welchen Dienstgrad er bekleidete. Maria hätte freilich mit einer Auskunft nicht viel anfangen können. Sicher aber war er nicht unbedeutend.

Lediglich zu dem Hinweis wollte er sich durchringen, dass er mit seinem Sold nun seine Familie recht gut unterstützen konnte.

Auf ihre Nachfrage gab er nur lakonisch zur Antwort: „Let's talk about you!"

Maria fiel es schwer, von sich und ihrer Familie zu sprechen. Es gebe nicht viel zu erzählen, meinte sie. Nicht, dass sie sich geschämt hätte, weil ihr Leben vorwiegend aus Arbeit bestand. Von Mike befürchtete sie kein hämisches Grinsen wie von ihren Klassenkameradinnen. Doch sie hielt, was sie erlebte, nicht für erwähnenswert.

Nach und nach aber löste sich ihre Zunge. Sie erzählte vom harten Leben einer kinderreichen, vaterlosen Flüchtlingsfamilie, von Florian und von familiären Pflichten, die sie in dieser schweren Zeit übernahm. Sie erzählte von ihren Träumen, erklärte, wie sie unter den Fesseln litt, die ihr irgendwelche Vorurteile, wie sie meinte, in sinnloser Weise auferlegten. Und sie erzählte, wie sie sich selbst entdecken, die Möglichkeiten, die in ihr steckten, zur Entfaltung bringen wollte.

Mike hörte ruhig zu, gab ab und zu einen warmen Händedruck.

„Yes, indeed", bekräftigte er, als Maria verstummte, „you are a very intelligent, a very proud and a very beautiful girl."

Seine Augen ruhten jetzt auf Marias Bluse, in Höhe der Brust. Sonst hätte sie weggeschaut vor Scham. Nun aber fühlte sie die angenehme Wärme, als es in ihren Adern zu pulsieren begann. – Wie gut, dass sie es gewagt hatte, zu dem roten Kleid ihre weiße Bluse mit dem tiefen Ausschnitt anzuziehen! Mutter hätte es ihr sicher untersagt, nicht nur, weil es schon Herbst geworden und es morgens recht kühl war. Doch zum Glück hatte sie schon vor Maria aus dem Haus gehen müssen.

Lächelnd sah sie Mike in die Augen. Beide Kleidungsstücke, erzählte sie, kämen aus Amerika. Es seien Geschenke ihrer ehemaligen Feinde. Mutter habe den roten Rock daher „Gutmenschen-Rock" genannt. Und sie sei der Meinung, der Rock solle nur für feierliche Anlässe vorbehalten bleiben.

87

Verschmitzt fügte sie hinzu: „Doch ist etwa die Begegnung mit dir kein ‚feierlicher Anlass‘?"

Mike revanchierte sich mit seinem unbeschreiblichen Lächeln.

Zufrieden, fast schalkhaft sagte sie in nahezu einwandfreiem Englisch: „Let's talk about future!"

Mike freute sich kindisch, wenn sie zu erkennen gab, welch gelehrige Schülerin er gefunden hatte. „O.k., I'll read your hand!"

Gehorsam reichte Maria ihm die Hand.

Mike betrachtete lange die Handinnenfläche, zeichnete zärtlich mit dem Zeigefinger ihre Linien nach.

Maria genoss das leichte Kribbeln in ihrer Hand.

Dann legte er seine Hand neben ihre, schaute Maria bedeutungsvoll an, sagte sanft:

„Look the lines: M and M – Mai'ia and Mike."

Maria entgegnete nichts. Sie legte ihren Kopf auf seine Brust, genoss seine Wärme und das ruhige Pochen seines Herzens.

Sie hätte nicht sagen können, wie lange sie so gelegen hatte. Es schien ihr eine Ewigkeit und war doch viel zu kurz.

Nie hatte sie so an Mutters Brust gelegen, und auch nicht an der von Vati, nicht einmal, als sie noch klein gewesen war.

Ein sanftes Streicheln der Wangen, ein leichtes Kitzeln in den Ohren rief sie in die Wirklichkeit zurück. – Wie pflichtbewusst Mike doch war! Sie hätte sicher ihren Zug verpasst.

Allein im Abteil, legte sie die Hand auf ihre linke Brust, schloss die Augen.

Bei jedem Herzschlag schlug ihr Kopf gegen die Brüstung der Holzbank. Und jedes Mal vernahm Maria einen leisen Widerhall.

Sie erlauschte den Gleichklang zweier Herzen.

5

Katharina
oder
Das Geheimnis der Frau

Es gab Schwestern und Schwestern.

Mit der einen stritt man sich herum, und manchmal hätte man sich am liebsten gegenseitig die Augen ausgekratzt. Die anderen waren in weißem Habit gekleidet und manchmal in schwarzem Mantel und Schleier. Sie waren viel älter als Maria und meist sehr ernst. Sie wohnten im Kloster, dem die Schule angeschlossen war, und gehörten zur Schwesternschaft. Es waren Dominikanerinnen.

Und es gab eine Schwester, die eigentlich keine war, und die hätte Maria am liebsten zur Schwester gehabt. Man nannte sie Schwester, weil man alle Lehrerinnen der Klosterschule so nannte.

Das war Schwester Katharina. Sie war jünger als die anderen, hatte schon zwei Jahre lang Deutsch in der Mädchenklasse unterrichtet und nun das Ordinariat der Obertertia übertragen bekommen. Sie war also in diesem Jahr für die Klasse verantwortlich.

Schwester Katharina legte keinen besonderen Wert auf diese Anrede, die eigentlich eine Ehrenbezeichnung war. Sie bot der Klasse an, sie schlicht „Katharina" zu nennen. Sie nannte die Mädchen auch nicht „Backfische", wie die anderen Schwestern, sondern „junge Frauen", sprach sie bisweilen auch als „junge Damen" an. Das brachte Katharina viele Sympathien ein. – Ein „back-fish", so die Englisch-Lehrerin, war noch zu klein, um einen Fischer zu beglücken. Voll Verachtung warf man ihn ins Meer zurück. – Wer aber wollte schon mit verschmähten Fischen verglichen werden! –

Doch „Frau", so erklärte Katharina, durchaus mit etwas Stolz, das kam von „frouwe" und hieß auf Mittelhochdeutsch „Herrin".

Katharina wohnte nicht „in Klausur", das heißt in den Wohnräumen des Klosters, wie die „echten" Schwestern. Für diese galten strenge Ausgangsvorschriften. Und niemals durfte ein männliches Wesen deren Räume betreten.

Katharina wohnte aber in unmittelbarer Nähe des Klosters, und sie nahm regelmäßig an den täglichen Stundengebeten und den Meditationen der dominikanischen Schwesternschaft teil.

Manche munkelten, sie würde später auch eine „echte" Schwester werden. Andere zweifelten daran. Für ein Leben hinter Klostermauern erschien sie viel zu lebensfroh. Letztere waren deutlich in der Mehrheit. Keine der Parteien hätte aber eine Wette eingehen wollen. Einem solchen Schritt, das wusste man, ging ein langer Prozess der Reflexion voraus. Und vielleicht erlebte man Katharinas Entscheidung als Schülerin nicht mehr. Einig war man sich aber, dass es schade wäre, wenn eine so nette und hübsche Frauensperson für die Männerwelt ein für alle Mal verloren ginge.

Sogar Maria bedauerte, kein Mann zu sein, wenn sie Katharinas fein geschnittenes Gesicht, die tiefblauen Augen, die schelmischen Grübchen neben den wohlgeformten Lippen und das dunkelblonde Haar betrachtete, das in kleinen Locken auf ihre Schultern fiel.

Maria konnte sich Katharina sogar im Dominikanerinnenhabit und mit Schleier vorstellen. Sie wäre ihr noch immer umwerfend schön erschienen, vielleicht sogar noch rätselhafter.

Einmal hatte sie im Geheimen ihr Bildchen von der Madonna herausgezogen und Katharina mit ihr verglichen. Das offene, lange, blonde Haar, das über einen weiten Mantel fiel, der leicht geneigte Kopf, die niedergeschlagenen Augen, der volle, sinnliche Mund - alles schien der lebendigen Katharina zu gleichen. Nur die Lippen der Madonna auf dem Bildchen waren noch roter - doch die hatte Maria ja einmal mit Buntstift angemalt.

Nach der in der Klasse üblichen Einteilung in „Frauentypen" konnte man Maria nicht demselben Typus zuordnen wie Katharina. Sie tröstete sich aber damit, dass es vielleicht doch eher auf „innere Werte" ankam, welche die „echten" Schwestern ständig beschworen. Und sie fühlte, dass Katharina sie mochte, und das tat ihr gut.

Und doch musste es noch anderes geben als nur „innere Werte". Denn wenn sie Katharinas weiche Stimme dicht neben sich hörte, wenn ihr Knie gar ihr Kleid berührte, dann fing Marias Herz heftig zu pochen an, und sie musste sich kräftig auf die Lippen beißen, damit ihr das Blut nicht allzu verräterisch in die Wangen schoss.

Merkwürdigerweise blieb es Katharina, der Nicht- oder Noch-nicht-ganz-Schwester, überlassen, die Klasse über die Ursprünge des Dominikanerinnen-Ordens aufzuklären.

Dieser weibliche Zweig des Ordens ging auf eine Bewegung im dreizehnten Jahrhundert zurück. Er lebte nach den Regeln des Heiligen Dominikus, strebte vertiefte religiöse und kulturelle Bildung an. Respekt vor Schöpfung, religiöser Dialog, Gerechtigkeit, Menschenwürde und Befreiung der Frau waren die wichtigsten Ziele.

„Heute", so Katharina mit einem schelmischen Lächeln auf den Lippen, „würde man dies als ‚Frauenbewegung' bezeichnen."

Und sie fügte hinzu: „Auch unsere Mädchenschule ist eine Art Frauengemeinschaft. Ist es da nicht wichtig zu wissen, was eine Frau eigentlich ausmacht? Ich hoffe, das interessiert euch ein wenig."

Natürlich interessierte das die Mädchen sogar brennend. Welche der „echten" Schwestern sprach denn sonst darüber?

Katharina hatte auch keinen Widerspruch erwartet, fuhr lächelnd fort: „Wir werden in diesem Schuljahr nicht nur über kluge Männer, sondern auch viel über Frauen sprechen, über Liebe und Konflikte, die sie betreffen, vergangene und gegenwärtige."

Und sie nannte Namen wie Emilia, Lotte, Luise und Gretchen. Sie habe Texte zu diesen Frauen ausgewählt, erklärte sie den Mädchen, weil es gerade in ihrem Alter sehr wichtig sei, sich mit dem Verhältnis von Mann und Frau zu befassen.

Man konnte gar nicht anders als sich für das zu interessieren, was Katharina anbot. Und Maria fühlte sich geradezu persönlich getroffen, wenn ein Mädchen Desinteresse demonstrierte. Das kam aber selten vor. Und selbst dann zeigte sich Katharina weniger verärgert als traurig. Denn man schade so niemandem mehr als sich selbst.

Maria überzeugte eine solche Argumentation vollkommen.

Wenn sie mit verteilten Rollen Texte lasen, saßen die Mädchen im Kreis. Dann diskutierten sie die Wirkung der Lektüre. „Der Kreis", so Katharina, „ist eine magische Figur: Er besteht aus vielen Punkten, jeder steht in gleicher Beziehung zu den anderen. Keiner ist bevorzugt und keiner benachteiligt." Katharinas Platz war mitten unter den Mädchen. Sie war einer der gleichberechtigten Punkte.

Gelegentlich organisierte sie „Gesprächsrunden" zwischen Dichtern verschiedener Länder und Epochen. Die Mädchen schlüpften dann in die Rolle eines Autors, versuchten, Menschen anderer Epochen seine „Botschaft" zu vermitteln. - Spielte es denn eine Rolle, in welchem Jahrhundert, in welchem Land man lebte? Gab es Liebe, Sehnsucht, Leidenschaften nicht zu allen Zeiten?

Katharina achtete auf präzisen Ausdruck.

„Die Sprache", erklärte sie, „ist ein wertvoller Schatz. Man muss ihn pflegen und darf ihn sich nicht rauben lassen. Der Verlust des Denkens und der Moral beginnt mit dem Verlust der Sprache."

Sie hasste es, wenn die Mädchen „Buch" sagten, statt „Text": „Bücher sind gut zur Dekoration im Bücherschrank. Man kann sie anfassen - aber auch verbrennen. Das ist zum Unglück auch geschehen. Literarische Texte kann man nicht verbrennen. Sie sind mehr als Papier und Druckerschwärze. Es sind geheime Botschaften - von Menschen, die vielleicht vor vielen hundert Jahren starben und durch die Texte dennoch mit uns sprechen, die uns rühren und uns vielleicht auch warnen. Literarische Texte sind nicht tot, sie geschehen in uns immer wieder, wenn wir sie zum Leben erwecken."

„So wie Märchen!" platzte Maria heraus.

Sie legte unverzüglich den Finger auf den Mund, um sich selbst zu ermahnen. Sie hatte sich vom spontanen Bedürfnis leiten lassen, eine eigene Erkenntnis zu äußern. In jedem anderen Unterricht wäre sie für ihre vorlaute Bemerkung zurechtgewiesen worden. Nicht nur, dass sie sich nicht gemeldet hatte: Sie hatte es nicht einmal für nötig befunden aufzustehen, wenn sie etwas zur Lehrerin sagte.

In einem anderen Unterricht wäre das freilich gar nicht passiert. Dafür sorgte schon das zwei Stufen hohe Podest, auf dem sich der Katheder befand und worauf Lehrerinnen zu thronen hatten.

Katharina erinnerte das an einen Altar. Der Platz am Altar, meinte sie einmal, gebühre nur einem Priester. Und schelmisch fügte sie hinzu: „Ich bin aber kein Priester - oder besser keine Priesterin. Doch es wäre schön, wenn es die gäbe - sogar für Katholiken." Und als habe sie sich bei einem schlimmen Versprecher ertappt, ergänzte sie leise: „Aber das bleibt doch unter uns, nicht wahr?"

Katharina schätzte engagierte Mitarbeit und ehrliche Äußerungen mehr als äußere Disziplin. Marias Einwurf quittierte sie mit einer anerkennenden Kopfbewegung. Und - was sie sonst nie tat: Sie erfasste sanft Marias Arm, sagte mit bewunderndem Unterton:

„Sehr gut, Maria! - Ja, Märchen sind aus der Seele des Volkes entstanden, aus seinen Wünschen, seinen Leiden. Sie verdichten Erfahrungen von Generationen zu Symbolen, die in uns wirken und leben. Und wir erfahren so, was tief in unserer Seele schlummert.

Das gilt freilich nur für gute Literatur. Schlechte Geschichten und Filme sind oft nur sentimental. Man leiht sich Gefühle, berauscht sich an künstlich erzeugten Bildern, lebt in einer anderen Welt und vergräbt die eigenen Gefühle tief im Innern. -

Ihr aber sollt lernen, im Hier und Heute zu leben und zu euren eigenen Gefühlen zu stehen."

Maria war von diesen Worten sehr berührt. Sie fühlte den angenehm warmen Händedruck an ihrem Arm und ihr war, als flösse ein Strom der Entschlossenheit in sie hinein. -

Ja, sie wollte im Heute leben und zu ihren Gefühlen stehen.

Die ersten Stunden des neuen Schuljahres widmete Katharina dem Thema „Glaube, Wissen und Zweifel".

Sie verzichtete auf Idealbilder von „Heiligen", hatte Verständnis dafür, dass „junge Damen" nicht an Vorbildern gemessen werden wollten. Und sie berief sich auf Lessing: „Bewunderung schüchtert ein. Nur Menschen mit Fehlern erwecken unser Mitempfinden."

Katharina bedurfte nicht der Drohung mit dem „Bösen". Sie sagte nie „Sünde", sondern „menschliche Schwächen". Die waren für sie bisweilen sogar liebenswert. Und Zweifel waren nicht Zeichen des „Unglaubens", sondern der Reflexion und geistiger Reife.

Und Katharina lag es fern zu „bekehren". Sie misstraute einem Hochmut, der die Wahrheit zu besitzen glaubte. Und indem sie darauf verzichtete zu belehren, trug sie viel zu Selbsterkenntnis bei.

So sah es auch Goethe. Gerade sein „Faust", der Wissensdurst und Klugheit geradezu verkörpert, wird von Selbstzweifeln geplagt:

> „Habe nun, ach! Philosophie,
> Juristerei und Medizin
> Und leider auch Theologie
> Durchaus studiert, mit heißem Bemühn.
> Da steh ich nun, ich armer Tor,
> Und bin so klug als wie zuvor!
> Zwar bin ich gescheiter als alle die Laffen,
> Doktoren, Magister, Schreiber und Pfaffen;
> Mich plagen keine Skrupel noch Zweifel,
> Fürchte mich weder vor Hölle noch Teufel –
> Dafür ist mir alle Freud entrissen,
> Bilde mir nicht ein, was Rechts zu wissen,
> Bilde mir nicht ein, ich könnte was lehren,
> Die Menschen zu bessern und zu bekehren..."

Maria war von dem gelehrten Faust beeindruckt. Seine Zweifel waren menschlich, rückten ihn näher. Und doch: Er erschütterte alles, was andern lieb und teuer war! –

War denn „Bildung" nicht ein hohes Gut? Hatte nicht Mutter alle Hoffnungen darauf gesetzt, dass es den Kindern so einmal besser gehen werde? – Worauf sollte man denn bauen, wenn nicht auf Wissen? Sollte, konnte man ewig mit dem Zweifel leben? –

Es schien, als könne Katharina Gedanken lesen. Eben darauf ging sie ein: „Faust kommt durch Wissen zum Zweifel. Doch im Zweifel zu leben ist schwer. Wir Menschen streben nach Allwissenheit, die Gewissheit uns verspricht. So auch Faust. Und eben dadurch verstrickt er sich in Schuld: Mephisto, der oberste der Teufel bietet seine Dienste an. Faust erhofft mit seiner Hilfe neue Erkenntnis, überschreibt ihm seine Seele. Doch statt Allwissenheit zu bringen, führt Mephisto Gretchen, Fausts Geliebte, ins Verderben.

Und doch: Selbst große Schuld - so die Moral des Dramas - kann vergeben werden. Entscheidend für die Errettung ist letztlich nicht der ‚rechte Glaube‘, sondern des Menschen ehrliches Streben. Und so singt bei Faustens Tod der Engel Chor:

> ‚Wer immer strebend sich bemüht,
> den können wir erlösen!‘"

Katharina machte eine kurze Pause, bevor sie schloss:
> „Nicht jeder Kluge ist auch weise.
> Oft sind’s die Klugen grade, die der Verführung unterliegen.
> Und manchmal hilft der Glaube, wo Wissen ratlos bleibt.
> Doch oft erweist der Zweifel erst den rechten Glauben.
> Nur Demagogen kennen Zweifel nicht. -
> Und bieten Menschen euch, ganz ohne Zweifel,
> ihre ‚Wahrheit‘ feil, so hütet euch!
> Sucht lieber euren eignen Weg!"-

Und es klang wie ein Gebet, als sie wieder Lessing zitierte:
> „Und wenn Gott in der Rechten die Wahrheit hielte,
> in der Linken aber den reinen,
> immer steten Trieb nach Wahrheit,
> obschon mit dem Zusatze, mich immer zu irren, -
> ich fiele ihm mit Demut in die Linke und sagte:
> ‚Herr, gib! Die reine Wahrheit ist doch nur für dich allein.‘"

Katharinas Schlusswort erfolgte pünktlich mit dem Klingelzeichen. Es löste erst nachdenkliches Schweigen, dann Beifall aus.

Maria war beeindruckt. Wie anders hatte sich das angehört als im Katechismus oder in den Predigten ihres Dorfpfarrers!

Und sie bewunderte Katharinas Klugheit, ihre Offenheit und ihre Toleranz.

95

In der folgenden Stunde wurden die Mädchen regelrecht verblüfft. Sie saßen wie immer im Kreis, Katharina in der Mitte. – Doch das war nicht Katharina – es war eine Fee, die vor ihnen stand! Ihr blondes, aufgelöstes Haar bedeckte die Schultern bis zur Hüfte. Ein tiefblauer, fast schwarzer Umhang, der bis zum Boden reichte, umhüllte die zierliche Gestalt. Sogar der Kopf war unter den Falten des Umhangs verschwunden.

Es wurde mäuschenstill. Alle blickten gebannt auf das überirdische Wesen.

Leises Säuseln, leicht zitternd die blauen Falten. Plötzlich, stärker und stärker das Wehen, hebend und senkend das lange Gewand. Es beugt sich, richtet sich auf, wirbelt umher. Heftiger Sturm erfasst die Haare der Mädchen, hebt ihre Röcke, beruhigt sich wieder, erhebt sich erneut, streift ihre Wangen mit kühlendem Hauch, bricht plötzlich in sich zusammen.

Vor ihnen, niedergekauert, ein Häuflein Mensch. Lange Falten bedecken den Boden, versteinerten Lavaströmen gleich. – Doch sieh, es erhebt sich! Zart und blond, Rinnsalen gleich, fließt es nach außen: Ruhe, Frieden, Versöhnung heftiger Naturgewalten.

Langsam erhebt sich der Kopf, entblößt sich der Hals, wie eine Blume, sprießend aus fruchtbarem Boden. Zierliche, zarte Gestalt, aus wildem Wüten erschaffen, blühendes, jungfräuliches Gesicht.

Gebannte Gesichter, als die Lippen sich bewegen:

> „In Lebensfluten, im Tatensturm
> Wall ich auf und ab,
> Wehe hin und her!
> Geburt und Grab,
> Ein ewiges Meer,
> Ein wechselnd Weben,
> Ein glühend Leben:
> So schaff ich am sausenden Webstuhl der Zeit
> Und wirke der Gottheit lebendiges Kleid.“

Katharina hielt inne, schaute die Mädchen lächelnd an, schwieg. Nun war kein Halten mehr. Tosender Beifall umbrandete sie.

Maria starrte gebannt auf die Märchengestalt, saugte die Worte in sich auf, wie einen magischen Zauber. Heiliger Schauer. Verführerisch das aufgelöste blonde Haar, die sinnlich roten Lippen. -

Was faszinierte sie daran? - Maria fühlte es: Ja, das war stolze Fraulichkeit. Das war „glühend Leben"! - Leben! - Man konnte nicht erklären, was das war. Man musste es erfahren. Man musste es wagen, sich in die Lebensfluten zu stürzen, sich von wankenden Wellen tragen zu lassen. - Vielleicht spülten sie dich verächtlich zurück an den Strand. Vielleicht trugen sie dich hinaus ins unendliche Meer, verdammten dich dazu zu verschmachten. - Doch vielleicht brachten sie dich an einen fernen, fremden Strand, wo neues Leben blühte.

Maria ahnte, was nun folgen würde, als Katharina, nachdem der Beifall sich gelegt hatte, mit nüchterner Stimme erklärte:

„In einem Anflug menschlichen Größenwahns wollte Faust zu himmlischen Sphären des Alls sich erheben. Und er ist jämmerlich gescheitert. Nun erfährt er durch die Erscheinung des ‚Erdgeists', was ‚Leben' bedeutet: Leben - das ist ewiger Kreislauf von Geboren-Werden und Sterben - ein mysteriöses, ein weibliches Prinzip."

Katharina ließ den blauen Schleier fallen, verwandelte sich blitzschnell in einen etwas trottelig wirkenden Forscher in dunklem Gewand, rief mit schwärmerischer Stimme:

„Der du die weite Welt umschweifst,
Geschäftiger Geist, wie nah fühl ich mich dir!"

Ihre Stimme wurde mächtig, fast donnernd. Ein drohend ausgestreckter Arm wies über die Mädchen hinweg zur Tür:

„Du gleichst dem Geist, den du begreifst,
Nicht mir!"

Sie brach zusammen, flehte erbärmlich:

„Nicht dir?
Wem denn?
Ich Ebenbild der Gottheit!
Und nicht einmal dir!"

Die Vorstellung war beendet, erneut kräftiger Beifall.

Katharina legte den Mantel ab, setzte sich wieder zu den Mädchen im Kreis. Sie wirkte bescheiden, war wieder eine von ihnen. Und doch strahlte sie mit ihrem aufgelösten langen Haar, ihren tiefrot glänzenden Lippen intensives Leben, reife Fraulichkeit aus.

Dann reflektierte sie die Szene mit unbestechlichem Verstand: „Faust, der nach Allwissenheit strebte, muss kleinlaut erkennen, dass auch das Prinzip des Lebens nicht im Studierzimmer zu erfassen ist: Leben erfährt man nur, indem man lebt. Er muss hinaus ins aktive Leben. Er muss sogar schuldig werden. - Und ausgerechnet Mephisto, der oberste der Teufel, bringt ihn zu der Erkenntnis. -

Dies mag erstaunlich klingen: Das ‚Böse‘ hat bei Goethe das Furchterregende verloren. Es hat durchaus faszinierende Züge. Es ist sogar notwendig, ist Teil von Gottes Weltenplan: Das ‚Böse‘ spornt den Menschen an zu Tätigkeit, damit er nicht ‚erschlaffe‘.“

Katharina sah in die erstaunten Gesichter. Sie wusste: Gerade Schülerinnen einer Klosterschule mussten solche Worte verunsichern. Hintergründig lächelnd fuhr sie fort:

„Bewusst stellt sich Goethe nicht nur mittelalterlichem Denken, sondern auch der Auffassung der Kirche entgegen, die das ‚Böse‘ benutzte, um Menschen einzuschüchtern: Der Teufel, so machte man glauben, bedrohe die Menschen nicht nur von außen, mit Zauber, Hexen und Gespenstern, sondern auch von innen: Es gebe Menschen, die von ihm ‚besessen‘ seien.“

Katharina zögerte einen Augenblick, fügte nachdenklich hinzu:

„Es ist schlimm, wenn man heute, über ein Jahrhundert nach Goethe, solches immer noch glaubt: Man erzieht nicht zum ‚Guten‘, wenn man mit dem ‚Bösen‘ droht. Angst ist ein schlechter Berater. Wir müssen an das Gute in uns glauben und die Fähigkeiten, die in uns schlummern, zur Entfaltung bringen. Wer an das ‚Böse‘ in sich selber glaubt, gibt ihm erst die Macht, ihn zu beherrschen.

Wir müssen den Zwiespalt ertragen, der uns innerlich bedroht. Wir müssen lernen, mit Zweifeln zu leben, Widersprüche in uns auszuhalten, statt auf falsche Gewissheit zu setzen.“

Katharina sah bei diesen Worten Maria an, zwinkerte ihr aufmunternd zu.

Bei jeder anderen wäre Maria rot angelaufen, hätte vor Scham weggeblickt, hätte sich „ertappt" gefühlt. Nicht so bei Katharina. Maria war, als habe diese in einem Blick ihre inneren Nöte erfasst. Ihr Blick stellte nicht bloß - er war verständnisvoll, spendete Trost.

In den darauf folgenden Stunden thematisierte Katharina „Liebe und Verführung":

„Auch der Oberteufel Mephisto bedarf, um Faust zu verführen, natürlich einer jungen Frau. Ihr Name ist Gretchen. Doch freilich kann ein Pakt mit dem Teufel nicht zu echter Befriedigung führen. Was Mephisto anzubieten hat, ist nicht Liebe, ist nicht Erfüllung. Es ist unbefriedigtes Begehren, man könnte auch sagen: ‚Liebestollheit'."

Katharina stand auf und zitierte:

> „Er facht in meiner Brust ein wildes Feuer
> Nach jenem schönen Bild geschäftig an.
> So tauml ich von Begierde zu Genuss,
> Und im Genuss verschmacht ich nach Begierde."

Anhand dieser Verse entwickelte sich eine lebhafte Diskussion über „Liebe" und „Begehren".

Ob „sexuelles Verlangen" wirklich so schlimm sei, wollte eine Schülerin wissen.

Ein anderes Mädchen namens Uschi meinte, es sei doch ganz natürlich, wenn Frauen verführten, und das könne man ihnen doch nicht zum Vorwurf machen, wenn sich Männer so einfach verführen ließen. Uschis kecke Miene ließ erkennen, dass sie durchaus beabsichtigt hatte, Katharina etwas zu provozieren.

„Eigentlich hast du Recht", entgegnete Katharina ruhig, und nicht nur Uschi staunte über diese unerwartete Bestätigung.

„Gewiss: Echte Liebe ist mehr als Sexualität. Doch Verführung ist etwas Natürliches, gehört zur Begegnung zwischen Mann und Frau.

Es ist nichts Schlimmes oder gar ‚Sündhaftes', zu verführen oder verführt zu werden. Das erhält die Spannung zwischen den Geschlechtern. Und wenn es die nicht gäbe, wären dann die Menschen nicht schon lange ausgestorben?"

Ein schelmisches Lächeln zeichnete sich dabei an ihren Lippen ab, und alle lachten mit.

Katharina wusste, dass Sexualität die Mädchen sehr beschäftigte und dass die von Umwelt und Kirche vorgegebenen Verbote ein ernstes Problem für sie darstellten. Und vor allem wusste sie, dass niemand ihnen Antwort geben würde, wenn sie es nicht tat.

Sie versprach, so bald wie möglich darauf einzugehen. Selbst Uschi zeigte sich zufrieden und zollte Katharina sogar Respekt. Sie hatte nicht „gekniffen", wie sonst so oft die Erwachsenen.

Doch bevor sie ihr Versprechen einlösen könne, so Katharina, müsse man am Beispiel Fausts und seiner Geliebten Gretchen klären, wie sich öffentliche „Moral" zu dem menschlichen Bedürfnis verhält, das man „Verführung" nennt.

„Gretchen galt lange als die Verkörperung der natürlichen, frommen und unschuldigen Jungfrau. Das war sie aber gar nicht. Sie hatte sich schuldig gemacht, schon lange, bevor sie durch Fausts Verführung, wie man sagte, ‚gefallen' war."

Und Katharina skizzierte, wie Gretchen ihre Schuld erkennt: „Dazu wiederum bedarf es eines ernsten Anlasses, der ihr Leben völlig verändert: Sie erwartet von Faust ein uneheliches Kind.

Nach den Moralvorstellungen ihrer Zeit hat sie sich damit des schlimmsten ‚Vergehens' einer ‚Jungfrau' schuldig gemacht.

Nun erst erkennt sie, wie heuchlerisch ihr Verhalten davor war:

> „Wie konnt ich sonst so tapfer schmälen,
> Wenn tät ein armes Mägdlein fehlen!
> Wie konnt ich über andrer Sünden
> Nicht Worte gnug der Zunge finden!

Wie schien mirs schwarz und schwärzts noch gar,
Mirs immer noch nicht schwarz gnug war,
Und segnet mich und tat so groß,
Und bin nun selbst der Sünde bloß!
Doch - alles, was mich dazu trieb,
Gott! war so gut! ach war so lieb!"

Maria erschienen diese Worte wie eine Offenbarung. - Hatte sie dies nicht alles selbst an sich beobachtet?

„Ich glaube, ich verstehe", warf sie ein. „Gretchen war durch ihre Lästerungen über andere Mädchen schon vorher schuldig geworden. Man fragt sich, welche Schuld größer ist: dass sie über andere lästerte, oder dass sie den Versuchungen des Fleisches erlegen ist."

„Sehr schön", lobte Katharina, „das ist in der Tat die Frage. Doch würde ich nicht von ‚Versuchungen des Fleisches' sprechen. Eine solche Wortwahl entstammt einer ‚Moral', die unseren Körper im Grunde als ‚böse' ansieht. Sie verfolgt mit übergroßer Härte jede ‚Verfehlung', die mit Geschlechtlichem zusammenhängt.

Das hat freilich eine lange Tradition. So erkannte man etwa im Mittelalter uneheliche Kinder nicht einmal als Kinder an: Man nannte sie ‚Kegel', daher der Ausdruck ‚mit Kind und Kegel'.

Auch zu Goethes Zeiten war dies so: Gretchen erwartet von Faust ein uneheliches Kind, trägt es aus. Damit hat sie ‚Schande' über die Familie gebracht. Und sie wird von ihrem eigenen Bruder verflucht. Aus Angst vor ihrer Umwelt tötet sie ihr Kind. Vom weltlichen Gericht wird sie zum Tode verurteilt, von Gott aber, vor dem sie sich bedingungslos zu ihrer Schuld bekennt, wird ihre Seele ‚gerettet'.

Goethe charakterisiert so eine heuchlerische Doppelmoral: Man ist blind für Verfehlungen derer, die sich an ihre engen Maßstäbe halten. Umso mehr verurteilt man Außenseiter, die dieser engen Moral kritisch begegnen oder mit ihr in Konflikt geraten.

Für Goethe ist Gretchen zwar schwach: Sie hält der heuchlerischen Moral nicht Stand. Die eigentliche Schuld für den Kindesmord kommt aber ihrer Umwelt zu. Und daher wird Gretchen ‚gerettet': Oft sind gerade die Verachteten die ‚besseren' Menschen."

Katharina schwieg. Heute kam kein Beifall. Aus den Gesichtern der Mädchen sprach Betroffenheit: Was ihnen sonst so fern erschienen wäre, die Probleme eines einfältigen Mädchens vor zwei Jahrhunderten, war ihnen plötzlich so nah. Es betraf sie selbst.

Und Maria ließ die quälende Frage nicht los, ob sie sich bisher nicht auch so wie Gretchen verhalten hatte. Karin kam ihr in den Sinn und das Getuschel im Dorf, weil sie sich auf einen amerikanischen Soldaten „eingelassen" hatte – und noch dazu einen Schwarzen! Manche sagten auch „Neger". – Gewiss: Maria hatte nie mit Fingern auf Karin gezeigt. Doch hatte auch sie Karin früher verurteilt. Und dabei hatte sie sich selbst so ‚tugendhaft' gefühlt!

Und plötzlich stand Mikes Bild vor ihren Augen: Auch sie, Maria, hatte sich auf einen fremden Soldaten „eingelassen", und noch dazu einen Schwarzen!

Und Maria merkte, wie ihr Schamröte ins Gesicht schoss.

Zum Glück ertönte die Klingel, rettete sie davor, die Aufmerksamkeit der anderen zu erregen. Sicher hätte sie nicht einmal Katharina gegenüber den Mut gehabt, ihre Gedanken preiszugeben.

Katharina hielt ihr Versprechen.

In der folgenden Stunde ging sie auf Uschis heikle Frage ein, warum die Kirche Sexualität mit „Sündhaftigkeit" verbindet.

Katharina tat es aber auf ganz andere Weise, als Maria erwartet hatte. Wie häufig, ging sie „media in res", stellte die Klasse ganz unvermittelt vor ein Problem:

„Was würdet ihr sagen, wenn ihr davon hörtet, dass ein Vater seine eigene Tochter umgebracht hat?"

Raunen in der Klasse. Merkwürdig, dass Katharina eine solche Frage stellte, die sich doch von selbst beantwortete.

„Und was würdet ihr sagen, wenn der Vater es aus Liebe zu seiner Tochter tat – ja, wenn die Tochter ihn darum gebeten hatte?"

Erstaunen in der Klasse. „Das ist unmöglich!", warf jemand ein.

Katharina wiegte verständnisvoll den Kopf.

„Und doch gibt es zwei bedeutende Werke, die eben dies zum Thema haben: Das eine stammt von Livius, einem römischen Historiker, das andere ist Lessings Drama „Emilia Galotti".

Und Katharina skizzierte kurz die Handlung:

„Emilia Galotti, eine fromme bürgerliche Jungfrau, ist mit dem Grafen Appiani verlobt. Am Tag vor ihrer Hochzeit begegnet ihr der liebestolle Prinz von Guastalla, verfolgt sie bis in die Kirche und verwirrt sie dort mit Liebesschwüren. Emilias sittenstrenger Vater Odoardo verachtet adlige ‚Unmoral', ebenso wie ihr Verlobter Appiani. Er ahnt Unheil. Denn der Prinz ist seiner Geliebten, der selbstbewussten, aufgeklärten Gräfin Orsina, überdrüssig. Und er ist bekannt für seine Liebesabenteuer. Ein bürgerliches Mädchen wie Emilia könnte bei ihm nur als Mätresse enden. Sie würde Schande über die Familie und über ihren Stand bringen.

Odoardo soll auf tragische Weise Recht behalten: Der Prinz will Emilias Ehe mit Appiani verhindern, gibt seinem skrupellosen Sekretär Marinelli freie Hand. Dieser dingt eine Mörderbande, die Emilias Verlobten überfällt und tötet. Unter dem Vorwand, sie zu retten, wird Emilia auf das Lustschloss des Prinzen gebracht.

Odoardo gelingt es, zum Prinzen vorzudringen und Emilia zu sprechen. Diese gesteht dem Vater ihre Angst, dass sie vom Prinzen verführt werden könnte. Ihre ‚Tugend', ihre ‚Jungfräulichkeit' zu verlieren ist für sie schlimmer als der Tod:

‚Was Gewalt heißt, ist nichts: Verführung ist die wahre Gewalt. Ich habe Blut, mein Vater, so jugendliches, so warmes Blut als eine. Auch meine Sinne sind Sinne. Ich stehe für nichts. – Geben Sie mir, mein Vater, geben Sie mir diesen Dolch.'

Odoardo zögert. Als aber Emilia von ‚Ehre' spricht, ihm mangelnden ‚Mut' vorwirft, da sticht er zu. – Mit dem Tod seiner Tochter rettet er die ‚Ehre' seines Standes und bestraft den Prinzen für seine Lüsternheit."

Katharina schwieg. Ihr Blick blieb an Maria haften.

Maria senkte die Augen, sagte langsam: „Das ist sehr grausam."

„Ja, Maria", stimmte Katharina zu, „eben diesen Einwand hat man oft vorgebracht. Man kann dies grausame Ende nur verstehen, wenn man den elementaren Widerspruch des Bürgertums im 18. Jahrhundert bedenkt: Es brauchte eine so strenge, rigide Moral, weil es sich politisch ohnmächtig fühlte.

Man hatte zwar erhebliche Reichtümer angehäuft, doch für die direkte politische Auseinandersetzung mit der feudalen Macht fühlte man sich zu schwach. Umso mehr kehrte man die eigene ‚moralische' Überlegenheit heraus: Mit der ‚Tugend' bürgerlicher Töchter bekämpfte man die ‚Amoral' höfischer Kreise. - Man befreite sich aus den Fängen feudaler Willkür und opferte zugleich die eigenen Töchter am Altar der ‚Tugend' und ‚Natürlichkeit'."

„Das verstehe ich nicht", murrte Uschi.

Katharina fasste sie freundlich an der Schulter:

„Schau her: Je ohnmächtiger sich jemand fühlt, desto mehr bedarf er eines Glaubens oder eines Symbols, aus dem er Stärke bezieht. Eben das ist für Odoardo die ‚Jungfräulichkeit' seiner Tochter. Durch sie glaubt er sich dem Prinzen moralisch überlegen. Sie zu schützen ist seine Pflicht. Doch dazu ist er nicht in der Lage. So müssen er und Emilia wählen zwischen Tod oder ‚Schande' für ihre Familie und ihren Stand.

Bei dieser Auffassung von ‚jungfräulicher Tugend' geht es nicht um ‚Moral' im eigentlichen Sinn. Es geht um die ‚Ehre' der Familie und des Standes. Und zu deren Schutz ist ausgerechnet die Tochter, die Schwächste, auserlesen. Sie besitzt, was andere nicht haben: ihre ‚Jungfräulichkeit'. Es ist ihre ‚Bestimmung', diese zu bewahren - doch nicht für sich, sondern für die ‚Ehre' der Familie. Ihre ‚Jungfräulichkeit' ist deren wertvollster Besitz.

Die Tochter zählt nicht als Person, hat kein Recht, selbst über ihr Leben zu bestimmen. Sie ist für ihre Familie, für ihren Stand nur ein Symbol, ein Mittel, um Ansehen und Selbstachtung zu erhalten. Und für die ist die tote Tochter mehr wert als die lebendige. Sie hat ja nicht mehr ihre Sinnlichkeit, wird nicht mehr von ‚Verführung' bedroht. - Eine ‚Moral', die eigene Schwäche mit dem Gefühl moralischer Überlegenheit bekämpft, ist also grausam und gefährlich."

„So liebte man den Tod mehr als das Leben! Das ist ja absurd!",
warf empört ein Mädchen ein.

„Ja, das kann man sagen, nicht nur aus diesem Grund", bestätigte
Katharina ernst. „Man bekämpfte ja die ‚unnatürliche' Ständegesell-
schaft auch im Namen der ‚Natürlichkeit'. Doch weniger als zuvor
beschützen nun die Starken die Schwachen. Vielmehr werden die
Schwächsten für die Starken geopfert. – Das nennt man ‚natürlich'.

Emilias Schicksal aber kann man ‚tragisch' nennen. Sie fordert ja
selber ihren Tod, zerstört sich selbst. Obwohl selbst Opfer, folgt sie
von sich aus diesem Tugendwahn. Denn der verdammt ihr ‚warmes
Blut', ihre Sinnlichkeit, sofern sie nicht der Machterhaltung dient."

Katharina schwieg. Auf den Gesichtern zeigte sich Betroffenheit.

Maria fühlte, wie es in ihr rumorte. – „Jungfräulichkeit"! Wie
konnte man Jungfräulichkeit „besitzen"? – „Besaß" man seine Kindheit, seine Jugend? „Besaß" man Männlichkeit und Weiblichkeit? –
Was man besaß, das war nicht Teil von einem selbst. Es war eine
Ware, die man kaufen und verkaufen konnte ...

Eine zaghafte Stimme von hinten unterbrach Marias Reflexion:
„Aber – gibt es so schreckliche Vorstellungen denn noch heute?"

„Ja, in islamischen Ländern, da gibt es sogar ‚Ehrenmorde' ", antwortete ungefragt eine andere Schülerin. Es war eine Diplomatentochter. Ihr Vater war längere Zeit in Pakistan tätig gewesen.

„Hier kommt es vor, dass eine Familie die eigene Tochter zum
Tode verurteilt, bloß, wenn sie sich westlich kleidet oder mit einem
‚Ungläubigen', wie man sagt, ‚verkehrt'. Sie habe dann, so meint
man, der ganzen Familie ‚Schande' gebracht. Dann ist es ‚Pflicht'
des Bruders, sie zu morden. Und der glaubt, er ‚opfere' sich damit
für die ‚Ehre' der Familie auf. Und die feige Männergesellschaft, die
den Mord in Auftrag gab, wäscht ihre Hände in Unschuld."

Entsetzen in der Klasse. Davon hatte man noch nichts gehört.
Man schaute fragend Katharina an.

Diese seufzte: „Leider hast du Recht. Das gibt es, in der Tat."

„Das ist ja abscheulich!", rief Uschi voll Empörung aus.

Katharina nickte: „Gewiss, das ist es. Mit Grausamkeiten abzuschrecken gehört zu den Regeln einer solchen Gesellschaft. Über die Frau, ihren Körper, ihre Schönheit verfügt allein der Mann: der Vater über die Tochter, der Ehemann über die Frau. ‚Jungfräulichkeit‘, das ist das Faustpfand jeder Braut. Nur ‚unberührt‘ - so wie Emilia. - erzielt sie ihren Preis. Sonst ist sie ohne Wert, wird verachtet, ausgestoßen. Und jeder Mann weist sie hinfort zurück. - ‚Jungfräulichkeit‘ ist eine Ware, und ihr Zuhälter heißt ‚Ehre‘.“

„Und eben darum“, warf die Diplomatentochter ein, „verhüllt man Frauen mit Kopftuch oder Schleier. Sie darf ihre Schönheit keinem fremden Manne zeigen. Ja, mancherorts verbirgt man gar mit einer schwarzen ‚Burka‘ die ganze weibliche Gestalt. Und nur ein winziger Schlitz bleibt für die Augen frei.“

„Warum denn das?“, rief eine Schülerin entsetzt.

„Das, so wird behauptet, erfordere der Glaube“, erwiderte die Diplomatentochter. ‚Unrein‘ sei die Frau, vor allem weibliches Haar - nicht aber der männliche Bart. Der kann sprießen, wie er will. Je länger er wird, desto größer der männliche Stolz.“

Höhnisch kam von hinten eine Stimme:

„Vielleicht ist das der Grund für diesen Wahn: Würden diese feigen Männer den Frauen nicht vor anderen die schönen Haare rauben, sie hätten ja nichts für sich, worauf sie stolz sein könnten.“

Die Diplomatentochter nickte:

„Ja, das kann wohl sein. Und ganz gewiss sind solche Männer feige. Sie geben vor, die Frauen zu beschützen. Doch hinter ihrer falschen ‚Ehre‘ verstecken sie sich selbst. Sie ertragen nicht den Anblick einer fremden schönen Frau - aus Angst, sie könnten selber schwach erscheinen. Sie verhüllen mit dem Schleier um die Frau in Wahrheit ihre eigene unbeherrschte Gier.“

„Doch warum“, warf eine andere ein, „unterwerfen sich denn die Frauen solch fürchterlichem Zwang?“

„Das ist in der Tat die Frage“, stimmte die Diplomatentochter zu. „Viele behaupten, sie würden es ‚freiwillig‘ tun. Sie haben ja nur Scham und Unterwerfung gelernt. So tragen sie lieber ihre Scham zur Schau statt stolzer Fraulichkeit- nicht anders als Emilia.“

106

„Ja, ich glaube auch, dass es diesen Frauen so geht wie Emilia", warf eine dritte ein. „Die glaubt sich ja durch ihre grausame ‚Moral' dem Prinzen überlegen. So brauchen vielleicht auch diese Frauen ihren Schleier, ihre Unterwerfung: Sie berauschen sich daran, dass sie ach so ‚moralisch' sind und daran, dass sie andere verachten."

„Was ist das bloß für eine widerliche ‚Ehre' und Moral!", empörte sich nun Uschi wieder. „Dabei könnte es doch eine echte Ehre sein für jeden Mann, sich stolz mit seiner schönen Frau zu zeigen! – Wird denn nicht das Leben erst durch Schönheit lebenswert?"

Man schaute Katharina fragend an. Die nickte mit ernster Miene.

Maria saß wie versteinert in ihrer Bank. Schreckliche Erinnerungen kamen in ihr hoch. Durchdringender Geschmack von Scham, süßlichem Weihrauch, Friedhofsgeruch.

Schon als sie das Wort „unrein" gehört hatte, war sie zusammengezuckt. Da war sie wieder, die donnernde Stimme von der Kanzel: „Befleckt", so hatte sie behauptet, empfinge jede Frau. Nur „die Jungfrau" habe „unbefleckt empfangen". – Auch wenn man Frauen hierzulande nicht verhüllte: Sah nicht auch die Kirche sie als „unrein" an? Waren sie nicht auch „dem Manne untertan"?

War das alles nur ein böses Märchen, war es Albtraum oder Wirklichkeit? Alles schob sich ineinander.

Der mysteriöse Erdgeist am „sausenden Webstuhl der Zeit", das „glühend Leben" – was war aus ihnen geworden? –

Leben spendende Fraulichkeit, einst verehrt – und nun verachtet und erniedrigt! Schönheit und Lebensfreude mit modrigem Geruch umhüllt. – Sie, Maria, liebte doch das Leben, nicht den Tod!

Die Stimme, die Maria aus ihren Gedanken riss, kam von ganz weit her: „Und wie ist es mit dem Keuschheitsgürtel?"

Es war die Schülerin, die hinter ihr saß, bekannt dafür, als besonders „aufgeklärt" gelten zu wollen.

Einige schauten erst ratlos, dann erwartungsvoll auf Katharina. Die meisten, auch Maria, hatten dieses Wort noch nie gehört. Und natürlich forderte man jetzt Aufklärung.

„Dieser Hinweis ist durchaus angebracht", bestätigte Katharina überraschend den vorlauten Zwischenruf. „Ein Keuschheitsgürtel ist, wie noch heute Burka oder Schleier, das sichtbarste Symbol der Herrschaft des Mannes über die Frau, genauer über ihre Sexualität. Er wurde seit dem ausgehenden Mittelalter benutzt. Er war aus Eisen, bedeckte die Genitalien der Frau und war vor allem abschließbar. Den Schlüssel bewahrte der Ehemann auf und sicherte – oder besser erzwang so die ‚Treue' seiner Ehefrau."

„Igitt!", riefen einige Mädchen angewidert aus.

Nun war es Katharina, welche provozierte:

„Ihr schreit auf. Das ist verständlich. Hättet ihr aber nicht ebenso viel Grund, über eine ‚Moral', ein Bild von Frauen zu erschrecken, wie man es heut' noch predigt? – Schleier und Keuschheitsgürtel, das sind die mittelalterlichen Formen, Frauen zu beherrschen, Schuldgefühle zu erzeugen die modernen. Und es ist noch nicht klar, was schlimmer ist. Von äußerem Zwang kann man sich unter bestimmten Umständen befreien. Innerer Zwang entzieht sich unserer Macht, er wirkt in uns selbst, ein Leben lang."

Maria schaute Katharina erstaunt an. Es war geradezu aus ihr herausgeplatzt. Sie hatte nicht einmal versucht, ihre innere Erregung zu verbergen. Sie schien durch die Vorstellung all dieser Erniedrigungen in ihrem Frausein tief verletzt.

Als wolle sie ihre Lieblingslehrerin trösten, begann Maria vorsichtig, dann immer mutiger werdend:

„Ich glaube, dass Menschen, die sich so ‚tugendhaft' geben, sich ihrer eigenen ‚Moral' gar nicht so sicher sind: Sie zeigen mit Fingern auf andere, wie Gretchen, bevor sie Faust kennen gelernt hat. Vielleicht aber brauchen sie, wie Emilia, diese Strenge für sich selbst, um die eigenen Neigungen, die eigene Sinnlichkeit zu bändigen. – Und wenn man Frauen Schuldgefühle einzuimpfen sucht, heißt das denn nicht, dass man in Wahrheit Angst vor ihnen hat?"

Katharina schien sich wieder gefasst zu haben. „Das hast du sehr schön gesagt", lobte sie, nickte Maria dankbar zu.

Uschi aber gab sich noch nicht zufrieden, warf schnippisch ein: „Das ist ja schön und gut – oder vielmehr hässlich und schlecht. Doch was hat diese Emilia mit der Einstellung der Kirche zur Sexualität zu tun? – Denn darauf wollten Sie doch hinaus, nicht wahr?"

„Du hast es erfasst, Uschi", entgegnete Katharina lächelnd. „Ich könnte mir aber denken, dass ihr die Antwort selber findet. Ihr müsst nur an die Stelle von ‚Bürgertum' das Wort ‚Kirche' setzen:

Heute ist das Bürgertum schon lange an der Macht. Es hat seine ‚Moral' verändert, den politischen Verhältnissen angepasst. Die Kirche aber hat dessen ursprünglich sittenstrenge Moral konserviert."

Nun empörte Uschi sich erst recht: „So ist Religion nur dazu da, um die Macht der Männer zu erhalten und Frauen zu demütigen?"

Katharinas Lächeln blieb auch nun verständnisvoll.

„So mag es vielleicht scheinen, nicht nur in islamischen Ländern, wo man die Verachtung der Frau sicher auf die Spitze treibt. Doch erfunden hat dies nicht die Religion."

„Und was hat es dann mit Religion zu tun?", setzte Uschi nach.

Katharina wiegte leicht den Kopf, zuckte mit den Schultern:

„Eigentlich nichts. Es ist nicht Aufgabe von Religion, die Macht bestimmter Menschen über andere zu erhalten. Und doch wird sie gerade dazu häufig auch missbraucht."

„Es ist also nicht die Religion", fragte Maria nach, „sondern eine machtversessene Gesellschaft, welche Sinnlichkeit verteufelt?"

Katharina nickte: „Ja, so ist es. – Und doch trägt auch die Kirche große Schuld: Denn wer den Glauben prägt, herrscht über Menschen, über Gefühle und Gedanken.

Doch auch die Kirche ist nicht unfehlbar. Sie ist eine Kirche der Menschen. Schreckliche Verirrungen prägten ihren Weg: So ein mörderischer Hexenwahn. Man glaubte an Teufel und Dämonen, meist in weiblicher Gestalt, die an Menschen sich vergingen. Man meinte, das Wirken des Teufels in uns selbst, in unserer Sinnlichkeit zu erkennen. So wurden kluge und schöne Frauen zu Hexen. Aus Sinnlichkeit, die uns bereichert, wurde teuflische Begierde. Und Aberglaube wurde Wahn. Wahn aber kennt kein Mitgefühl, kennt keine Menschlichkeit. Zahllose unschuldige Frauen wurden gefoltert, am Scheiterhaufen getötet – im Namen des Glaubens, weil finsterer Glaube sich ein finsteres Bild von Frauen schuf. –

Die Scheiterhaufen sind heute freilich erloschen, doch die Glut, die solchen Wahn entfachen kann, die ist es nicht."

„So lange nicht", warf Uschi heftig ein, „als man solche Ängste weiter schürt, als man Frauen für ‚unrein‘, für ‚befleckt‘ erklärt. Und eben deshalb müssen wir dem finsteren Glauben ein schöneres, ein freies Bild der Fraulichkeit entgegensetzen!

Mein Vater hat gesagt: Wer Sexualität dämonisiert, der macht sie erst bedrohlich. Er macht sich selbst zum Sklaven seiner Sinne! In Wahrheit, meinte er, ist sie etwas sehr Schönes:

Verführung und Begehren sind das Salz der Liebe.

Wer sein Verlangen zu verführen ständig sich versagt,

der erstickt auch das Begehren.

Und wo Begehren fehlt, erlischt auch bald die Liebe."

Maria schaute voller Bewunderung zu Uschi. Sie war ihr bisher fremd und unnahbar erschienen, fast so, als stamme sie aus einer anderen Welt. Nun plötzlich fühlte sie sich diesem Mädchen nah.

„Das hast du sehr schön gesagt, Uschi", lobte Katharina.

„Ein schöneres Schlusswort hätte ich nicht finden können. – Ja, dein Vater hat Recht: Ihr solltet wachsam sein, auch gegenüber euren Gefühlen. Doch ihr solltet eurem Körper nicht mit Misstrauen begegnen. Euer Körper ist gut, denn Gott hat ihn so geschaffen. – Und es ist schön zu erfahren, was es heißt, Frau zu sein."

Die Wirkung dieser Deutschstunde war nachhaltig.

Katharina hatte es geschafft, zu den Mädchen ein wirkliches Vertrauensverhältnis herzustellen. Diese bewunderten vor allem ihren Mut. Katharina, das wussten sie, ging mit ihren kritischen Äußerungen gegenüber der Kirche auch ein großes Wagnis ein.

Doch es war für die Mädchen eine Sache der „Ehre", Katharina nicht zu „verraten".

110

6

Uschi
oder
Die Entfesselung der Klassefrau

Es war mitten im Winter, da saß eine Königin an einem Fenster aus schwarzem Ebenholz und nähte. Und wie sie auf die Schneeflocken blickte, die vom Himmel fielen, da stach sie sich in den Finger, und es fielen drei Tropfen Blut in den Schnee. Und weil es so schön aussah, dachte sie bei sich: „Ach hätte ich doch ein Kind, so weiß wie Schnee, so rot wie Blut und so schwarz wie dieses Ebenholz."

Die Königin bekam wirklich ein Töchterchen, so wie sie es sich gewünscht hatte, und sie nannte es Schneewittchen. Doch kaum war es geboren, da verstarb die Königin.

Die neue Gemahlin des Königs war eine schöne Frau. Doch sie war eitel und befragte täglich ihren Spiegel:
„Spieglein, Spieglein an der Wand,
wer ist die Schönste im ganzen Land?"
Und sie war zufrieden, wenn der Spiegel ihr antwortete:
„Frau Königin, Ihr seid die Schönste im Land."
Schneewittchen aber wuchs heran und wurde schöner und schöner. Und der Spiegel antwortete der Königin:
„Frau Königin, Ihr seid die Schönste hier,
aber Schneewittchen ist tausendmal schöner als Ihr."

Bei diesen Worten aber erbleichte die böse Königin vor Neid, und sie trachtete hinfort Schneewittchen nach dem Leben.

Das Wort „Klassefrau" gehörte nicht zu Marias Wortschatz. Manche Mädchen benutzten es, um auf sich aufmerksam zu machen. Meist waren dabei „männliche Bekannte" oder „Verehrer" im Spiel, deren einziger Gedanke Klosterschülerinnen zu sein schien. Von solchen „Verehrern" musste es offenbar zahllose geben.

Aus mitleidigen Blicken, die auf sie gerichtet waren, entnahm Maria, dass dieses Wort etwa das Gegenteil von „Unschuld vom Lande" bedeuten musste. Ob es auf die Mädchen zutraf, die es ständig im Munde führten, war eher zu bezweifeln.

Uschi aber war eine „Klassefrau".

Umso merkwürdiger mochte es erscheinen, dass Uschi zunehmend Interesse an Maria zeigte. Dann aber fand Maria heraus, dass sie von ihrer Freundschaft durchaus profitierte. Denn manche ihrer „Extravaganzen" wurden nun von den Schwestern plötzlich verziehen. Zugleich stieg Marias Ansehen in der Klasse rapide, und das Vorurteil von der „Unschuld vom Lande" hatte bald ausgedient.

„Welch ein seltsames Pärchen!", mochten manche sagen, wenn sie Maria in Klein-Mädchen-Zöpfen, die bis zur Hüfte reichten, neben Uschi, immer schick gekleidet, mit elegantem „Bubikopf" sahen. Maria war es genug, dass sie von Uschi respektiert wurde.

Dass Uschis „Bubikopf" dem modischen Trend entsprach, war kein Wunder. Ihr Vater betrieb ein gut gehendes Friseurgeschäft nicht weit von der Schule. Er war aufgeschlossen und tolerant.

Als Uschi während zweier Freistunden Maria mit nach Hause nahm, verzog er wegen ihrer Zöpfe keine Miene. Er bot ihr lediglich einen kostenlosen Haarschnitt an, falls sie ihn einmal benötige. Maria nahm dabei ein leichtes Zwinkern in Richtung Uschi wahr. Diese nutzte die Gelegenheit, Maria klarzumachen, dass sie einiges an ihrem Äußeren ändern müsse. Dazu biete sich gerade jetzt ein guter Anlass.

Maria schaute sie überrascht an und fragte, von welchem Anlass sie denn spreche. Und Uschi erwiderte fast schnippisch, ihrem Vater zuzwinkernd: „Na, vom Tanzkurs natürlich!"

Maria hatte noch nie etwas von einem Tanzkurs gehört. Mit offenem Mund starrte sie Uschi an. Deutlich nahm sie das Lächeln im Gesicht ihres Vaters wahr. Geistesgegenwärtig gab sie zurück, als habe sie es nur vergessen: „Ach so, der Tanzkurs!" – Sie wollte nicht auch noch vor ihm als ahnungslos erscheinen.

Und Uschi schritt sofort zur Tat. Wortlos drückte sie Maria in einen Sessel, gab dem Friseurgehilfen ein Zeichen, und ehe Maria widersprechen konnte, waren ihre Zöpfe aufgelöst.

Eigentlich wollte Maria gar nicht widersprechen. Mit freudiger Erregung dachte sie an ihre häuslichen Kostümfeste als Carmen. Es war aber viel schöner, sich einfach so „überrennen" zu lassen, und das beste Mittel, Mutters mahnende Stimme in ihr zum Schweigen zu bringen. – Was blieb ihr denn anderes übrig, als sich zu fügen?

Der Friseurgehilfe sparte nicht mit doppeldeutigen Komplimenten. Wie viel Mühe müsse es machen, dieses schöne lange Haar regelmäßig auszubürsten und dann auch noch zu Zöpfen zu flechten! Und während er redete, steckte er Marias Haare hoch.

Uschi reichte ihm ein paar Ohrringe hin. Es waren große goldene Kreolen. Der Friseurgehilfe hielt sie an Marias Ohr. „Wie gut sie vor dem schönen, schlanken Hals zur Geltung kommen!", meinte er zu Uschi, die zustimmend nickte. Dann fügte er, Maria zunickend, bedauernd hinzu: „Leider kann ich sie dir nicht überlassen. Doch so ein hübsches Mädchen wie du wird ja sicher bald welche geschenkt bekommen."

Uschi bereitete den Komplimenten ein jähes Ende:

„Hübsch sein alleine reicht heutzutage allerdings nicht. – Auf einhundertsiebzig Frauen kommen bei uns nur einhundert Männer. Da muss man schon etwas aus sich machen, wenn man nicht unter den siebzig sein will, die leer ausgehen."

Maria schaute sie verwirrt an. Sie konnte mit dieser Behauptung nicht viel anfangen.

In ihrem Dorf war es umgekehrt. Vielleicht war das eine Ausnahme, und Uschi hatte wirklich Recht. Maria war ja nicht das einzige vaterlose Mädchen. Wie viele Männer waren nicht aus dem Krieg zurückgekehrt oder lebten immer noch in Gefangenschaft!

Noch nie aber hatte Maria daran gedacht, dass das auch für spätere Generationen Folgen haben würde. Es war wohl in der Tat so, dass heutzutage junge Frauen alles Mögliche unternehmen mussten, um sich rechtzeitig „einen Mann zu angeln".

Während Maria überlegte, beobachtete sie im Spiegel Uschis Vater, der eine andere Kundin bediente. Es war erstaunlich, wie jung er aussah. Und er wirkte vornehm, selbst in seinem weißen Kittel.

Seine feingliedrigen Finger hielten einen Augenblick inne. Seine Augen glänzten, dann ein liebevoll-begehrlicher Blick zur Seite.

Maria sah in den Spiegel: Eine elegante Dame war eingetreten. Sie sah verführerisch aus. Maria wusste sofort, dass es Uschis Mutter war. Sie lächelte freundlich den Kundinnen zu, erwiderte den liebevollen Blick ihres Mannes, grüßte Uschi mit einem freundlichen Handzeichen.

Sie stand aufrecht und doch ungezwungen auf ihren halbhohen weißen Pumps. Ihre weiße Kostümjacke fiel über einen blütenkelchförmigen schwarzen Rock. Ein schmaler Gürtel betonte die enge Taille und ihre frauliche Figur. Unter den elegant hochgesteckten, fast schwarzen Haaren ein zartes Gesicht mit blassem Teint. An den Ohren zwei große Perlenhänger, eine Perlenkette um den schlanken, eleganten Hals. Schwarze Lidstriche führten über die Augenwinkel nach außen, betonten die strahlenden, mandelförmigen Augen. Darunter, leicht geschlossen, etwas vorgewölbt, verführerisch, ein sinnlich roter Mund.

„Begehren und Verführung sind das Salz der Liebe", schoss es Maria durch den Kopf. So hatte Uschi ihren Vater zitiert. – Ja, diese schöne Frau war der lebendige Beweis: Es musste schön und erfüllend sein, zu begehren und zu lieben.

Und einen Augenblick lang sah Maria sich selbst in dieser schönen, fast überirdischen Gestalt.

Uschis laute Stimme riss Maria aus ihren Betrachtungen:

„Sie könnten ihr bei dieser Gelegenheit ja gleich Ohrlöcher stechen – als Vorschuss sozusagen".

114

Als sie Marias erschrockenes Gesicht sah, fügte sie schnell hinzu: „Es ist natürlich gratis."

Freudig unterwarf sich Maria ihrem Willen.

Sie war fast etwas benommen, als sie wenig später einige Blicke ihres Spiegelbilds erhaschte, mit hochgestecktem Haar und großen Ringen an den Ohren. Sie hätte sich gerne länger betrachtet, doch die Zeit drängte. Dass jetzt die Zöpfe nicht mehr geflochten werden konnten, war klar, und Maria war darüber nicht einmal böse.

Geschickt steckte der Friseur das lange Haar mit ein paar Spangen zusammen, und sie eilten zur Schule zurück.

Unterwegs glaubte Maria, alle Blicke müssten auf sie gerichtet sein. Sie war puterrot, als sie das Gebäude betraten. Schnell stellte sie aber fest, dass sie jetzt neben Uschi sogar weniger auffiel als zuvor. Sie hatte erstmals den Eindruck, dass man sich nicht mit Gekicher nach ihr umblickte.

Und wie zur Bestätigung für ihr neu gewonnenes Selbstbewusstsein nahm ihr Gesicht wieder seine normale Färbung an.

Natürlich steckte hinter der Initiative zu einem Tanzkurs neben Uschis Eltern auch Schwester Katharina. Der Plan verbreitete sich wie ein Lauffeuer innerhalb der Klostermauern, rief bei der Schwesternschaft vereintes Kopfschütteln hervor.

Die Verdienste der angehenden Schwester in allen Ehren! Man wusste um ihre Bemühungen, die Ideale des Ordens in den Herzen der anvertrauten jungen Seelen zu verankern, auch wenn ihre Methoden nicht allgemeine Billigung erfuhren. Wollte man Aussagen von Schülerinnen Glauben schenken, dann erfreute sie sich bei den jungen Menschen ja einer gewissen Wertschätzung. Doch sich in solcher Weise auf die „Niederungen des irdischen Lebens" einzulassen - war das nicht Verrat an den geistigen Bestimmungen des Ordens?

Natürlich wies man weit von sich, dass bei den Flüstertönen, welche die Runde machten, so etwas wie Eifersucht im Spiele sein könnte. Und so sehr man sich auch gegenseitig der schwesterlichen

Hochachtung versicherte, sich bemühte, den Flüsterton gedämpft zu halten - ganz vermeiden ließ es sich nicht, dass das eine oder andere Raunen auch die Zelle der Schwester Oberin erreichte.

Die Rektorin freilich hielt große Stücke auf die junge, engagierte Lehrerin. Sie schätzte ihren positiven Einfluss auf die Klasse und war durchaus geneigt, dies im Interesse der Erziehung und des Ansehens ihres Ordens zu nutzen. Ein hohes Ziel war auch ein Wagnis wert.

Katharina konnte sie überzeugen, dass hinter dem so profan klingenden Projekt nichts Verwerfliches steckte. Man lerne bei einem Tanzkurs vor allem gutes Benehmen, und dies stehe Schülerinnen einer Klosterschule sicher gut an. Und zudem - auch die Zeiten änderten sich. Nachdem nun die harten Nachkriegsjahre überwunden waren, sei es verständlich, dass die junge Generation neue Bedürfnisse anmelde. Und letztlich könne in diesen Zeiten der Ruf, eine „aufgeschlossene Klosterschule" zu sein, auch nicht schaden.

Vor allem das letzte Argument überzeugte. Unter dem Hinweis, aber doch bitte für „züchtige Kleidung" zu sorgen, gab die Rektorin ihre Zustimmung.

Kopfzerbrechen aber bereitete der Schwester Oberin, dass die Anwesenheit zumindest eines männlichen Wesens innerhalb der Klostermauern sich nicht ganz vermeiden ließ, war doch eine Tanzlehrerin trotz intensiver Bemühungen nicht aufzutreiben. Es sprach für Katharinas Geschick, dass selbst ein solcher Verstoß gegen die althergebrachten Prinzipien der Anstalt in Kauf genommen wurde.

So fand seit November einmal wöchentlich am Samstagabend ein freiwilliger Tanzunterricht statt. Alle Mädchen nahmen daran teil. Nur der Beginn der Fastenzeit und die Karwoche Anfang April mussten von Tanzveranstaltungen ausgenommen werden.

Die Kurse sollten in einem größeren Raum der Schule stattfinden. So ließ sich, meinte die Rektorin, Sitte und Moral am besten aufrechterhalten. Schließlich verbot sich ein „Eindringen von Jungen" in weibliche Klosterräume von selbst.

Das bedeutete, dass keine männliche Beteiligung vorgesehen war, und darüber waren die Mädchen natürlich enttäuscht. Doch eine gewisse Spannung vor der Begegnung mit dem anderen Geschlecht, so Katharina, steigere noch die Intensität des Erlebens. Auch manche Formen des Benehmens trügen dazu bei. Und alle stimmten zu, dass es im eigenen Interesse sei, sich den Jungen gegenüber nicht zu blamieren.

Immerhin lockte der Abschlussball, geplant für Samstag, den siebten Mai – gemeinsam mit einer Klasse des benachbarten Jungengymnasiums.

Die Beiträge für den Kurs deckten lediglich die Organisationskosten ab, den Tanzlehrer eingeschlossen, und waren vergleichsweise gering. Da Maria auch diese nicht hätte aufbringen können, durfte sie kostenlos daran teilnehmen.

Schwester Katharina hatte diese „Bevorzugung" sehr diskret in die Wege geleitet. Nur Uschi und deren Eltern wussten außer ihr von Marias Bedürftigkeit. Die Schande wäre nicht auszudenken gewesen, hätten auch andere hiervon erfahren. Für Maria wäre das noch schlimmer gewesen, als auf den Tanzkurs ganz zu verzichten.

Und Katharina tat noch mehr: Sie gab Maria eine von ihr selbst verfasste Bescheinigung für Mutter. Aus dieser ging hervor, dass es sich um eine Schulveranstaltung handle. Das Wort „Pflicht" wurde nicht benutzt, doch die Formulierung war so geschickt, dass Mutter davon ausging, Maria daran teilnehmen zu lassen, sei so etwas wie Elternpflicht.

Zwar wunderte sich Mutter, wie eine Klosterschule „so etwas" überhaupt zulassen könne. Doch es handelte sich ja um Ordensschwestern, und an deren Verantwortlichkeit zu zweifeln, wäre einem Sakrileg gleichgekommen.

Schon die ersten Stunden des Tanzkurses waren ein voller Erfolg. Die ganze Klasse war erschienen.

Merkwürdigerweise gab es kein Gekicher, obwohl die Mädchen ja unter sich waren – vom Getuschel über den Tanzlehrer abgesehen.

Seine Vorstellung erübrigte sich. Lange vor seiner erwarteten Ankunft waren alle Fenster zur Straße besetzt. Uschi war die Erste, die ihn erspähte. Sein aufrechter Gang, sein tänzelnder Schritt verrieten ihn von Weitem.

Maria fand es ungehörig, wie sich einige Mädchen über die extrem aufrechte Haltung des Tanzlehrers mokierten. Manche wetteten sogar, dass er ein Korsett trage.

„Ohne Korsett", behauptete ein Mädchen, „kann man gar nicht so aufrecht gehen."

Maria war erstaunt, was diese Mädchen so alles wussten. Ihr war nicht einmal klar, wie ein Korsett überhaupt aussah.

In solchen Momenten bewährte sich ihre Freundschaft mit Uschi. Sie erklärte ihr geduldig alles über das Korsett vom Barock bis zum 19. Jahrhundert. Sie schwärmte vom Schönheitsideal des viktorianischen Zeitalters, einer der Hochphasen des Korsetts:

„Man liebte schlanke weibliche Taillen. Was die Mode des ‚New Look' heute wieder entdeckt, war damals selbstverständlich: je schlanker die Taille, desto attraktiver die Figur."

Uschi wusste auch zu berichten, dass man Frauen auf bis zu 17 Daumen Taillenumfang einschnürte, was etwas über 40 Zentimetern entspricht. Das nannte man „Wespentaille".

Maria maß mit Daumen und Zeigefinger den Umfang ihrer Taille nach, erschrak. Sie musste mindestens 25 Zentimeter mehr betragen! Dabei war sie wirklich zierlich. – Es mochte ja attraktiv wirken, so schrecklich eingeschnürt zu sein, aber ob man dabei noch atmen konnte? Wie schmerzhaft musste es sein, so ein Korsett zu tragen!

Maria wunderte sich, wie selbstverständlich die selbstbewusste Uschi es hinnahm, dass Frauen sich so einschnüren ließen, obwohl sie ja sonst so auf Freiheit pochte.

Uschi aber wusste solch unsachlichen Einwänden zu begegnen: „Natürlich erreicht man das erst nach und nach. Auch geht es nicht nur um die Taille. Schönheit ist eine Frage der gesamten Figur und der Haltung. Ein Korsett betont und hebt die Brüste, zwingt zur Haltung. Alles geschieht aufrecht und stolz. Das hat eine positive Wirkung auf die Gefühle und die Reaktionen anderer Menschen."

Woher wusste Uschi das bloß alles? – Als Antwort erschien ein Bild vor Marias Augen: Uschis Mutter. Aufrecht, in stolzer Fraulichkeit hatte sie da gestanden – wie eine überirdische Erscheinung. Doch auch überirdische Erscheinungen fielen nicht vom Himmel. Und sie schienen gewisse Hilfsmittel durchaus nicht zu verachten.

Uschis weitere Worte kamen wie von Weitem:

„Es gibt Menschen, die fragen sich empört, wie man Frauen denn so fesseln könne. – Und lehnen sie denn auch Regeln und Manieren ab, die uns genauso fesseln und beschränken? Und wozu nehmen wir an einem Tanzkurs teil? – Was äußerlich als Fessel mag erscheinen, entfesselt in uns die Sehnsucht nach der ‚Klassefrau‘. – ‚Wer schön sein will, muss leiden‘, heißt es nicht ohne Grund. Doch die Verehrung, die man dafür genießt, wiegt dies völlig auf."

Maria hatte einige Probleme, Uschis Argumenten zu folgen. Und doch spürte auch sie diesen Stolz, wenn sie die Hände fest in die Hüfte drückte und die aufrechte Haltung des Tanzlehrers einnahm.

Gern hätte sie noch mehr erfahren, doch Uschis Ausführungen wurden jäh vom schrillen Ton der Klingel unterbrochen, die jegliche weitere Betrachtung unterband. – Ja, die engte mehr ein als jedes Korsett! Doch niemand stellte sie in Frage. Und Maria hätte noch zu gerne gewusst, was es mit dem „New Look" auf sich habe.

Uschi kam gerade noch dazu, bevor die Tür sich schloss, Maria eine Wette anzubieten: „Solche Ideale werden heutzutage wieder interessant. Wir können doch nicht ewig in Kriegsklamotten herumlaufen! Und auch das Korsett wird bald wieder Mode, wetten wir?"

Maria hielt nicht dagegen. Sicher würde Uschi Recht behalten. Sie kannte sich in solchen Dingen schließlich besser aus.

Auch für den Tanzlehrer war diese Veranstaltung in den Klosterräumen ein Novum. Und sie stellte ihn vor ein gewaltiges Problem: Durfte man denn zulassen, dass Mädchen miteinander tanzten? Von der Frage der Schicklichkeit abgesehen: Jedes zweite Mädchen musste so die männliche Führungsrolle übernehmen! – Bei allem Respekt für frauliche Leistungen: Dies brachte sein Verständnis von den Geschlechterrollen doch gehörig ins Wanken.

119

Die Mädchen tanzten also in langen Reihen nebeneinander, in ausladenden Armbewegungen ihre fiktiven Partner umschlingend – in ihrer Vorstellung natürlich allesamt attraktive junge Männer.

So übte man Vierviertel- und Dreivierteltakt, Foxtrott-, Rumba- und Walzerschritt, Cha-Cha-Cha und Tango. Um Durcheinander zu vermeiden, musste man auf eine Drehung allerdings verzichten.

Für einen Außenstehenden hätte es vermutlich wie absurdes Theater ausgesehen. Doch die Mädchen waren ernsthaft bei der Sache. Nur die Jungen vermisste man eben doch.

Maria liebte besonders die südamerikanischen Rhythmen. Diese konnten auch gut alleine getanzt werden. Und sie erinnerten an Zigeuner. Und beim Tanz sah sie sich im Geiste als feurige Carmen, von Männern umringt und begehrt.

Vor allem liebte sie den Tango. Sie bewunderte die stolze Haltung des Tanzlehrers dabei. Und sie fühlte sich wie verwandelt, wenn sie selbst die vorgeschriebene Haltung einnahm.

Und es kam vor, dass sie auf dem Heimweg, wenn sie sich unbeobachtet fühlte, die Tasche abstellte, den Rücken streckte, die Arme weit vom Körper hielt, extrem aufrecht und mit breit ausladendem Schritt die Straße entlang eilte, sich der Schrittfolge erinnernd:

„Eins – zwei – Wiegeschritt ---
rück – seit – ran ---
quer – kreuzen – seit – ran."

Aber gerade der Tango brachte, neben dem Walzer, den aufrechten Mann mit dem tänzelnden Gang in gehörige Gewissensnöte. Einen Straußwalzer oder gar einen argentinischen Tango ohne männlichen Partner zu tanzen, das erschien ihm denn doch als Sakrileg. Und so rang er sich schon nach der dritten Stunde schweren Herzens dazu durch, es diesmal mit der strikten Einhaltung der Geschlechterrollen nicht so genau zu nehmen und auch weibliche Führung beim Tanz zu akzeptieren.

Von nun an hieß es also von der Mitte jeder Stunde an: „Zur Partnerwahl, husch, husch!"

Maria achtete sorgfältig darauf, spätestens in diesem Moment in unmittelbarer Nähe von Uschi zu stehen.

Uschi schien die männliche Führungsrolle geradezu zu genießen. So blieb es Maria erspart, diese Aufgabe übernehmen zu müssen. Sie empfand dagegen einen großen Widerwillen – ohne dass sie hätte sagen können, warum.

Ganz anders die weibliche Rolle: Wenn Uschi führte, ließ sie ihre kräftige Hand so deutlich in der Hüfte spüren, dass Maria sich vertrauensvoll nach hinten legen konnte. Sich tief in Uschis Arme zu legen und sich getragen zu fühlen, löste in ihr vor allem beim Tango regelrechte Wonnegefühle aus.

Bemerkenswert war, dass Uschi in der männlichen Rolle an fraulicher Ausstrahlung und Attraktivität sogar noch gewann. Sie wusste, dass ein Mann zu dominieren hatte. Und das hieß vor allem, dass er die Frau überragen musste.

Uschi war zwar kaum größer als Maria. Doch gegen diesen Mangel wusste sie Abhilfe.

Sie kam zum Tanzkurs mit Schultasche – nur barg diese keine Lateinbücher, sondern eine weiße, tief ausgeschnittene Bluse, einen Glockenrock in dunklem Rosé, hauchdünne Perlonstrümpfe und Pumps mit hohen, bleistiftdicken Absätzen. Damit überragte sie Maria um die ganze Absatzhöhe.

„Psychologisch gesehen", erklärte sie Maria, „erlauben die hohen Absätze zu führen, statt zu folgen. Aus einer ganz gewöhnlichen Frau wird eine überragende Verführerin, die buchstäblich auf die Männer herabsieht. Sie ist gezwungen, Rückgrat zu zeigen, sich in Positur zu werfen."

Diese psychologischen Vorteile der männlichen „Führungsrolle", vor allem, wenn sie mit wirklich damenhafter Kleidung kombiniert werden konnten, machten wie ein Lauffeuer die Runde. Denn wer wollte nicht – und sei es bloß einmal wöchentlich in der Vorstellung – auf die Männer herabsehen? Zwei Stunden lang herrschte so ein regelrechter Notstand am weiblichen Part.

121

Das entscheidende Verdienst für diese in doppelter Hinsicht „erhebende" Erfahrung kam natürlich Katharina zu:

Eingedenk dessen, dass die Schwesternschaft diese frühabendliche Stunde der inneren Einkehr zu widmen pflegte, verzichtete die Schulleitung im Vertrauen auf ihre kompetente Leitung auf weitergehende Kontrolle. Eine vorsichtige Anspielung genügte, denn die Mädchen verstanden sehr schnell.

Von nun an eilten samstags spätnachmittags sechsunddreißig Taschen tragende Mädchen in züchtiger Kleidung, vom wohlwollenden Nicken der Schwester Oberin begleitet, über den Klosterhof und strömten dem hintersten, zur Straße gelegenen Raum des zweiten Stockwerks zu.

Schon kurze Zeit später wehrten tiefblaue Stoffbahnen an den Fenstern unbefugte Blicke ab. Und wieder wenige Minuten darauf rauschten achtzehn Paare, von sittenstrengen Klostermauern wohl geschützt, auf hohen Stöckeln und in breit ausladenden Röcken bei leicht gedämpftem Licht über den Boden.

Das Aufregendste an dieser klösterlichen Selbsterfahrung besonderer Art war dem letzten Schrei der Mode zu danken, dem „Petticoat". Er bestand aus rauschendem, durchsichtigem Nylon, blähte den Rock zu einer wunderbaren Glockenform auf. Und es knisterte herrlich, wenn man sich einander näherte.

Maria freilich besaß keinen Petticoat. In ihrer Not wusste sie sich dennoch zu helfen: Sie suchte alte Stoffreste zusammen, die sich in ihrer Kammer angesammelt hatten, stärkte sie und nähte sie gekräuselt zwischen ihre beiden einzigen Unterröcke ein. Darüber zog sie ihren roten Lieblingsrock. Zum Glück hatte sie ja auch die Perlonstrümpfe von Mike. Ihr selbst genähter „Petticoat" knisterte zwar nicht so schön. Der Anblick ihrer fraulichen Silhouette, von Uschis starkem Arm umfasst, ließ Marias Herz dennoch höher schlagen.

Der Tanzkurs bot Maria auch eine willkommene Gelegenheit, ihren Zöpfen endgültig den Garaus zu machen. Freilich stand ihr bei Mutter noch ein erhebliches Stück Überzeugungsarbeit bevor.

122

„Lange Zöpfe sind beim Tanzen hinderlich, vielleicht sogar gefährlich", erklärte sie.

Mutter konnte aber, wenn ihr etwas wichtig schien, durchaus Argumente finden. „Warum steckst du sie dann nicht zu einem Knoten zusammen?", fragte sie zurück.

Maria begann zu stocken. Dann fiel ihr doch noch etwas ein: „Weißt du, wenn man plötzlich herumwirbelt, dann geht ein Knoten leicht auf, und das wäre doch unschicklich."

Marias letztes Wort löste bei Mutter ein wohlwollendes Kopfnicken aus. Dennoch war sie noch nicht überzeugt.

Maria ahnte: Mutter wie ihr selbst ging es eigentlich um etwas anderes. In beiden hatte sich das Bild von einem deutschen Mädchen festgesetzt, und das war untrennbar mit langen Zöpfen verbunden. Sie erinnerte sich an Mädchenbilder aus Krieg und Vorkriegszeit: ausschließlich mit Zöpfen. Das Problem bestand offenbar darin, dass Mutter dieses „Gretchenbild" ganz anders bewertete als sie.

So einfach würde sie Mutter nicht überzeugen können. Und über ihre geheime Absicht, sich einen „Bubikopf" schneiden zu lassen, konnte sie schon gar nicht sprechen. Sich die „schönen langen Haare", wie Mutter immer wieder betonte, kurzerhand abzuschneiden, das wäre fast so schlimm gewesen, wie die Lippen rot zu malen.

Mutter hatte schon recht unwirsch reagiert, als Maria nach einem Filmbesuch bezweifelt hatte, dass die hinterwäldlerische Försterliesel für sie wirklich ein Maßstab sein könne. Nun aber ging es nicht mehr um die Försterliesel, sondern darum, Mutter an ein neues Bild von ihr selbst zu gewöhnen.

Auch zu Hause öffnete Maria nun immer öfter ihre Haare und steckte sie hoch, wie es der Friseur getan hatte. Das sah zumindest nicht so brav aus, als wenn sie die Zöpfe zu einem Knoten band. Mutters Protest beantwortete sie damit, dass sie einfach „vergaß", die Zöpfe zu flechten, oder dass die Zeit morgens zu knapp wurde und sie „gezwungen" war, mit offenem Haar zur Schule zu gehen.

Das freilich lehnte Mutter noch mehr ab. Mutter hasste jede Form der Nachlässigkeit. Gerade in ihrer Situation könne man sich das nicht erlauben.

Maria vermied es nachzufragen, was Mutter damit meinte. Als Zeichen ihrer Kompromissbereitschaft band sie die Haare mit einer Spange zu einem Pferdeschwanz. Doch oft löste sich die Spange schon auf dem Weg zum Bahnhof von selbst, rein „zufällig".

Maria beobachtete dann mit geheimer Freude, wie sich mit offenem Haar ein ganz anderes Gefühl von ihr selbst einstellte. Und sie genoss es, im Zug den Kopf aus dem geöffneten Fenster zu hängen und den Wind in ihrem Haar zu spüren.

Das Schuljahr verlief geradezu harmonisch, bis Mitte Februar.

Am Rosenmontag war schulfrei. In manchen Gegenden Deutschlands, so hatte Maria gehört, zogen die Menschen zu Fasching wild geschminkt und maskiert durch die Straßen. Man nannte das dort „Karneval". In ihrer Stadt waren solche Bräuche weniger üblich.

Uschi aber war davon angetan. Sie fand es toll, sich „neu zu erschaffen" und die Aufmerksamkeit anderer Menschen zu erwecken. Mithilfe der Schminktöpfe ihrer Mutter probierte sie mit einigen Mädchen verschiedene Wirkungen als „Dame" aus. Sie lieh sich sogar den dunkelroten Nagellack. Den fand sie besonders chic.

„Fasching", so klärte sie Maria auf, „ist keine Narretei. Es ist ein rauschendes Fest der Sinnlichkeit. Wir verwandeln uns, wenn wir uns schminken, nicht nur äußerlich: Wir kehren unser Inneres nach außen, befreien geheime Sehnsüchte, die das ganze Jahr verschüttet sind. Wir erleben in den Farben die Vielfalt unseres Ich. Bedürfnisse nicht zu verstecken, das ist wie Balsam für die Seele."

Maria glaubte Uschis Vater zu hören, sah erstaunt ihre Freundin an: Sie stand aufrecht, den Kopf leicht in den Nacken gelegt.

So hatte Uschis Mutter damals den Friseursalon betreten. Sie hatte ihren Mann geradezu elektrisiert. Dessen Augen hatten geglänzt, und er hatte sie mit liebevoll-begehrlichem Blick begrüßt. - Ja, es musste schön sein, seine Sinnlichkeit als bereichernd zu erfahren.

Maria beneidete und bewunderte ihre Freundin.

Am Faschingsdienstag kam Uschi mit geschminkten Lippen und rot lackierten Fingernägeln zur Schule. Zunächst passierte nichts. Katharina reagierte nicht darauf, und von anderen Schwestern war nicht mehr als ein missbilligender Blick wahrzunehmen.

Tags drauf aber wurde Uschi zur Rektorin gerufen. Erst Ende der Stunde kam sie wieder. Sie sah sehr betreten aus, erzählte nichts. Als sie alleine auf dem Hof waren, äußerte sich Uschi dann doch.

Die Rektorin hatte ihr zunächst freundlich, aber deutlich klar gemacht, dies sei eine Anstalt, wo von heranwachsenden Backfischen – sie sei ja wohl noch ein Backfisch! – vorbildliches Verhalten erwartet werde. Sehr energisch wurde sie aber, als Uschi meinte, sie sei doch kein kleines Mädchen mehr, ihr Aussehen sei doch ihre Sache. Und ihre Eltern hätten nichts dagegen. Darauf hob die Rektorin zu einem Vortrag über „Gehorsam", „Anstand" und „Natürlichkeit" an, verbot ihr in aller Form, noch einmal in so einem „unnatürlichen Aufzug" zu erscheinen. Jede Zuwiderhandlung werde schwerwiegende Konsequenzen nach sich ziehen. In dieser Anstalt könne schließlich kein Versuch der „Rebellion" geduldet werden.

Uschi war aber, als sie leicht geschminkt in der Schule erschienen war, gar nicht auf „Rebellion" aus gewesen. Sie hatte sich eigentlich nur einmal „ausprobieren" wollen. Nun aber, nach der Drohung der Rektorin, war das eine ganz andere Sache.

Sich geschminkt in der Öffentlichkeit zu bewegen, vertraute sie Maria an, das habe ihr erstmals das Gefühl vermittelt, eine Frau, ja eine wirkliche Dame zu sein: „Weißt du, Maria, das war ein so erhebendes Gefühl, wie die Entdeckung eines anderen Selbst. Das wollte ich mir nicht nehmen lassen, auch nicht von einer Rektorin."

Die nächsten beiden Tage fehlte Uschi, sogar im Tanzkurs. Am Montag der folgenden Woche erschien sie wieder, mit Lippen in dezentem Rosa. Ihre Nägel glänzten in derselben Farbe.

Maria zollte Uschi durchaus Bewunderung für ihre Konsequenz. Sie hätte so etwas nie gewagt. Es war ja gar nicht auszudenken, wie Mutter reagieren würde, wenn sie sich schminkte – ganz zu schweigen von den Leuten im Dorf.

125

Katharina reagierte auf den Vorfall auf ihre Weise.

Sie nahm nicht dazu Stellung, behandelte Uschi ebenso freundlich wie immer. Nicht zu erfahren war, ob seitens der Direktion eine „Order" ausgegeben worden war. Da Katharina dies nicht ausdrücklich verneinte, war solches aber zu vermuten.

Am Montag darauf betrat sie den Klassenraum mit seltsam entschlossener Miene. Sie schien eine Auseinandersetzung gehabt zu haben. Sie gab weder, wie gewöhnlich, eine kurze Einleitung zu dem folgenden Thema, noch teilte sie einen Text aus.

Wortlos stellte sie sich vor die Klasse. Es war augenblicklich still.

Dann trug sie ein Gedicht vor, und zwar mit einer Emphase, die man an ihr nicht gewohnt war. Maria schien es schon während der ersten Strophe, als höre sie aus dem Vortrag reichlich Ironie heraus.

Sogenannte Klassefrauen

Sind sie nicht pfui teuflisch anzuschauen?
Plötzlich färben sich die ‚Klassefrauen',
weil es Mode ist, die Nägel rot!
Wenn es Mode wird, sie abzukauen
oder mit dem Hammer blau zu hauen,
tun sie's auch. Und freuen sich halbtot.

Wenn es Mode wird, die Brust zu färben
oder, falls man die nicht hat, den Bauch ...
Wenn es Mode wird, als Kind zu sterben
oder sich die Hände gelb zu gerben,
bis sie Handschuhn ähneln, tun sie's auch.

Wenn es Mode wird, sich schwarz zu schmieren ...
Wenn verrückte Gänse in Paris
sich die Haut wie Chinakrepp plissieren ...
Wenn es Mode wird, auf allen Vieren
durch die Stadt zu kriechen, machen sie's.

Wenn es gälte, Volapük zu lernen
und die Nasenlöcher zuzunähn
und die Schädeldecke zu entfernen
und das Bein zu heben an Laternen –
morgen könnten wir's bei ihnen sehn.

Denn sie fliegen wie mit Engelsflügeln
immer auf den ersten besten Mist.
Selbst das Schienbein würden sie sich bügeln!
Und sie sind auf keine Art zu zügeln,
wenn sie hören, dass was Mode ist.

Wenn's doch Mode würde, zu verblöden!
Denn in dieser Hinsicht sind sie groß.
Wenn's doch Mode würde, diesen Kröten
Jede Öffnung einzeln zuzulöten!
Denn dann wären wir sie endlich los.

Katharina setzte sich, wartete. Betretenes Schweigen in der Klasse, fast Entsetzen. Einige Mädchen schienen nicht sicher zu sein, ob sie es nicht tatsächlich ernst meinte. Nur Uschi wirkte teilnahmslos, fast gelangweilt, als betreffe sie das alles nicht. Keiner blickte sie an. Auch Maria schaute starr vor sich hin.

Endlich eine leise Stimme: „Wie viel Aufregung um so ein bisschen Farbe!" Es war mehr zu sich selbst geraunt denn als Beitrag gedacht. Dennoch löste sich die Beklemmung. Lauter Beifall. Dann brach ein Sturm der Entrüstung los.

Katharina konnte sich ein Schmunzeln nicht verkneifen. Doch sie sagte noch immer nichts.

Maria kannte dieses schelmische Lächeln. Sie hatte es öfter schon an ihr bemerkt, und zwar immer dann, wenn jemand den Nagel auf den Kopf getroffen hatte. Katharina aber wollte ihre Meinung nicht sofort zu erkennen geben, um die Spannung aufrecht zu erhalten.

Auch diesmal ließ sie die Mädchen reden, ließ auch unkontrollierten Emotionen freien Lauf.

127

Manche fragten sich, wie man solchen Unsinn überhaupt schreiben könne. Andere waren erschrocken über die gehässige Verhöhnung von Frauen. Wieder andere wandten ein, sie könnten sich vorstellen, dass ihre Eltern ähnlich reagierten.

Auch Maria war entsetzt. Sie fand vor allem den Vergleich mit „Kröten" unerträglich. Sie fühlte sich persönlich angegriffen, voll hilfloser Wut. Gewiss: „Satire darf alles", hatte Katharina einmal gesagt. Sie hatte aber hinzugefügt: „Doch sie muss überzeugend sein."

Und Maria erinnerte sich an ihre mahnenden Worte: „Die finsterste Epoche der deutschen Geschichte begann, als man Menschen voller Hass als ‚Ratten' bezeichnete. Hass vermittelt ein Gefühl der Macht. Wer hasst, glaubt sich mit seinen Vorurteilen stark. Doch er findet kaum zur Menschlichkeit zurück."

Eine so gehässige Anklage gegen ‚Klassefrauen', meinte ein Mädchen, könne nur einem Männerhirn entspringen, das nicht die geringste Ahnung von weiblichen Bedürfnissen habe. Und eigentlich müsse man ein Gesetz einführen, das Männer verpflichte, die Hälfte eines Jahres als „Klassefrau" durch die Gegend zu laufen. Dann würden sie die Frauen besser verstehen. Sie erntete großen Beifall.

„Sehr richtig!", pflichtete eine andere bei, „aber mit ganz engen Röcken und in Stöckelschuhen mit richtig hohen Absätzen, dass sie nur so herumtorkeln!" Ihre Stimme klang schadenfroh.

Vielfaches Gelächter. Sogar Katharina schmunzelte.

„Ja, dann könnte man uns nicht mehr verbieten, uns zu schminken", meinte eine Dritte. Ihre Stimme ließ Empörung erkennen. „Und überhaupt: Was soll daran ‚unnatürlich' sein?"

„Genau!", kam es von mehreren Seiten. Blicke richteten sich auf Uschi, dann auf Katharina. Man erwartete eine Erklärung von ihr.

Katharina zögerte ungewöhnlich lange, bevor sie begann:
„Unverständlich ist es nicht. – ‚Erlaubt ist, was sich ziemt', sagt Goethe im ‚Tasso'. Es muss für das Auftreten in der Öffentlichkeit gewisse Regeln geben. Man muss wissen, was angemessen ist und was nicht. Und ein Unterricht ist kein Tanzball. – Andererseits ..."
Murren hinderte Katharina daran weiterzusprechen.

Das war für sie ungewöhnlich. Sie zuckte aber nur leicht mit den Schultern. Ironisches Lächeln ließ erkennen, dass durch ihre Worte die Schwester Oberin gesprochen hatte. Sie wusste, was von ihr erwartet wurde. Auch sie unterlag klösterlicher „Gehorsamspflicht". Doch damit habe sie ihrer Pflicht wohl Genüge getan.

Katharina gab sich aber mit bequemen „Lösungen" nicht zufrieden. Sie war sich zu schade, als Feigenblatt für autoritäre Verordnungen herzuhalten. – Die Mädchen hatten ja Recht: Warum überhaupt die lächerliche Aufregung wegen so ein bisschen Farbe? Was trieb vernunftbegabte Menschen um, dass sie darauf reagierten wie ein Stier auf rotes Tuch? – Es ging nicht bloß um Uschi, um Fragen des Geschmacks. Es ging auch um das Bild vom Menschen, um das Recht auf Entfaltung der Persönlichkeit. Die Mädchen hatten dies gefühlt, und deshalb zeigten sie sich so betroffen.

Grundsätzliche Fragen aber löste man nicht durch bloße Bekenntnisse. Man musste den Ursachen auf die Spur kommen.

„Andererseits ...", fuhr Katharina mit Nachdruck fort, „andererseits kann man fragen, ob es angemessen ist, etwas zu verbieten, nur weil man es für ‚unschicklich' oder ‚unnatürlich' hält. Denn wer bestimmt, was ‚schicklich', was ‚natürlich' ist?"

Sie schwieg, schien sich zu sammeln. Und die Mädchen wussten, dass nun ein längerer philosophischer Exkurs folgen würde:

„Wir reden viel – zu viel gar – von ‚Natur'.
Und was man als ‚natürlich' hat erkannt,
hält man für unverrückbar, unveränderlich.
Ja, wir brauchen dieses Wort,
um uns in dieser Welt nicht zu verlieren.

Gedankenlos verwenden wir es oft,
wenn uns die Argumente fehlen,
um jedes Widerwort im Keime zu ersticken.
Und an den Pranger stellen wir,
was wir für ‚unnatürlich' halten.

Was aber ist ‚natürlich‘? Was ist ‚Natur‘? –
Sie ist in stetem Wandel, kann grausam und bedrohlich sein.
Sie zu verändern, auch die eigene Natur, ist legitim.
Natur zu zähmen ist der Sinn der menschlichen Kultur.
Und auch diese wandelt sich, und mit ihr der Mensch.

Doch steter Wandel macht uns Angst.
Wir wollen Regeln und Gesetze, welche ewig gelten.
Wir suchen eine Ordnung, suchen sie in der Natur.
Wir teilen, was wir kennen, ein, in ‚gut‘ und ‚böse‘,
‚fromm‘ und ‚sündhaft‘, ‚männlich‘ oder ‚weiblich‘.

Plural wird zu Singular, Vielfalt wird zu Einfalt.
‚Unnatürlich‘ nennt man,
wer diesem engen Bilde nicht entspricht.
Und man verdammt die Vielfalt,
die nach außen dringt.

Was Männern oder Frauen ‚ziemt‘,
was man für ‚schicklich‘ oder für ‚verwerflich‘ hält,
ist bloße Konvention, nicht festgelegt durch die Natur.
Lust auf Verwandlung ist natürlich, lässt sich nicht verbieten.
‚Nur wer sich wandelt‘, sagt das Sprichwort, ‚bleibt sich treu.‘“

Kurzes Schweigen in der Klasse, dann zaghaftes Klatschen.

Katharina schien nicht ganz mit sich zufrieden. Man sah ihr an, dass sie selbst auf der Suche war. Es hatte geklungen, als spreche sie zu sich selbst. Sie hatte fast die Klasse vergessen. Die aber erwartete eine Stellungnahme zum Problem „Uschi“.

Einige Schülerinnen schauten Katharina verunsichert an, schienen nicht zu wissen, worauf sie hinaus wollte.

„Heißt das nun, Sie meinen, dass sich zu schminken durchaus natürlich ist?“, fragte schließlich ein Mädchen unverblümt, blickte dabei auf Uschis versteinertes Gesicht.

Katharina wirkte einen Augenblick unschlüssig. Dann glitt ein befreites Lächeln über ihre Lippen. Natürlich hatte sie erkannt, dass ein Bekenntnis von ihr eingefordert wurde. Doch sie wusste auch, dass sie dies in Konflikte mit der Schwester Oberin stürzen konnte.

Damit aber hatte sie rechnen müssen. Sie hatte es wohl auch gewollt. Sie war stolz auf ihre Mädchen, die sich nicht mit einem Sprichwort oder philosophischen Überlegungen abspeisen ließen, wenn es um eine Frage ging, die sie bewegte und sie selbst betraf. Sie wollten Klarheit. Katharina durfte sie nun nicht enttäuschen.

„Ja, ich gebe dir Recht", bekannte sie unumwunden. „Sich zu verwandeln, in ,eine andere Haut zu schlüpfen' ist ein uraltes, ein ,archaisches' Bedürfnis. Die Vielfalt in uns drängt danach, sich auszudrücken. So fühlen viele sich wie befreit, wenn sie, verkleidet und geschminkt, sich an Fasching anderen präsentieren."

Einige Mädchen nickten zustimmend, und selbst Uschi konnte ein leichtes Schmunzeln nicht unterdrücken.

Katharina warf ihr einen aufmunternden Blick zu und fuhr fort:

„Kosmetik als Mittel, um sich auszudrücken, existiert schon, seit es Menschen gibt. So bei Riten und bei Festen, um eine Gottheit zu verehren oder weibliche Fruchtbarkeit. Männer bemalen in schrillen Farben ihr Gesicht, um Feinde abzuschrecken. Schon die alten Ägypterinnen schminkten sich Augen und Lippen, so wie die schöne Nofretete, um attraktiver zu erscheinen. Und in Indien färben noch heute die Frauen bei Festen mit Henna ihre Hände rot."

„Und warum nennt man es dann ,unnatürlich'?", fragte sogleich ein Mädchen nach.

Katharina erinnerte an die Diskussion über bürgerliche Moral:

„Das hängt mit dem Kampf des Bürgertums gegen höfische Sitten zusammen. Rokoko-Damen trugen übermäßig prächtige, oft ausgefallene Kleider, malten die Lippen rot und puderten ihr Gesicht ganz weiß. Man liebte es, sich darzustellen, sich anderen zu zeigen.

Doch in bürgerlichen Kreisen war das sehr verpönt. Man machte diese Mode lächerlich, und sein eigenes Bild vom Menschen nannte man ,natürlich'. So wie ,Jungfräulichkeit' wurde auch ,Natürlichkeit' zu einer Frage der ,Moral'. Die sollte nun für alle Menschen gelten. Und der Verachtung fiel anheim, wer dagegen verstieß."

131

Maria hörte in sich Mutters laute Stimme: „Die deutsche Frau ist natürlich! Die deutsche Frau schminkt sich nicht!" –

Ja, „Natürlichkeit", das war auch ein Begriff aus Mutters Wortschatz, und es war für sie durchaus eine moralische Kategorie. –

„Natürlichkeit", das war der Stolz der Besitzlosen. Wer arm und mittellos war, der besaß wenigstens seine „Natürlichkeit". Und die verteidigte er mit allen Mitteln.

Das war verständlich. Mutter hatte alles verloren, sogar ihre Fraulichkeit: Hatte man ihr nicht als Mädchen schon das schöne Haar zerstört, das sie vor anderen zur Frau gemacht? Sie wusste, wie demütigend es war, sich seines Haares zu schämen. Doch sie verhüllte es nicht. Sie stand zu ihrer Schande. Sie brauchte aber ihren Stolz und die „Natürlichkeit": Vielleicht konnte sie mit ihrer Schande leichter leben, wenn sie für „unnatürlich" hielt, was sie ein für alle Mal verloren hatte. Und sie machte eine Tugend aus der Not.

Doch half das wirklich weiter? Musste sie nicht umso mehr die Fraulichkeit an andern hassen, die sie selbst nicht mehr besaß? –

Von hinten meldete ein Mädchen sich zu Wort:

„Wenn aber die Vielfalt in uns drängt, sich auszudrücken, dann ist Schminken keine Maskerade. Wir verschleiern uns ja nicht. Im Gegenteil: Wir stehen zu unseren Bedürfnissen, offenbaren, wie wir selbst uns sehen. Und wir erfahren dabei die eigene Fraulichkeit."

Und eine andere pflichtete bei: „Und frauliche Bedürfnisse zu äußern, ohne falsche Scham, das gehört zur Würde der Frau."

„Das hat mein Vater auch gesagt", warf die Diplomatentochter ein. „Selbst in islamischen Ländern schminken sich Frauen insgeheim, unter der Burka oder im Harem, wenn sie unter sich sind."

Katharina nickte: „Ja, das trifft zu. Es hilft, ihr schweres Schicksal zu ertragen. – Bedenkt, was es wohl heißen mag, Tag für Tag sich unter einem dichten Schleier zu verstecken, ein ganzes Leben lang! Übermächtig wird so der Drang, sich des eig'nen Wertes, seines Frauseins zu versichern. – Man kann, was in uns lebt und drängt, wohl ächten, kann es daran hindern, dass sie sich nach außen zeigt. Doch verbieten lässt es sich nicht."

Maria berührten diese Worte sehr. Sie erregten ihre Fantasie:

Vor ihr ein Trauerzug: Phantomgestalten, schwarz verschleiert bis zum Boden. Kalte Schauer – Kerker – dunkle Nacht um sie herum! – Unter der Burka lebendig begraben! – Doch sieh! Ein schwacher Schein! Ein Tor zur Außenwelt? – Ein Schlitz nur, winzig klein. Voller Gier spähst du hindurch: Bärtige Männer um dich herum. – Du aber bist ihren Blicken entzogen! Die Burka, einer Tarnkappe gleich, schützt dich vor männlicher Gier. – Die Burka schützt dich? – Nein, schändliche Voyeurin! Man schützt dich nicht, wenn man den Blicken dich entzieht, dir menschlichen Kontakt verweigert! – Doch sieh: Der Schleier hebt sich, sanfte Stimmen, heiteres Lachen! Es gleitet über deine Lippen, zart und weich. Um dich herum Traumgestalten. Zarte, liebliche Gesichter, Münder, lächelnd, glänzend rot. Fest der Schönheit und der Sinnlichkeit: Frauen, geachtet und geehrt! – Doch ach: eine weibliche Oase nur, abgeschieden von der Welt. – Sinnlos eine Schönheit, die sich nicht zeigen darf! Sie verdorrt, wie Blumen, die man unter einen Scheffel stellt.

Sanft drang Katharinas Stimme an Marias Ohr:

„Die ‚Geishas‘ in Japan sind immer stark geschminkt, mit weiß gepudertem Gesicht, knallroten Lippen und pechschwarzem Haar. Sie sind geradezu eine Verkörperung der ‚Klassefrau‘: Sie sind aber keine Prostituierten. Sie verkaufen nicht ihren Körper, bieten ihn nicht feil. Sie sind Künstlerinnen des guten Geschmacks, Traumgestalten, die den ewigen Traum von Schönheit in uns erwecken.“

„Doch die Menschen haben verlernt zu träumen“, warf ein Mädchen heftig ein. Sie beschimpfen geschminkte Frauen als ‚dumme Gänse‘, halten sie für Prostituierte. Und das beleidigt uns alle.“

Katharina nickte, wehmütig lächelnd. Tiefe Grübchen an den Wangen bestätigten die Worte, machten sie noch liebenswerter.

Katharina, das verriet ihr Lächeln, war auch eine Künstlerin des guten Geschmacks: Welch starken Eindruck hatte sie in der Gestalt des „Erdgeists“ in Maria hinterlassen, mit ihrem langen, aufgelösten Haar, den leuchtend roten Lippen! – Umwerfend schön, eine Art Geisha, eine Märchengestalt – wie Schneewittchen. –

Und auch Maria trug ihn in sich, seit Kindheitstagen schon, den ewigen Traum von Schönheit: Weiß wie Schnee, rot wie Blut und schwarz wie Ebenholz. –

Eine laute Stimme schreckte sie auf.

„Ich möchte gerne eine ‚Klassefrau' sein", bekannte selbstbewusst die Diplomatentochter, Klassenbeste, mit aufmunterndem Kopfnicken in Richtung Uschi. Wieder erhob sich Beifall.

Maria rieb sich die Augen. Sie fühlte sich beschämt, Uschi nicht als Erste beigesprungen zu sein. Sie war es nicht gewöhnt, sich vor anderen spontan zu äußern. Doch diesmal musste es sein.

Sie suchte in Gedanken Hilfe bei den Traumgestalten, bei der schönen Frau mit den Kirschennägeln. Die hatte gewusst, wie man sich gegen Vorurteile wehrt: mit Stolz.

Sie begann vorsichtig, nach Worten suchend, nahm freundliches Nicken von Mitschülerinnen wahr, wurde zunehmend selbstsicher:

„Der Autor, scheint es, verurteilt ‚Klassefrauen', weil er Mode für ‚unnatürlich' hält. Was aber soll so schlimm sein an der Lust, sich zu verwandeln? –. Wir sind doch Frauen, nicht neutrale Wesen!"

„Bravo!", rief ein Mädchen aus, und andere klatschten. So viel Mut hatte man ihr nicht zugetraut. Sogar von Uschi kam ein leichtes Lächeln angesichts ihres erkennbaren Erziehungserfolges. Und auch auf Katharinas Lippen zeichnete sich ein Schmunzeln ab.

Von hinten eine leise Stimme: „Und haben denn nur Frauen das Bedürfnis, sich zu verwandeln?"

„Nein", kam es von vorn zurück. „Schon im Mittelalter gab es Berichte über geschminkte Jünglinge, und in Barock und Rokoko trugen am Hof auch Männer Perücken, puderten und schminkten sich. Ihre Kleidung war kaum weniger prächtig als die der Frauen. Zwar wurde ‚weibisches' Verhalten von Männern, wie man es nannte, auch früher schon verachtet, doch erst das puritanisch geprägte Bürgertum sieht es als ‚unnatürlich', ja als ‚unmoralisch' an.

‚Weibliches' und ‚Männliches' wurde zu unversöhnlichen Gegensätzen. Und man verfemt bis heute, wer nicht in dieses Schema passt. So verbirgt man eigene Neigungen und Schwächen.

Schon Lessing erkannte die Folgen. So verspottet die aufgeklärte Gräfin Orsina in ‚Emilia Galotti' diese ‚Moral' mit den Worten:
‚Ein Frauenzimmer, das denkt, ist ebenso ekel als ein Mann, der sich schminket.'"

Empört rief die Diplomatentochter aus: „Soll das etwa heißen, Frauen dürfen nicht denken, weil man Männern Schönheit vorenthält? Haben die denn den Verstand für sich allein gepachtet?"

Katharina nickte: „Ja, so scheint es. Verstand und Gefühl, Vernunft und Herz, Stärke und Schönheit – zahllos sind die Gegensätze, die man heute noch in Mann und Frau zu finden glaubt. Was Männern ‚ziemt', macht Frauen ‚lasterhaft', und nichts fürchten Männer mehr, als ‚weibisch' zu erscheinen. Ins Korsett falscher ‚Natürlichkeit' zwängt man Mann und Frau. Und beide unterwerfen sich dem inneren Zwang, den man selbst geschaffen hat."

„Und eben deshalb muss man sich als ‚Klassefrau' bekennen – so wie Uschi!", rief ungestüm die Diplomatentochter aus.

Ein lautes „Bravo!" gab das Signal für brandenden Beifall, und selbst über Uschis rosarote Lippen huschte ein leichtes Lächeln.

Maria bewunderte die Diplomatentochter: Ja, sie hatte Recht. – Und darum ging das schreckliche Gedicht auch sie etwas an.

Sie meldete sich erneut: „Wer ist überhaupt der Autor dieses dummen Gedichts?"

Katharinas hübsche Grübchen an den Wangen verschwanden.

„Diese Frage habe ich schon lange erwartet. – Ich habe euch den Autor nicht genannt, weil ich euch nicht daran hindern wollte, eure Ansichten frei zu äußern. Denn ihr kennt ihn sicher gut. Es ist – erschreckt bitte nicht – es ist Erich Kästner."

„Erich Kästner!", schrie Maria im Chor mit vielen Mädchen auf. „Der Erich Kästner, der die tollen Kinderbücher geschrieben hat?"

Katharina schien selbst zu erschrecken: „Ja, derselbe. Es ist der Autor dieser schönen Kinderbücher, die wenige Jahre später von den Nazis verbrannt wurden. Denn das Gedicht stammt von 1930."

„Das kann ich nicht glauben", äußerte Maria betroffen. Sie fühlte, wie ein Denkmal vom Sockel stürzte, und wehrte sich dagegen.

„Es ist in der Tat bestürzend", räumte Katharina ein. „Denn ganz sicher war Kästner ein kluger Mensch. Und ebenso sicher hat er nichts mit den barbarischen braunen Horden zu tun. Und dennoch teilte er mit ihnen sein Bild von Frauen – zumindest zum Teil.

Das zeigt, wie tief verwurzelt Misstrauen gegen unsere Sinnlichkeit schon vor den Nazis war. Auch wenn man die frauliche Gestalt bei uns nicht verbirgt: Auch hier lehrt man die Frauen, ihre Sinne zu fürchten und ihre Fesseln zu lieben – so wie Emilia.

Ihr aber sollt lernen, als freie Menschen und das heißt auch mit eurer Sinnlichkeit zu leben. Wir müssen unsere Natur beherrschen, doch wir dürfen sie nicht mit heuchlerischer ‚Moral' ersticken."

„Und wir dürfen unsere fraulichen Bedürfnisse nicht unterdrücken lassen!", rief ein Mädchen triumphierend aus.

Eine andere begann leise zu singen: „Ich bin die fesche Lola ...".

Etwas lauter, um sie zu übertrumpfen, stimmte seine Dritte an:
„Ich bin von Kopf bis Fuß auf Liebe eingestellt,
denn das ist meine Welt, und sonst gar nichts!"

Noch lauter, geradezu übermütig, fuhr eine vierte fort:
„Das ist, was soll ich machen, meine Natur,
ich kann ja lieben nur, und sonst gar nichts."

Katharina unterband den Störungsversuch, mit Schmunzeln auf den Lippen, indem sie den Gedanken aufgriff:

„Ja, auch das ist unsere ‚Natur'. Und man braucht sich ihrer nicht zu schämen. Lola ist ein Symbol für revoltierende Frauen. In den zwanziger Jahren, nach Kriegserlebnissen und sozialen Umbrüchen, stellte man die traditionelle Rolle der Frau in Frage. Man zeigte offen auch seine männliche Seele, spielte mit ‚männlichen' Symbolen wie Hosen und Zylinder. Zugleich betonte man mit tiefroten, herzförmig geschminkten Lippen seine Weiblichkeit."

Ein Mädchen schüttelte verwundert den Kopf: „Haben denn Frauen auch eine ‚männliche Seele'?"

„Ja", erklärte Katharina klipp und klar: „Und auch Männer haben Weibliches in sich. Männliches und Mann sein, Weibliches und Frau sein ist ja nicht das Gleiche. Wir haben alle Anteil an beiden

Geschlechtern – natürlich in verschiedenem Maß. Und im Alter gleichen Mann und Frau sich einander sogar an."

Maria war, als habe sie das alles selbst schon gefühlt. Auch sie hatte ja ihren Vati-Anteil erworben. Und vielleicht hatte sie sich gerade deshalb beim Tanzkurs instinktiv gegen den männlichen Part gewehrt – ganz anders als Uschi, die ihn sichtbar genoss.

Sie meldete sich erneut: „So sind die Grenzen zwischen den Geschlechtern, die uns unüberbrückbar scheinen, in Wahrheit also nicht so starr. Doch erst ein Krieg, der vieles auf den Kopf stellt, macht uns das bewusst. – Woher aber die Lust, Geschlechtergrenzen zu überschreiten? – Und – darf man das denn auch?"

Das war wirklich eine heikle Frage. Und Maria war dabei nicht einmal rot angelaufen!

Katharina nickte verständnisvoll:

„Man sollte bedenken, was Menschen dieser Zeit erfahren mussten. Man war aufgewachsen mit dem Grauen: Junge, lebensfrohe Männer hatte der Erste Weltkrieg hinweg gemäht, bevor sie hatten leben können. In der ‚Hölle von Verdun‘ waren Menschen zu Tieren geworden. Nichts war mehr übrig von hehren Idealen des Menschseins. Das Bild der stolzen ‚Männlichkeit‘, der Herrscher über Frauen, war von Granaten zerfetzt. –

Doch selbst ein solches Grauen kann Lust auf Leben nicht zerstören. Man setzte diesen Schreckensbildern nun andere, schönere entgegen. Man befreite Sinnlichkeit und Lebenslust, schuf Bilder einer Fraulichkeit, die sich auch ‚männlich‘ zeigen durfte, und einer Männlichkeit, die sich der Fraulichkeit nicht schämte."

Und plötzlich befiel Maria ein unbändiger Drang: Leben! Hieß das nicht, sich zu dem bekennen, was man in sich trug? – War es nicht eben das, wonach die wilde Bohemienne in ihr sich sehnte? – Und hatte sie denn bisher gelebt? Auch in ihr hatte ein Gefühl der Scham sich eingenistet, das eben dies verhindern wollte – nicht anders als bei Mutter. – Doch Uschi hatte ihr gezeigt, wie man Sinnlichkeit und Lebenslust aus dem Kerker der Scham befreit!

Uschis Beispiel gab Maria Mut, sich vor den andern zu bekennen: „Mussten nicht auch wir viel Schreckliches erfahren? Sollten nicht auch wir Sinnlichkeit und Lebenslust befreien? Sollten wir nicht versuchen, unsere Träume zu leben - wie die ‚Klassefrauen'?

Vielleicht mag solche Mode manchem künstlich scheinen, darf man sie deshalb aber gleich ‚pfui teuflisch' nennen? - Ein Recht einzuräumen unserer Fraulichkeit, sie zu zeigen, heißt das nicht, wir selbst zu sein? Ist das nicht ganz ‚natürlich'? - Die andern achten kann doch nur, wer das, was in ihm lebt, auch selber respektiert. - Und so gesehen, meine ich, kann auch Mode ein Beitrag sein zu mehr Menschlichkeit."

Erstauntes Raunen in der Klasse, dann ein lautes „Bravo!"

Katharina nickte wohlwollend. An ihren Mundwinkeln zeichnete sich ein breites Schmunzeln ab. Und selbst Uschis Lippen zogen sich zu einem Lächeln auseinander.

Maria wäre Katharina am liebsten um den Hals gefallen.

Es war das erste Mal, dass sie im Unterricht das letzte Wort behalten hatte. Und sie hatte sich vor allen anderen zur wilden Bohemienne in ihr bekannt. Sie war stolz darauf.

Sie fühlte sich befreit. „Luder", „sündhaftes fleischliches Verlangen", „Sodom und Gomorra" fielen von ihr ab wie schwerer Ballast, der sie lange bedrückt hatte.

Ja, es ging bei Uschis Kampf um rote Lippen und Fingernägel um weit mehr als nur um das Recht auf Selbsterprobung. Maria hatte noch so viel Frausein nachholen - für sich und auch für Mutter.

Zwei Tage später fehlte Uschi erneut. Diesmal für immer.

Es hieß, ihre Eltern hätten sie von der Schule abgemeldet. Nicht einmal zum Tanzkurs erschien sie mehr, und das machte Maria traurig.

Etwas anderes aber ging ihr noch näher: Sie hatten eben angefangen, richtige Freundinnen zu werden. Und sie hätten noch so viel voneinander lernen können.

Nur eines tröstete Maria: Sie wusste nun ja, wo Uschi wohnte.

7

Der rote Kuss
oder
Schneewittchen erwacht

Es geschah aber, dass ein Königssohn in den Wald geriet und zu dem Zwergenhaus kam. Er sah den Sarg und das schöne Schneewittchen darin. Da sprach er zu den Zwergen: „Lasst mir den Sarg, ich will euch geben, was ihr dafür haben wollt." Aber die Zwerge antworteten: „Wir geben ihn nicht um alles Gold in der Welt."

Da sprach er: „So schenkt mir ihn, ich will es ehren und hoch achten wie mein Liebstes." Wie er so sprach, empfanden die guten Zwerglein Mitleid mit ihm und gaben ihm den Sarg. Der Königssohn ließ ihn von seinen Dienern auf den Schulten fort tragen.

Da geschah es, dass sie über einen Strauch stolperten, und von der Erschütterung kam das giftige Apfelstück aus dem Hals. Und Schneewittchen öffnete die Augen, richtete sich auf und war wieder lebendig.

Die Begegnung mit Mike hatte Marias Gefühlsleben gehörig durcheinandergebracht. Dass ein Mann in das Leben des jungen Backfischs eintreten könnte, das war im Überlebensplan Marias und der Mutter nicht vorgesehen.

Bisweilen, wenn sie auf dem Bett in ihrer Kammer lag und sich unter ihrem dicksten Pullover verkroch, beobachtete Maria das M in ihrer Hand und wärmte sich an der Erinnerung.

In ihren Träumen tauchte nun immer öfter das Bild von Mike auf. Es gewann an Intensität, während das von Vater immer blasser wurde. Maria erschien er fast gesichtslos neben dem schönen Porträt des fremden schwarzen Soldaten. Und das war ihr nun schon so vertraut.

Dann wieder holte die Kälte der Kammer sie jäh in die Gegenwart zurück. Eine enge Beziehung – Maria scheute sich, an „Liebe" zu denken – zu einem Fremden, einem Besatzer, noch dazu einem Schwarzen? Das war unmöglich. Es war schon schwer genug, ihre Begegnungen geheim zu halten. Was aber würde passieren, wenn es bekannt würde? Nicht auszudenken! Die Gerüchte über Karin waren schon abschreckend genug.

Der September war vorbei und die Schule hatte wieder begonnen. Nun, da ihre ältere Schwester von der Klosterschule abgegangen war, hatte Maria keine Vergleiche mit ihr mehr zu befürchten.

Mutters Erwartungen nahmen aber im gleichen Maße zu wie die Anforderungen in der Schule. Auch wenn sie nicht darüber sprach: Die Enttäuschung über den Abgang der Schwester saß tiefer als sie zeigen wollte. Und Mutters Lieblingsmotto war nun noch häufiger zu hören: „Alles, was ihr besitzt, tragt ihr in eurem Kopf".

Und noch etwas hatte Maria nicht erwartet: Jetzt fehlte ihr die Schwester – vielleicht gerade, weil sie sich ständig gestritten hatten. Sie hatten, so schien es, aneinander geklebt wie siamesische Zwillinge.

Doch nun erst hatte sie die Chance, sich „freizuschwimmen". – Sollte sie gerade jetzt eine neue Beziehung eingehen? – Maria fühlte, dass durch Mike auch Unsicherheit in ihr Leben gekommen war. Vielleicht aber hatte das auch sein Gutes.

Mit dem Schulbeginn kamen zum Glück andere Ideen. Der spannende Unterricht bei Katharina, das Beispiel Uschis bestärkten Maria in der Einschätzung, dass es mit der Beziehung zu Mike noch seine Zeit habe. Es war wohl wichtiger, erst zu sich selbst zu finden.

Weihnachten rückte näher. In dieser Zeit bot die Begegnung mit Michael auf dem „Christkindl-Markt" etwas Abwechslung. Sein Stand war neu. Er unterschied sich angenehm von den übrigen.

Im Laufe der Jahre hatte sich der Weihnachtsmarkt immer mehr ausgedehnt: Immer umfangreicher die Angebote, immer teurer die Geschenke, immer zwanghafter die verkaufte weihnachtliche Stimmung. Pünktlich zum ersten Advent wurden alle von einer Art Rausch erfasst. Man hetzte nur noch geschäftig hin und her, ohne die anderen in der Menge überhaupt noch wahrzunehmen. Dabei sollte Weihnachten doch das „Fest der Liebe" sein!

Seit jenem unseligen „Heiligen Abend", den Florian kniend verbracht hatte, glaubte Maria nicht mehr daran. Ihr widerstrebte nun jede Art von Gefühlsseligkeit und Sentimentalität, vor allem, wenn sie mit kommerziellen Interessen verbunden war. Nie werde so viel geheuchelt wie an Weihnachten, hörte man sie gelegentlich äußern.

Was die Geschenke anging, hatte man sich in Marias Familie auch in den Jahren des beginnenden Wohlstands zurückgehalten. Für Mutter war Weihnachten in erster Linie dem Gedenken Vatis gewidmet. Und je mehr mit den Kriegserinnerungen auch sein Bild verblasste, desto mehr verstummte sie.

Andererseits konnte man sich dem Strom kollektiver Verhaltensweisen doch nicht ganz entziehen. So arrangierte man sich, reduzierte die Gefühlsseligkeit mit wachsendem Budget, ohne sich vom herrschenden Trend allzu sehr mitreißen zu lassen. Grundsätzlich in Frage stellen wollte man ihn aber nicht.

Maria war, auf der Suche nach Geschenken, die für ihr geringes Budget erschwinglich waren, an Michael vorbeigeschlendert.

Michael war ein Künstler, der eigene Kunstwerke zum Verkauf anbot. Die Motive waren meist wenig „weihnachtlich". Einige Stillleben waren dabei, Tierzeichnungen, z.B. „wilde Pferde", und Porträts, vor allem junger Mädchen. Er zeichnete vor den Augen der Kunden. In wenigen Minuten war ein Porträt fertig. Maria imponierte es, wie er es verstand, mit ein paar Strichen dem Abbild Leben einzuhauchen.

Marias Blick glitt hin und her zwischen Michaels Händen und seinem Gesicht. War das ein Künstlergesicht? Er sah so anders aus als die jungen Männer sonst. Die meisten trugen ihre Haare in einer hohen Welle nach hinten gekämmt, in die Stirn hängend eine Schmalzlocke, Jugendlichkeit erweisend. Viele Jungen schmierten sich sogar Pomade ins Haar, damit sie glänzten. Michaels fast blondes, etwas gewelltes, mittellanges Haar dagegen fiel geradewegs in die Stirn, verdeckte zum Teil sogar die Augen. Dennoch sah es nicht unordentlich aus. Das lag vielleicht an seinem Gesichtsausdruck, der etwas zerstreut, doch auch hintergründig wirkte.

Michael war auf Maria aufmerksam geworden, als sie ihn bewundernd angestarrt hatte.

„Na, junges Fräulein – auch ein Porträt gefälligst?" Mit diesen Worten lud er sie zum Modellsitzen ein. Pflichtbewusst lehnte Maria ab. Sicher hätte sie Mike gern ein Porträt von sich geschenkt, doch ihr war klar, dass sie sich das nicht leisten konnte.

Michael verstand sofort und bot ihr die Zeichnung kostenlos an.

Die Verlockung überwog Marias Bedenken, sie könnte seine Großzügigkeit ausnutzen. Und sie nahm das Angebot an.

Maria schoss vor Aufregung das Blut in die Wangen, als sie auf dem Hocker vor dem jungen Mann Platz nahm, während dieser den Bleistift spitzte. Sie kam sich plötzlich bedeutsam vor, fast wie eine Dame. Unsicher griff sie sich ins Haar, wollte es schnell richten. Sie trug heute ihre langen Haare offen, und der Wind hatte sie sicher gehörig zerzaust.

Michael schien Marias Gedanken zu erraten.

„Lass mal, das machen wir schon", beruhigte er sie, mit einem verschmitzten Lächeln auf den Lippen, und begann zu zeichnen.

Kaum zehn Minuten später hielt Maria ihr Porträt in der Hand. Sie traute ihren Augen kaum. Das war nicht die Maria, die sie kannte. Das war die Maria, die sie sein wollte: selbstbewusst und elegant – eine richtige Dame. Die Haare hingen nicht zerzaust nach allen Seiten, sie waren nach oben gekämmt, glichen von vorn fast einem Bubikopf. Mit wenigen Strichen war eine verwandelte Maria aufs Papier gezaubert.

Auf der Zeichnung waren kaum mehr als Umrisse zu sehen, und doch war ihre Persönlichkeit deutlich zu erkennen. Nur die Lippen waren dunkel schattiert, ihre Konturen sauber gezeichnet.

Maria war erschrocken und geschmeichelt zugleich.

In den Jahren der Entbehrung hatte Mutter ihr beigebracht, eigene Wünsche stets zurückzustellen. Und wie gut hatte sie gelernt, geheime Sehnsüchte zu verbergen! Dieser junge Künstler aber hatte sie zielsicher erkannt, trotz ihres ärmlichen Aussehens.

Wieder schien Michael zu ahnen, was Maria dachte.

„Ich sehe eben dich so", sagte er fast entschuldigend, als sie ihn verblüfft anstarrte. Dann ein kurzer Händedruck, ein lächelndes „Tschüs", und Michael wandte sich dem nächsten Kunden zu.

Im Zug rollte Maria das Bild auseinander. Sie betrachte es während der ganzen Fahrt lange und intensiv, nahm jede Linie in sich auf, bewahrte sie in ihrem Herzen.

Jetzt würde sie bald angekommen sein. Sie begann, das Papier aufzurollen, entdeckte auf der Rückseite, leicht mit Bleistift geschrieben, fast gemalt, Name und Anschrift von Michael.

Sie notierte sie in ihrem Notizblock, radierte die Schrift auf dem Bild aus und rollte es zusammen.

Es war Ende März.

Maria hatte ihren sechzehnten Geburtstag, einen Montag, verbracht wie alle davor, in bescheidenem Rahmen. Nur die Mohnschicht des Geburtstagskuchens war etwas dicker als gewöhnlich. Maria liebte Mohnkuchen ebenso wie Florian. Er erinnerte sie an die herrlichen Felder roten Klatschmohns in ihrer alten Heimat.

Die Geschenke beschränkten sich auf „nützliche" Dinge: Handtuch und Waschlappen, ein Füllfederhalter, eine Baumwollbluse. Dazu etwas, worauf Mutter besonders stolz war:

Bei einem ihrer seltenen Besuche in der Stadt war ihr der neueste Schrei der Strumpfindustrie ins Auge gesprungen: Perlonstrumpfhosen. Mutter fand das praktischer als Strümpfe, die man mit

143

Strumpfhaltern befestigen musste. Natürlich kamen so durchsichtige Dinger für sie nicht in Frage, doch die Idee fand sie praktisch. Und so lag eine selbst gestrickte Strumpfhose aus fester Baumwolle bei den Geschenken. Zwar stand jetzt der Sommer vor der Tür, doch Mutter sorgte eben vor.

Maria dachte voller Schrecken an ihre Kratzstrümpfe. Und nun auch noch Baumwollstrumpfhosen! Dennoch versäumte sie nicht, ihrer Bewunderung gehörig Ausdruck zu verleihen.

Sie maß die Länge an ihren Beinen, inständig hoffend, dass Mutter sie nicht nötigen würde, sie wirklich anzuprobieren. Mikes feine Perlonstrümpfe, die sie stets unter den Kratzstrümpfen trug, wären dabei schwerlich zu verbergen gewesen.

Ein kurzer Blick zu Florian ersparte Maria die peinliche Prozedur. Mutter sah wohl ein, dass eine Entblößung ihrer Beine vor dessen Augen unschicklich gewesen wäre.

Florian hatte für seine Verhältnisse sehr tief in die Tasche gegriffen. Er schenkte Maria ein winziges Fläschchen Parfum mit Lavendelduft. Das hatte ihm sicher mehrere Sonntage Kegeldienst gekostet, und noch einige „Juchazer" dazu. Maria drückte ihm zum Dank einen Kuss auf die Wange, was sie sonst nie tat.

So leicht ließ sich das Bild von Mike, das sich nun einmal in ihrem Innern eingenistet hatte, aber nicht verdrängen. Seit sie das Porträt von Michael besaß, musste Maria wieder öfter an ihn denken. Wenn sie in ihrer Kammer saß und träumte, sehnte sie sich nach ihm, wünschte den Sommer herbei. Die Zeit schien nicht vergehen zu wollen.

Drei eher humorvolle Briefe hatte sie Mike seit ihrer letzten Begegnung geschrieben, hatte ihn auf eine passende Gelegenheit vertröstet. Sie hatte aber vermieden, ihre Adresse zu nennen. Einen Brief von ihm zu erhalten war viel zu riskant. Zwar glaubte sie nicht, dass Mutter ihn geöffnet hätte, wie sonst besorgte Eltern zu tun pflegten. Doch schon ihre unvermeidliche Fragerei wäre Maria unerträglich gewesen.

Auch beim Tanzkurs war Mike präsent. Der fand nun leider ohne Uschi statt. Und keine der Klassenkameradinnen führte so sicher und so „männlich" wie Uschi. Dennoch gelang es Maria immer besser, eine männliche Hand in ihrem Rücken zu verspüren. Und es bestand kein Zweifel, wessen Hand dies war.

Nach dem Besuch bei Uschi war Maria klar geworden, dass es noch ganz andere Probleme zu lösen gab. Sie hatte sehr wohl verstanden, was Uschi damit gemeint hatte, es müsse „sich doch einiges an ihrem Äußeren ändern". Bei der Haarfrage war sie ja schon ein gutes Stück vorangekommen. Doch wie war es mit dem Kleid?

Anfang Mai sollte der Abschlussball sein. Nun war schon Ende März, und sie hatte noch immer kein passendes Kleid. – Und wie sollte sie in so kurzer Zeit das nötige Geld auftreiben? Für solche „privaten Vergnügungen", wie Mutter es nannte, musste sie ja selbst aufkommen. Und Maria fand das eigentlich auch richtig.

Sicher, sie hatte noch ihren roten Lieblingsrock, aber der war nun wirklich zu kurz. Sie war ja mittlerweile mächtig gewachsen, war schon fast eine richtige Frau. –

Doch Maria hatte eine Idee: Von Uschi hatte sie einmal die Adresse einer Schneiderin bekommen. Sie war Ungarin, selbst Flüchtling. Diese könnte sicher für ein paar Mark die notwendigen Änderungen vornehmen. Maria würde Mutter sagen, sie müsse so lange in der Stadt bleiben und warten, bis der Rock fertig sei. Den würde sie freilich schon ein paar Tage vorher hinbringen. Und dann könnte sie ungestört ein paar Stunden mit Mike verbringen. – So eine kleine Notlüge war eben notwendig und in ihrer Situation durchaus verzeihlich.

Am Freitag, dem letzten Unterrichtstag vor den Osterferien, war der Unterricht schon mittags zu Ende. Das wäre die richtige Gelegenheit für ein Treffen mit Mike.

Maria schrieb ihm sogleich, inständig hoffend, dass er sich für diese Zeit würde freinehmen können.

Der Freitag war gekommen.

Nun stellte sich die Frage der Bekleidung. Maria besaß nur ein Kleid. Es war geblümt, hochgeschlossen, nicht gerade modisch. Und von der Schwester hatte sie den schwarzen Faltenrock „geerbt", der dieser zu eng geworden war. Den hatte sie schon einmal „ausgeliehen", als die Schwester gerade nicht da gewesen war. Das hatte danach einen fürchterlichen Ärger gegeben. –

Doch natürlich! Da war ja noch die schwarze Hose, derentwegen sie mit Mutter so in Streit geraten war! Danach hatte sie nicht mehr versucht, sie anzuziehen. Bei Mike aber konnte sie es wagen.

Natürlich durfte sie sich damit nicht bei Mutter oder in der Schule blicken lassen. Da hätte sie lange argumentieren können, eine Hose sei bei dem kühlen Märzwetter doch wärmer und „praktischer". Mutter konnte ja nun mit den selbst gestrickten Baumwollstrumpfhosen drohen.

Schließlich zog sie den Faltenrock an, packte die schwarze Hose und die weiße Bluse in die Tasche, dazu die Perlonstrümpfe von Mike.

Nach dem Unterricht – das Schulgebäude hatte sich schnell geleert – schlich Maria zur Toilette. Sie hatte es vor Aufregung kaum erwarten können. Sie hatte ja noch nie in der Öffentlichkeit Hosen getragen! Und dazu noch die weiße Bluse mit dem tiefen Ausschnitt!

Es dauerte einige Zeit, bis die Haare kunstvoll hochgesteckt waren, so wie Michael sie gezeichnet hatte. Sie stellte sich vor dem Spiegel auf die Zehenspitzen, dachte sich die Pumps dazu, erinnerte sich an Uschis Worte: „Aus einer ganz gewöhnlichen Frau wird eine überragende Verführerin, die buchstäblich auf die Männer herabsieht." Und sie fühlte, wie ihr bei diesem Gedanken das Blut in die Wangen schoss.

Sie spähte nach draußen. Es war niemand auf dem Flur. Und wenn – man würde sie in diesem „Aufzug" sicher nicht erkennen, würde sie für Uschi halten. Nur Uschi konnte so frech sein, in Hosen und mit tiefem Ausschnitt in der Klosterschule zu erscheinen.

Kaum auf dem Flur, fiel ihr ein, dass sie in ihrer freudigen Erregung die Rolle mit dem Porträt von Michael, das sie Mike schenken wollte, im Klassenraum vergessen hatte. Aufgeregt rannte sie zurück, schielte beim Laufen auf den Ausschnitt ihrer Bluse. Ihr war, als liefe sie nackt durch das weite Treppenhaus der Klosterschule, von teils entsetzten, teils neidischen Nonnenblicken verfolgt.

Maria hatte Glück: Der Klassenraum war nicht verschlossen. Erleichtert klemmte sie die Rolle unter die Schnalle der Schultasche. Ein vorsichtiger Blick rundherum, dann verließ sie, mit der Tasche den Ausschnitt der Bluse verdeckend, – man konnte ja nie wissen – unbemerkt das Schulgebäude. Sie atmete auf, als das schwere Portal mit dumpfem Knall ins Schloss fiel und sie endlich auf der Straße stand.

Marias Schritte beschleunigten sich instinktiv, als sie sich der dritten Bank im Park näherte.

Mike hatte sich wirklich freinehmen können.

„Oh, Mai'ia, how nice!" begrüßte er sie, charmant wie immer.

Ihr „Aufzug" in Hose und tief ausgeschnittener Bluse bewirkte ein bewunderndes „Whow!", begleitet von tiefgründigem Lächeln. Kein abschätziger Blick wegen ihres frechen „Einbruchs in die Männerwelt"! Es schien für Mike das Natürlichste der Welt, dass Frauen Hosen trugen. – Ob er die Ängste ermessen konnte, die sie deshalb ausgestanden hatte?

Und Mike hatte auch ihren Geburtstag nicht vergessen.

Hocherfreut nahm Maria das sorgfältig verpackte kleine Geschenk entgegen. Insgeheim hoffte sie, es würde ein Schmuckstück sein. Sie besaß ja keines. – Und dabei war sie schon sechzehn!

Sie hatte sich schon immer Ohrringe gewünscht, so wie Ava Gardner sie trug, die man für die schönste Frau der Welt hielt. Maria hatte das Filmplakat sorgfältig studiert. Auch Rita Hayworth als Carmen trug goldene Kreolen und einen roten Rock. Das Foto steckte noch immer hinter ihrem Marienbildchen. – Auch Maria würde den schönen roten Rock bald wieder tragen. Auch sie lernte tanzen. Und vielleicht hätte sie zum Abschlussball auch Ohrringe.

147

Sie drückte gespannt das Papier, fühlte die kreisrunde Form, faltete es ungeduldig auseinander. - Ja, es waren Ohrringe! Goldene Kreolen!

Maria fiel Mike um den Hals.

„Oh Mike", sagte sie glücklich, „they are wonderful!"

Sie hielt die Ringe an die Ohren, sah sich im Geiste als Carmen in ihrem roten Rock und der weißen Bluse.

„I am sure it will look very romantic - with my red skirt!"

„Yes, indeed", erwiderte Mike mit breitem Lächeln, „It's because you are a very beautiful women."

Maria stutzte. Er hatte nicht „girl" zu ihr gesagt wie früher, sondern „women"! Er sah sie als Frau an! -

Sie fiel ihm noch einmal um den Hals.

Mike wehrte sanft ab, sagte scheinbar empört: „You wouldn't show me how beautiful you are?"

„Oh, of course!", entschuldigte sich Maria.

Vor lauter Aufregung fand sie ihre Ohrlöcher nicht, doch Mike war ihr gern behilflich.

„Oh, how wonderful!", rief er aus, während Maria den Kopf wiegte, um das Schaukeln der Ohrringe zu verspüren. „What a pity you can't see you!"

Es war wirklich dumm. Auch Maria hatte keinen Spiegel dabei. Vielleicht aber könnte sie sich in einem der Schaufenster sehen.

Sie wollte aufstehen, da fiel etwas zu Boden. „Oh, the portrait! I've forgotten the portrait."

Mike schaute sie fragend an.

„Look - and this is for you!" Stolz lächelnd hielt Maria ihm die Rolle hin.

Mike schob, ebenso gespannt wie Maria kurz davor, das Gummi zurück. Er entrollte das Papier bedächtig mit der Linken, hielt das Porträt in weitem Abstand vor sich hin.

„Whow!", gab er bewundernd von sich, „yes, that's Mai'ia, indeed! - Your hair looks very attractive, like this! - Thank you, my dear lady!"

Er schaute sie erstaunt an, schien jetzt erst wahrzunehmen, dass sie ihre Haare ja schon hochgesteckt trug, so wie auf dem Porträt. - Es war verzeihlich. Sie hatten sich ja so lange nicht gesehen.

„My dear lady!" - wie sich das anhörte! Maria fühlte sich geehrt.

„Nun genug der Komplimente", entgegnete sie fast unwirsch, um ihre Rührung zu verstecken, „ich möchte doch meine Ohrringe sehen."

„Oh yes, of course! Let's see over there!"

Mike war wieder ganz der Alte. Bevor Maria ihre Tasche zusammenpacken konnte, war er schon aufgestanden, hatte entschlossen die Richtung zum Geschäftsviertel eingeschlagen.

Sie wurden rasch fündig. In der nächsten Querstraße hatte eine Parfümerie eröffnet. Jedes Mal, wenn die Türe sich öffnete, wehte ihnen eine Wolke angenehmen Dufts entgegen. Maria war, als beträte sie verbotenes Terrain.

Das Schaufenster der Parfümerie spiegelte so sehr, dass sie gut ihr Gesicht mit den schönen großen Ohrringen bewundern konnte. Sie sah so viel fraulicher aus, fast wie eine südländische Zigeunerin.

„Oh Mike, you are wonderful!", schwärmte sie beglückt.

„Never mind, Mai'ia!", war die lakonische Antwort.

Mike war inzwischen abgelenkt. - „Look, that's you!" Er zeigte auf ein Plakat, das in der Mitte des Schaufensters hing.

Es war eine Umrisszeichnung: Eine elegante Frau, die Haare hochgesteckt, die Augen mit einer breiten schwarzen Binde verbunden. An den Ohren große Kreolen, unter der Stupsnase leuchtend rote Lippen. Darunter in breiten Lettern: „sans hésiter - le rouge baiser".

Maria war verwirrt und doch auch stolz über den Vergleich. - Ja, eine gewisse Ähnlichkeit mit Michaels Porträt von ihr war zu erkennen - doch diese roten Lippen!

Sie schaute auf die Schrift: „Ohne zu zögern ...", sagte sie leise vor sich hin, dann, unsicher fragend: „Le rouge baiser?"

Sie schaute Mike erschrocken an, als habe man sie bei Verbotenem ertappt.

„It means: the red kiss", erklärte er knapp.

„Der rote Kuss?" – Maria schaute wieder auf das Plakat.

Unwillkürlich zogen die aufreizend roten Lippen ihre Blicke an. „Zögere nicht! Küsse mich!", flüsterten sie ihr zu. Und die verbundenen Augen stimmten mit ein: „Vertraue mir!"

Marias Lippen bewegten sich: „Le rouge baiser!". – Bewundernswerte Frauen, die dem Verlangen nach Schönheit folgen durften! – Doch Maria durfte das nicht. Marlene Dietrich, Ava Gardner, Rita Hayworth, die Frau auf dem Plakat – die lebten ja in einer anderen Welt. In Marias Welt durfte man nicht so rote Lippen haben. – Doch – warum eigentlich nicht? –

Ein Bild taucht in ihr auf: Katharina – als Geisha: mit tiefroten Lippen, sinnlich, mysteriös. „Geishas," hat sie gesagt, „sind keine Prostituierten. Sie sind Künstlerinnen des guten Geschmacks, Traumgestalten, die den ewigen Traum von Schönheit in uns erwecken."

Und plötzlich, tief aus dem Innern kommend, packt sie eine wilde Lust. „Sollten nicht auch wir Sinnlichkeit und Lebenslust befreien?", ruft die wilde Bohemienne. Hat sie das nicht selbst gesagt? – Und Uschi hatte ihr gezeigt, wie es zu machen war!

Mike hatte sie die ganze Zeit lächelnd angesehen. Wie selbstverständlich ging er auf die Tür der Parfümerie zu.

„Come on, Mai'ia!" Er blinzelte ihr aufmunternd zu, ergriff ihre Hand und drückte sie.

Die Wärme tat Maria gut. Blindlings folgten ihre Füße. Mit pochendem Herzen betrat sie die Schwelle zu einer anderen Welt, dem Reich der Rita Hayworth und der Ava Gardner.

Vom Ladentisch, fein säuberlich aufgereiht, blickten ihr Lippenstifte entgegen, in vielen Rottönen, von Hellrosa über Kirschrot und Karmin bis Violett. Sie standen in Reih und Glied. Die abgerundeten Köpfe ragten aus den metallenen Hülsen wie Objekte von einem fremden Stern.

Maria schreckte zurück. Florian erschien vor ihren Augen, mit seinen Freunden, beim „Wettpinkeln" - alle den Schniedelwutz in der Hand. Steif und stolz ragte es nach oben.

Sie erschrak über sich selbst: Welch absurder Einfall! - Zugleich überzog ein angenehmes Prickeln ihre Haut. Kein Gedanke mehr an Mutters Strafaktion. - Und sie errötete nicht einmal.

Mike war an den Ladentisch getreten.

Obwohl Maria hinter ihm stand, wandte sich die Verkäuferin an sie. „Sie wünschen, gnädiges Fräulein?" Ihre Stimme klang weich.

Maria schaute Hilfe suchend auf die Lippen der Verkäuferin. Sie glänzten in hellem Hibiskusrot. Ihr Finger suchte die lange Reihe nach dieser Farbe ab, glitt langsam von links nach rechts, wieder zurück, zeigte auf ein leichtes Rosa, ganz links.

Fragend richteten sich ihre Blicke auf Mike. Doch der hatte schon ausgewählt. Zielsicher hatte er den satten kirschroten Ton erkannt, der am Plakat leuchtete.

„This one", hörte Maria sagen. Die Stimme kam von weit her.

Maria hätte nicht widersprechen können, auch wenn sie es gewollt hätte. Sie sog die Frühlingsdüfte in sich auf, die sie umgaben. Ihr war, als würde sie davongetragen, in eine andere Welt. Ava Gardner hielt sie gefangen, berührte sanft ihren Oberarm. Maria spürte die Erregung, ließ mit sich geschehen, teils zögernd, teils erwartungsvoll gespannt.

Kaum aus dem Geschäft, schritt Mike zur Tat. Maria wollte weitergehen, zum Park. Doch Mike hielt ihren Arm fest, drückte ihn sanft.

„Stay here, you must see the red kiss - the rouge baisey!"

Marias Lippen zogen sich unwillkürlich zu einem breiten Lächeln auseinander. In der unverkennbar amerikanischen Betonung klang das französische Wort weit weniger bedrohlich.

Und bevor Maria sich's versah, glitt es sanft über ihre Lippen.

Sie lehnt sich zurück, schließt die Augen. Sie ist ganz Gefühl. Angenehm weich fließt das Rot auf ihren Mund. Leises Kribbeln zieht durch den Körper, über Brüste, Schenkel, Knie. Sie fühlt sich befreit – wie von einem dichten Schleier.

Ihre Hände gleiten an der glatten Wand entlang. Sie fühlt sich leicht, fast schwerelos, sie lässt sich treiben, schaukelt in einem Meer der Gefühle. – Sie hat noch nie so intensiv ihren Körper gefühlt.

Aus der Ferne drang Mikes Stimme an ihr Ohr:

„Yes, my dear, that's it, your wonderful smiling, your red smiling! – Look – you could be a model for the red kiss!"

Maria schlug die Augen auf, drehte sich rasch zum Fenster, um Schamgefühle zu unterdrücken, schaute auf die Spiegelung vor ihr.

„War das ...? – Nein, das konnte nicht sein! – Das war keine H... Eine gepflegte, attraktive Dame blickte sie an. – Und wie seriös sie aussah!"

Ihr Blick fiel auf Mike, der lächelnd neben ihr stand.

„Oh, you are crazy, Mike – dear Mike!"

Sie fiel ihm um den Hals, drückte einen roten Kuss auf seine Wange.

Mike war sichtlich überrascht. „Oh, Mai'ia!", war alles, was er herausbrachte. Er brauchte einige Zeit, um sich zu fangen.

Schweigend, Arm in Arm, erreichten sie die dritte Bank im Park, saßen einige Zeit wortlos nebeneinander.

„The red kiss – the victory red kiss – my first kiss in Germany", flüsterte Mike vor sich hin. Seine Stimme klang bedächtig, fast feierlich.

„The victory red kiss?", fragte Maria verwundert.

„Yes, the colour on your lips is victory red."

Amerikanische Frauen, so wusste Mike zu berichten, hatten ihre Lippen während des Krieges stärker geschminkt als je zuvor: in dunklem „patriot red" und leuchtendem „victory red", den Lieblingsfarben. So hatten sie zum Kampf der Männer beigetragen, Siegeszuversicht aufrechterhalten.

Merkwürdig, dachte Maria. Hatten die Frauen in Mikes Land damals nicht auch Leid, Schmerz, Angst erfahren? - Ganz gewiss! Und doch - vielleicht gerade deshalb - hatten sie sich ihre roten Lippen nicht nehmen lassen. Sie hatten eine hässliche Realität mit der Farbe der Liebe bedeckt. Sie hatten die Erinnerung bewahrt an das, was lebenswert war, und die Hoffnung auf eine bessere Zukunft. Notzeiten waren für sie die Zeiten roter Lippen. - Sie waren so anders als deutsche Frauen. Maria bewunderte sie.

Und Mike hatte dieses „victory red", das Rot des Sieges, für sie ausgesucht! Für sie, die arme, kleine Maria! - Ihr war, als habe er eine magische Kraft auf ihre Lippen gezaubert.

Maria war vor Rührung überwältigt, suchte sich zu fassen.

„Is it - your victory or mine?", fragte sie schließlich mit fester Stimme, bemüht, ihre Verwirrung zu überspielen.

„It's your victory and mine - it's our victory", flüsterte Mike.

Maria fühlte, wie ihre Lippen warm wurden. Ihr war, als wären sie vornehm bekleidet. „Victory red" auf den Lippen bedeckte ihre Scham.

Sie lehnte sich zurück, ruhte an Mikes breiter Brust. Sie fühlte sich schwach - und fraulich, wie nie zuvor.

Plötzlich zuckte sie zusammen.

„Die deutsche Frau ist natürlich", poltert Mutters Stimme von oben. Blitze zucken von der Kanzel herab. Pfeile dringen durch die farbigen Kirchenfenster. Maria duckt sich, sucht Schutz in Ava Gardners Veilchenduft. Sie hört das Hämmern der Stöckel auf dem Steinboden, das Knarren des Portals, wirft entschlossen den Kopf in ihren Nacken, wölbt die Lippen - und sie fühlt, wie der rote Glanz die gehässigen Pfeile zurückwirft.

„What do you say?", hörte sie Mike neben sich flüstern. -

„Die teutsche Frau is natuurlyk. - What does it mean? - You are a beautiful lady, you have wonderful red lips - this is natuurlyk!"

Er zog ein Bild aus seiner Brieftasche. Es war ein Farbbild - in Deutschland geradezu unerschwinglich.

153

Es zeigte eine junge, hübsche, dunkelhäutige Frau. Ihre schwarzen Haare waren in zahllose Zöpfe geteilt, sorgfältig geflochten, zu einer Art Turban hochgesteckt. Wie kleine Wendeltreppen wanden sie sich in die Höhe, wurden oben durch einen kleinen glänzenden Kamm zusammengehalten. An den Ohren hingen große goldene Kreolen. Die leicht aufgeworfenen Lippen glänzten in intensivem Rot, ließen die dunkle Haut des Gesichtes gepflegter erscheinen. Sie verliehen ihrer Besitzerin Stolz, Würde, Unnahbarkeit.

„This is Mary – my sister." Mikes Stimme klang stolz.

Er wusste, wie Maria zu beruhigen war. Sie hatte geglaubt, die bösen Stimmen verbannt zu haben. Doch die Schreckensbilder, die sich in ihr eingenistet hatten, die wurde sie so schnell nicht los. Es bedurfte anderer, schönerer Bilder, um die Gespenster zu verscheuchen – wie das der schönen schwarzen Mary. Sie war fremd – und doch fühlte Maria sich ihr so nah.

„How beautiful, your sister!", rief sie aus.

Unüberhörbar die Bewunderung in ihren Worten. Wie viel Lebensfreude dieses schöne schwarze Gesicht ausstrahlte! Und dabei lebte sie doch auch in einfachen Verhältnissen, vielleicht noch ärmlicher als Maria. Dennoch durfte sie der natürlichen Freude an Schönheit Ausdruck verleihen. Maria beneidete die schwarze Frau.

Mike erzählte, wie froh es zuging, wenn sie im Kreis ihrer Familie und mit Freunden Gospellieder sangen und tanzten, die Frauen stark geschminkt, bunt gekleidet und mit viel Schmuck behängt. Auch Männer trugen Ringe und Ketten, die bei ihren Bewegungen heftig um den Hals schlugen.

Seinen Vorfahren war nach dem Sklavenreglement Tanz, Gesang und Musizieren bei Strafe von Peitschenhieben verboten, ebenso den Frauen, sich zu schminken. Auch deshalb liebten sie Gesang, Tanz, schöne Kleidung und Schmuck. Und die Frauen genossen es, wenn sie sich gemeinsam schminkten. Sie scherzten und lachten dabei. Auch das war eine Weise, sich zu befreien. Und sie gaben so ihren Vorfahren ihre Identität zurück.

Manchmal sangen sie im Duett Partien aus Gershwins Musicals. Besonders liebten sie „Porgy and Bess".

Aus Mikes Worten klang viel Lebenslust - und Nostalgie. Es war unverkennbar, dass er sich zurücksehnte - weg von diesem kalten Land, zurück in das Land der Wärme und der Farben, zurück zu Menschen, die noch froh sein konnten, die sangen und tanzten.

Und sie, Maria, war für Mike ein Stück Heimat und Lebensfreude auf seiner Winterreise! - Sie war stolz darauf.

Maria war verwirrt und zugleich gerührt. Gospellieder, Gershwin, Musicals, „Porgy and Bess" - das waren Wörter aus einer fremden, unbekannten Welt. Und sie drückten doch so viel Liebe und Verständnis aus für ihre geheimen Wünsche.

Mike hatte ihr gezeigt, wie aufregend es sein konnte, Frau zu sein - und was Lebensfreude war: Er, der Fremde, der Schwarze, der Besatzer, der Angehörige einer vermeintlich „minderwertigen Rasse" - er war ihr vertrauter geworden als alle Menschen. -

Mike begann leise zu summen. „Porgy and Bess, Summertime", sagte er kurz. Dann summte er weiter, lächelte Maria aufmunternd zu. Sie summte mit, erst zögernd, dann immer selbstsicherer.

„Summertime" summten selig die roten Lippen.

Erst als sie ein leises Vibrieren in ihrem Ohr wahrnahm, bemerkte Maria, dass ihre Köpfe aneinander gelehnt waren. Sie fühlte die warme schwarze Haut in ihrem Nacken.

My summertime, that's you", flüsterte Mike, mit wehmütigem Lächeln auf den Lippen.

Kein weißes Ensemble, erzählte er, sei berechtigt, dieses Musical aufzuführen. Es war zu eng mit schwarzer Identität verknüpft. Nie wieder sollten schwarze Frauen zur Karikatur werden, wie zur Kolonialzeit und bei den Nazis. Da waren sie nur mit nackten Brüsten gezeigt worden. So wollte man ihre „Kulturlosigkeit" beweisen.

Maria lief rot an. Bis vor kurzem hatte auch sie sich schwarze Frauen so vorgestellt. Sie schämte sich dafür.

Mike schien ihre Gedanken zu erraten. Im prüden Amerika, erklärte er in ruhigem Ton, sei dies nicht mehr üblich. Früher, in Afrika und auch noch auf Kuba, hätten die Frauen aber ihre nackten Brüste gezeigt, und das sei auch ganz natürlich gewesen.

Maria stellte sich vor, wie es wäre, wenn sie sich so zeigen könnte, einfach als Frau, ohne grässlichen Büstenhalter, der vorne und hinten zwickte. Sie würde sich wie befreit fühlen. Wie unnatürlich doch der ganze Aufwand, um sich nicht nackt „ertappen" zu lassen! Und dabei legte Mutter so großen Wert auf „Natürlichkeit"!

Sie versuchte, sich Mutter als Frau vorzustellen. Maria hatte sie nie nackt gesehen. Mutter wusste ihr Frausein zu verbergen, selbst in ihren beengten Wohnverhältnissen. Scham verbarg ihren Körper und die Erinnerung. Und mit der gleichen Entschiedenheit, mit der sie die Hüllen um den Körper verteidigte, forderte sie die Blöße des Gesichtes, verdammte sie harmlosen Schmuck und unschuldiges Lippenrot. Sie wollte nicht daran erinnert werden, dass sie eine Frau war. – Maria bedauerte sie.

Mike aber hatte die Lust an Farben auf Marias Lippen gezaubert: Farben – das waren Inseln der Fröhlichkeit in einem grauen Alltag. Das waren Inseln der Liebe in einem Meer der Gleichgültigkeit. Das waren Inseln der Hoffnung für Menschen, die zu versinken drohten.

„Weiß wie Schnee, rot wie Blut und schwarz wie Ebenholz", flüsterte es in ihr. – Ja, auch sie hatte in einem gläsernen Sarg gelegen, wie Schneewittchen. Was aber sollte Schönheit im gläsernen Sarg, verborgen vor der Welt? – Schönheit war nicht geschaffen für die Ewigkeit. Schönheit war Leben für den Augenblick.

Mike hatte sein Schneewittchen der Welt zurückgegeben.

Denn Schönheit war da, um sich zu zeigen. Sie war für alle da. Schönheit war Flüchtigkeit, Vergänglichkeit. Man besaß sie nicht.

Maria zog Mikes Hand an ihren Mund, drückte ihm einen Kuss auf die Innenfläche. „Le rouge baiser – the red kiss – it's very nice", flüsterte sie.

156

Bewegt betrachtete Mike die Spuren von Marias Lippen auf der dunklen Haut. Rot bildeten sich darauf ihre Fältchen ab.

„Your red lips on my black skin."

„Oh, you've got my lips – and what's for me?" – Wie kokett ihre Stimme klingen konnte!

„If you want to keep my lips on your hand, too, you must paint them", kam die verschmitzte Antwort zurück.

„Do you want that, really?" Maria genoss das Neckische in ihrer Stimme.

Sie holte den Stift aus der Tasche, drehte andächtig die rote Farbe heraus, ließ ihre Fingerspitzen sanft über Mikes Lippen gleiten. Sie fühlte, wie diese leicht zu beben begannen.

„Cool, boy, crazy boy!", flüsterte sie geheimnisvoll.

Dann malte sie satte rote Striche auf die dunkle Haut, legte den linken Arm um seine Schulter, führte bedächtig ihren Handballen an seinen Mund und rollte ihn so sorgfältig daran ab, als wolle sie Mikes Lippen aufsaugen. Diese verabschiedeten sich von ihrer Hand mit einem leisen Schnalzen.

„My red lips on your black skin, and your red lips on my white skin – dear boy, crazy boy!" Ihre Stimme klang tief und feierlich. Sie fühlte Mikes weiche schwarze Hand auf ihrer.

Sie betrachtete nachdenklich die roten Spuren auf weißer und auf schwarzer Haut, spürte, wie ein angenehmer Schauer über ihren Rücken lief: Welche waren die Spuren ihrer Lippen, welche die von Mike?

Der rote Kuss vereinigte Schwarz und Weiß, Mann und Frau, Sieger und Besiegte. – Weiß wie Schnee, rot wie Blut und schwarz wie Ebenholz.

„You are black, and I am white, and our lips are red. We are joined by the red kiss", flüsterte Maria ehrfürchtig.

Sie lauschte dem Klang ihrer Worte. Sie war nicht einmal erstaunt, dass sie unwillkürlich in Mikes Sprache zu sich selbst gesprochen hatte. Sie war ihr so vertraut geworden. Sie half ihr, eine andere Welt sich anzueignen, eine Welt in sich zu entdecken.

Marias Kopf war tiefer geglitten, lag jetzt auf Mikes Brust.

Sie verspürte keinerlei Versuchung, diesen lieben Menschen zu verführen. Sie fühlte sich bei ihm geborgen. Sie hörte das Pochen seines Herzens, fühlte die angenehme Wärme seiner Hand auf ihrer Brust, spürte seinen Atem auf den Wangen.

Andächtig lauschte sie seiner bewegten Stimme, als er ihr zu hauchte:

„Yes, Mai'ia – you are white, and I am black. – But we are joined by the red kiss. – Don't forget the red kiss – don't ever forget!"

Es klang sehr feierlich, doch auch sehr traurig.

Und ohne seine glänzenden Augen zu sehen, spürte Maria, dass er mit den Tränen kämpfte.

8

Im Reich der kleinen Schneiderin
oder
Die Lust der Verwandlung

Eine merkwürdige Mischung aus Melancholie und Heiterkeit umfing Maria, als sie alleine durch die Straßen ging.

Fast überstürzt hatte Mike sie verlassen. Nach den herrlichen Stunden zu zweit hatte ihn eine plötzliche Unruhe erfasst, wie Maria sie noch nicht an ihm beobachtet hatte.

„There will be some important decisions", hatte er traurig beim Abschied gesagt. Doch um welche „wichtigen Entscheidungen" es sich handelte, das hatte er nicht erwähnt. Er hatte sich nur dafür entschuldigt, sie nicht zum Bahnhof bringen zu können. Und dann hatte er ihr lange in die Augen geblickt, mit ungewöhnlich wehmütigem Lächeln auf den Lippen, hatte sich schnell umgedreht und war davongeeilt.

Maria betrachtete nachdenklich den roten Abdruck von Mikes Lippen auf ihrer Hand. – Kein Zweifel: Nun begann ein neues Kapitel im Märchenbuch ihres Lebens. Wie aber würde es enden?

Schattenhaft zogen Bilder der Kindheit an ihr vorüber: Vati bei der Flucht, hilflos neben dem zerbrochenen Wagenrad, inmitten eines Meeres schmutzigroter Wolfsfahnen.

Schreckliche Ereignisse waren in Marias Kindheit eingebrochen. Sie hatte mit ihrer Familie die Heimat verlassen müssen. Fremde, verachtete Schwarze waren als Besatzer ins Land gekommen. – Zehn Jahre war das nun her, doch vielen waren sie noch immer fremd. Die meisten Deutschen waren zu sehr mit dem eigenen Überleben beschäftigt.

Frauen und Mütter hatten die im Krieg zurückgebliebenen Männer ersetzen müssen. Sie hatten gearbeitet und geschuftet, hatten sich für ihre Familien aufgeopfert. Es war ihnen in Fleisch und Blut übergegangen. Es bewahrte sie vor übermäßiger Trauer, aber auch vor Lebensfreude. - Und sie hatten verlernt, Frau zu sein.

Maria blickte wieder auf die Hand. Unwillkürlich spreizten sich ihre weißen Finger. Dazwischen schwarze Schatten: Ja, so waren ihre Finger eben noch ineinander verschlungen. Weiß und Schwarz, vereint durch den roten Kuss. - Und über ihnen eine Fahne, so wie sie über Mikes Kaserne wehte: weiße Sterne vor blauem Himmel, rote und weiße Streifen - die Fahne der Zukunft, die Fahne einer neuen Welt.

„Don't forget the red kiss" hallte es in ihr, „don't ever forget".

Beschwingt trat Maria in den Torbogen, durch den der Weg zur Wohnung der Schneiderin führte. Vor ihr lag ein großer Innenhof, fast ein kleiner Platz. Von da aus gingen Fußwege sternförmig zu den Hauseingängen.

Ja, hier, das Schild, in gleichmäßigen Schreiblettern:

„M. Csárdás, Schneiderin - Kostümanfertigung und Änderungen - 2. Eingang links"

Maria ging geradewegs auf eine schwere Eichentür zu. Dahinter, so erinnerte sie sich, lag ein dunkler Flur, danach, im Hochparterre, gleich links, die gesuchte Tür.

Ihr Herz pochte. Sie zögerte. Ob ihr Rock fertig sein würde? - Sicher, die Schneiderin hatte es ihr doch versprochen!

Sie zog an dem Messingknauf, welcher über eine feingliedrige Kette den Klöppel einer Glocke über der Tür in Bewegung setzte.

Sie lauschte: Nichts zu hören. - Endlich öffnete sich die Türe. Ein angenehmer Hauch von Jasmin wehte ihr entgegen. Maria stutzte. War das wirklich die richtige Tür?

Im dunklen Flur nahm sie nur schwach die Umrisse der kleinen Gestalt vor ihr wahr. Die freundliche Stimme zeigte ihr aber an, dass sie sich nicht getäuscht hatte.

„Ach Maria – schön, dass du da bist, ich habe dich schon erwartet. Komm ruhig rein!"

Die Wohnungstür tat sich vor ihr auf. Maria trat in den kleinen Raum. Unverkennbar die Atmosphäre einer Schneiderwerkstatt.

Durch das Fenster drang trübes Licht. Der Schein einer Stehlampe mit hautfarbenem Lampenschirm fiel auf eine alte Nähmaschine. Das schwere Trittbrett, welches das große Schwungrad in Bewegung setzte, zitterte noch leicht. In die Maschine eingespannt ein Stück goldfarbenen Stoffs, daneben, auf einem kleinen Tisch, Stoffreste und Spulen mit Zwirn in mehreren Farben. Über zwei Stuhllehnen, goldglänzend und schwarz, zwei lange Stoffbahnen.

Das Bild erweckte Marias Märchensehnsucht: War das nicht ein Szenario für einen Film vom „tapferen Schneiderlein"?

Vor einem solchen Fenster säße es, die lange Nadel in der Hand, den Stoff über das Knie geschlagen. Hier würde es den Gürtel nähen, welcher stolz der Welt verkündete: „Sieben auf einen Streich". – Auch Mutter saß oft am Fenster und nähte. Doch sie sah dabei nicht stolz aus.

Maria näherte sich dem Fenster, warf einen Blick nach draußen.

Dieser Erker, im Hochparterre gelegen, war in der Tat ein strategischer Platz. Man überblickte von hier den großen Hof, um den herum sich die mittelalterlich anmutenden Häuser wie eine Festung anordneten. Man konnte hier, wie einst das tapfere Schneiderlein, während der Arbeit am Leben der Menschen teilnehmen.

Die Nähmaschine mit den barocken Verzierungen an den gusseisernen Füßen faszinierte Maria. Sicher gab es heute viel modernere, elektrische Maschinen. Doch gemessen an Mutters Nähnadeln erschien ihr diese Tretmaschine geradezu als Verkörperung moderner Technik.

Und hier hatte die kleine Schneiderin gesessen und ihren Rock genäht. Maria stellte sich vor, wie die zierlichen Füße das Trittbrett bewegten, das schwere Schwungrad in Gang setzten, wie die Stoffbahnen über den Tisch glitten, die Nadel ratternd den Stoff durchstieß, saubere, gleichmäßige Stiche hinterlassend.

161

Wenn sie das doch auch könnte! Sie würde sich Röcke, Blusen, ja ganze Kleider nähen – alle in dem eng taillierten Schnitt, den sie in einer Modezeitschrift gesehen hatte. Man konnte sich ja jetzt schon für eine Mark Schnittmuster kaufen.

Das knarrende Geräusch der sich schließenden Tür beendete Marias Träumerei. Jetzt war auch die Schneiderin zu erkennen. Sie ging langsam auf Maria zu, blieb in der Mitte des Zimmers stehen.

Das fahle Licht fiel auf die kleine alte Frau. Maria drehte sich zu ihr, stutzte. Sie war ihr beim ersten Besuch eher unscheinbar und kränklich erschienen. Nun wirkte sie wie verwandelt, um Jahre verjüngt. Sie strahlte ungewöhnliche Lebensfreude aus.

Über ihrer weißen Bluse ein rotes, grobmaschiges Tuch, darüber schwere Perlenketten. Die schlanke Taille war durch einen schwarzen Gürtel mit roten Bändern korsettartig geschnürt, darunter ein bunter Rock, mit Rüschen, rote Pumps mit schmalen, hohen Absätzen. Sie ließen die schmächtige Frau um einiges größer erscheinen.

Das lange, gelockte schwarze Haar war durch ein rotes Band zusammengehalten. Vereinzelt schienen grau melierte Haare durch. Goldene Kreolen glänzten an den Ohren. Kräftiges Lippenrot kontrastierte mit schwarzem Haar und hellem Teint. Leichtes Rouge kaschierte geschickt die etwas eingefallenen Wangen. Zarte schwarze Striche umrahmten die Augen mit den dunklen Pupillen, ließen sie noch lebendiger funkeln. Ein Hauch von Zigeunerromantik umgab das markante, gepflegte Gesicht.

Der Blick der kleinen Schneiderin ruhte auf Maria, glitt von unten nach oben, blieb auf ihren Lippen haften. Sie lächelte.

Sofort schoss Maria das Blut in den Kopf. Der Blick erinnerte sie daran, dass ihre Lippen noch knallrot sein mussten. Sonst hätte sie sich fürchterlich geschämt, doch das sanfte Lächeln beruhigte. –

Und sie hatte beim Blick auf ihre Hose keine Miene verzogen! – Ja, es sah gerade so aus, als habe die kleine Person sich nur ihretwegen so hübsch zurechtgemacht.

Maria schickte ihr Lächeln zurück.

Jetzt erst bemerkte sie den roten Rock über dem ausgestreckten Arm. Die Schneiderin hielt ihn an ihre Taille, ließ ihn mit tänzelnden Fußbewegungen um ihre Beine wehen.

Es schien, als wolle sie damit sofort einen Csárdás-Tanz hinlegen.

„Nun?", fragte sie mit leicht schelmischem Gesichtsausdruck. Die roten Lippen zogen sich wieder zu einem zufriedenen Lächeln auseinander. „Willst du nicht probieren?"

Natürlich wollte Maria.

Der Rock war mit schwarzen Rüschen verlängert, zwei weitere Reihen waren oben angenäht. Innen war er mit Samt gefüttert.

Maria war von dem Ergebnis begeistert. Sie empfand nicht einmal Scham, vor der fremden Frau die schwarze Hose auszuziehen, obschon ihre Unterwäsche in keiner Weise damenhaft war.

„Er sitzt ja perfekt", befand diese zufrieden, ließ die Finger an Marias Taille entlang gleiten, um den Sitz zu überprüfen. „Auch die Farbe steht dir wirklich gut – eine attraktive junge Dame", ergänzte sie mit anerkennendem Blick. – „Du wirst beim Ball manch jungen Mann bezaubern."

Sie hielt kurz inne, überlegte: „Moment – ich glaube, ich hab' was für dich ...". Dann verschwand sie im Nebenraum.

Maria stutzte. – Woher wusste die Schneiderin ... – ach ja, sie hatte ihr das letzte Mal ja vom Abschlussball erzählt.

Neugierig setzte sie einen Schritt vor, schaute durch die offene Türe in den Nebenraum. Gleich dahinter, auf einer Stange, eine schier endlose Reihe von Kostümen: einige bunt, andere schwarz, wieder andere glänzend in Silber oder Gold.

Maria rieb sich die Augen. Einen solchen Schatz an Kostümen hatte sie nicht erwartet. Ihr war, als führe die schmale Tür in ein geheimnisvolles Reich, ein Reich der Träume.

Ob die kleine Schneiderin all diese Kostüme angefertigt hatte? Sie schien ja eine viel beschäftigte Frau zu sein. Und wer würde das wohl alles tragen?

Maria setzte noch einen Schritt vor, doch schon erblickte sie im Türrahmen die kleine Gestalt, ein kleines rotes Täschchen in der Hand. Sie fühlte sich ertappt, merkte, wie ihr das Blut ins Gesicht schoss. Jetzt würde sie nicht mehr den Mut haben nachzufragen. – Doch ihre Neugier wurde sogleich befriedigt.

„Entschuldige bitte, es hat etwas gedauert. Ich hatte es versehentlich zu den Theaterkostümen gehängt. Ich dachte – na ja, es passt so gut zu deinem Rock – und du brauchst doch sicher ein Kosmetiktäschchen, nicht wahr?"

Maria nickte schnell. Sonst fing sie, wenn sie rot geworden war, zu stottern an oder verstummte vor Scham. Diese nette kleine Frau aber gab ihr Selbstvertrauen. Sie könnte fast ihre Oma sein. – Ja, das wäre schön!

Sie griff nach der seidenen Schnur, hängte das Täschchen um. Es sah wirklich schick aus.

„Das kann ich doch gar nicht bezahlen!", erwiderte sie zögernd.

„Das sollst du auch nicht", kam es fast entrüstet zurück. „Ich würde mich aber freuen, wenn du es nimmst. Das ist etwas für junge, hübsche Damen wie dich. Was soll eine alte Frau damit?"

Maria wäre ihr am liebsten um den Hals gefallen. Doch das schickte sich nicht. Und sie entgegnete nur mit warmer Stimme:

„Oh, vielen Dank, Sie sind ja so lieb!"

Die kleine Schneiderin hob leicht abwehrend die Hände, doch das Leuchten in ihren Augen verriet, dass sie sich tatsächlich freute, Maria etwas schenken zu können.

„Sie sind doch gar nicht so alt", knüpfte Maria an deren Bemerkung von eben an, „sicher noch nicht einmal Oma."

Plötzlich zeigte sich eine tiefe Traurigkeit in den Augen gegenüber. Dann ein leichter Seufzer: „Nein, das bin ich leider nicht."

„Ich hätte gerne eine so attraktive Mutter, die ...", Maria zögerte, „die so schöne Kostüme anfertigen kann. – Für das Theater, sagten Sie?" Nun hatte sie doch noch den Mut zu dieser Frage gefunden.

Es dauerte lange, bis die kleine Schneiderin reagierte. Sie wirkte plötzlich abwesend, als sei sie in einer anderen Welt.

„Ja, ich hätte gerne eine Tochter wie dich", seufzte sie. Sie brauchte einige Augenblicke, um sich wieder zu fangen. Dann erinnerte sie sich an Marias Frage: „Du interessierst dich für Theater?"

„Ja, sehr", log Maria.

164

Sie war noch nie im Theater gewesen, hatte auch erst ein paar Filme gesehen. Doch die Übertragung von „Carmen" im Radio hatte sie sehr beeindruckt. Es musste wunderbar sein, so etwas im Theater oder in der Oper zu sehen - mit so herrlichen Kostümen.

„Du kannst gern die Kostüme anschauen", bot die kleine Schneiderin an. „Wenn du willst, kannst du auch das eine oder andere probieren. Manchmal tue ich das selbst auch, nur für mich allein. Man gönnt sich ja sonst nichts. - Und zu zweit ist es viel schöner."

Das war ein Angebot! Maria war gerührt von der Offenheit, mit der diese nette Person über ihre Bedürfnisse und Neigungen sprach. Sie schien wirklich Freude daran zu haben, sich zu verkleiden, nur für sich selbst. Und so wie sie es sagte, erschien Maria die Lust der Verwandlung als das Natürlichste der Welt.

„Sie meinen wirklich ...", setzte Maria an, hocherfreut. Ihr Blick fiel auf die große Pendeluhr. Sie erschrak: „Oh, mein Gott! Mein Zug geht ja bald. - Ich fürchte, ich habe jetzt keine Zeit mehr dazu."

„Dann komm doch ein andermal wieder", kam es zurück. „Ich würde mich sehr darüber freuen. Ich bin gern mit jungen Leuten zusammen."

Maria sah sofort, dass sie es ehrlich meinte. Am liebsten hätte sie ihr einen Kuss auf die Stirn gedrückt. Und sie vergaß fast zu bezahlen. Sicher hätte diese nette Frau sie nicht daran erinnert. - Und nur fünf Mark, der Stoff eingeschlossen - das war ja viel zu wenig für die viele Arbeit!

Maria behielt den Rock an, steckte beglückt das Täschchen in die Schultasche. Mutter musste es ja nicht gleich sehen. Sie würde sicher wieder viele Fragen stellen und ihr vielleicht Vorwürfe machen, dass sie es angenommen hatte. Sie hatte da auch ihren Stolz.

Als sie die Türe öffnete, fiel Marias Blick auf das kleine Türschild: „M. Csárdás" stand da. Sie trat einen Schritt zurück, wandte sich um. „Entschuldigen Sie bitte meine Neugier: Csárdás - ist das nicht ein ungarischer Tanz?"

Die kleine Schneiderin schien über Marias Interesse hocherfreut. Sie lächelte beglückt.

„Ja, Maria, ich stamme aus einer alten Roma-Familie. Der Csárdás hatte in unserer Familie eine lange Tradition, und daher kommt auch mein Name. - Und wenn du wiederkommst, dann sollst du auch eine echte Csárdás-Fürstin erleben."

„Csárdás-Fürstin?", fragte Maria verwundert.

„Ja", erwiderte die kleine Frau knapp. „Aber das erzähle ich dir das nächste Mal. Du musst ja zu deinem Zug. Und ein bisschen Spannung soll ja noch bleiben, nicht wahr?", fügte sie verschmitzt hinzu und lächelte wieder.

„Ja, Sie haben Recht", gab Maria prompt zurück.

Ein bisschen enttäuscht war sie aber doch. Sie hätte zu gern gewusst, was eine Csárdás-Fürstin ist. Es klang nach Stolz, aber auch nach Tanz, Leichtigkeit und Lebensfreude.

Maria war so in Gedanken, dass sie ganz vergaß, sich zu verabschieden. Sie bemerkte es erst am Hof, als die Schneiderin ihr nachrief: „Und viel Spaß beim Abschlussball!"

Sie winkte Maria noch einmal zu. Fröhlich winkte Maria zurück. Dann trat sie mit tänzelnden Schritten durch den Torbogen auf die Straße.

„Eine echte Csárdás-Fürstin!", jubilierte es in ihr. Und welch verlockendes Angebot sie ihr gemacht hatte! - Ja, Maria würde wiederkommen. Sie würde eintauchen in die Welt der Csárdás-Fürstinnen, würde in Kostüme echter „Klassefrauen" schlüpfen, würde sich verwandeln, würde viele neue Marias kennen lernen. Schon der Gedanke daran versetzte sie in freudige Erregung. Und sie ahnte, was eine Csárdás-Fürstin ist.

Voller Heiterkeit trat sie die Heimreise an.

Es waren nur fremde Leute im Zug. Die meisten schienen kaum etwas von ihrer Umgebung wahrzunehmen. Nur ein älterer Mann sah sie betont lange an und schien dann die Nase zu rümpfen.

Maria kümmerte sich nicht darum. Sie lehnte sich zufrieden zurück, schwelgte in Erinnerungen. Heute war ein echter Glückstag: Zuerst die tollen Stunden mit Mike, und dann diese nette kleine Schneiderin - eine wirklich beeindruckende Person!

166

„M. Csárdás" hatte auf dem Türschild gestanden. Ob sie vielleicht auch Maria mit Vornamen hieß? Zu dumm, dass sie nicht gewagt hatte, danach zu fragen. Sie hätte es zu gerne gewusst. - Ein Grund mehr, sie bald wieder zu besuchen.

Solche Menschen zu kennen, gab Maria Mut. Sicher war diese kleine Frau älter als Mutter, und doch noch so attraktiv. Wie selbstverständlich achtete sie auch in ihrem Alter noch auf gepflegtes Aussehen. Und dabei war sie im Umgang so natürlich. -

Auch Mutter duldete keine Nachlässigkeit, doch sie dachte dabei nur an Ordentlichkeit. Die kleine Schneiderin dachte auch an Schönheit. - Wenn Maria einmal Oma sein würde, wollte sie auch so attraktiv und gepflegt zu sein. -

Und sie war bei diesem Gedanken so glücklich, dass sie nicht einmal mehr an ihre roten Lippen dachte.

Der Zug hielt wieder an. Maria schaute aus dem Fenster: Tatsächlich, sie war schon da.

„Na, wie steht es mir?", platzte Maria heraus, kaum dass sie die Wohnungstür geöffnet hatte. Sie tanzte förmlich zur Tür herein, drehte sich so schnell, dass sich das Kleid zu einer Glocke aufblähte und ihre Beine bis zu den Oberschenkeln entblößte. Sie fühlte, wie ihre Ohrringe wild herum baumelten. Erst später fiel ihr ein, dass ihre Stimme ungewöhnlich keck geklungen haben musste.

Mutter war allein. Sie stand an einem großen Holzbottich und rieb nasse Wäschestücke aneinander. Kaum hatte sie Maria erblickt, erstarrte sie zur Salzsäule, hielt die Arme beschwörend vor sich hin.

„Jesses, Maria und Josef!", brachte sie gerade noch über ihre Lippen. Die Kleidungsstücke fielen entsetzt in den Bottich zurück, während Mutters Mund offen stehen blieb.

Dann ergriff sie, wie von einem Wahn befallen, mit einer Hand die Kernseife, mit der andern Marias Kopf, drückte ihn in den Bottich, sodass Mund, Nase und Augen ins Wasser tauchten, zog ihn an den Haaren wieder hoch, rubbelte so wütend mit der rauen Seife an ihren Lippen herum, dass sie röter und röter wurden.

Maria war vor Entsetzen wie gelähmt. Bevor ihr bewusst wurde, was geschah, ergriff sie ein Hustenanfall. Krampfhaft versuchte sie, das Seifenwasser auszuspucken, das sie vor Schreck heruntergeschluckt hatte. Sie schlug mit den Händen um sich, riss die Tür zu ihrer Kammer auf, warf sich aufs Bett und heulte.

Ihr war, als habe man ihr die Kleider vom Leib gerissen, sie jedes Schutzes beraubt.

Aus dem Wohnzimmer drangen schluchzende Schreie an ihr Ohr: „Womit habe ich das verdient! – Womit habe ich das verdient!"

Zwischen leiser werdendem Schluchzen unverständliches Gemurmel, dann, klar vernehmbar: „Heilige Maria, Mutter Gottes, bitte für uns armen Sünder!" Dann wieder Gemurmel, das nicht zu enden schien.

Diese Nacht drückte Maria lange kein Auge zu. Endlich überwältigte sie der Schlaf.

Träume hielten sie gefangen. In ihren Hüften, deutlich spürbar, ein sanfter Druck. Es waren die verständnisvollen Hände der kleinen Schneiderin, den Sitz des Rockes prüfend. Sie hielten Maria, schienen sie zu tragen.

Sie sah sich mit Mike, den roten Stift erprobend, fühlte das sanfte Streicheln auf den Lippen, lehnte sich zurück. – Doch – da ist keine Wand, die sie hält! Sie taumelt, sie schwebt! Ruhig und sanft schwebt sie dahin, landet auf einer Wiese. – Angenehm die Kühle des Grases, die Wärme der Sonne auf ihrer Brust!

Plötzlich ein grässliches Lachen, krächzend die Stimme der Frau: „Und du willst schön sein und einen Prinzen verführen! – Dass ich nicht lache! Aschenputtel, du! – Hier hast du den Topf mit den Linsen. Und merke dir: Die Guten ins Töpfchen, die Schlechten ins Kröpfchen. – Und wehe, du bist nicht fertig, wenn deine Schwestern zurück sind vom Tanz!"

In den Eimer plumpsen die Linsen, lachend entschwinden die Schwestern. Maria schaut ihnen nach, unendlich traurig.

Sie fasst sich, sagt leise zu sich: „Ich will mich beeilen, dann kann ich vielleicht doch noch zum Tanz."

Sie greift eine Linse, sie zuckt zurück: Glühend heiß ist die Asche. Sie bläst in die Linsen. Hoch wirbelt die Asche, verteilt sich auf dem Gesicht, auf dem Körper. Maria legt schützend die Hand auf die glühenden Lippen, auf ihre Brüste. Und sie erschrickt: Nackt und bloß sind die Lippen, nackt und bloß ihre Brüste.

Sie wirft sich zu Boden, schluchzend, voller Verzweiflung. -

Doch da, eine leise Stimme von oben, ein sanfter Druck auf die Schulter! Schwarz ist die Hand. Sie tröstet Maria, gibt ihr wieder Mut: „Folge der inneren Stimme, Maria, sie weist dir den Weg!"

Und sie wird leichter, sie schwebt! Rot ist der Himmel, ein riesiger Spiegel. Linien, Rüschen, Falten, die Form eines Rockes, schwarz, golden und rot. Auf sie herab schwebt der Rock, bläht sich auf, wird zur Glocke, haftet an ihrer Taille.

Verzaubert blickt sie zum Himmel: Sanft spiegelt darin sich die schwarze Gestalt: Nackt ihre Brüste, schwarz schimmernd der Hals, das Gesicht, weißgolden blinkend die großen Kreolen, tiefrot glänzend die Lippen. Stolz und Würde der schwarzen Maria. Sie fühlt keine Scham.

Da, aus der Ferne, ein Summen, ruhig und heiter: Gospellieder, „Summertime". Schwarze Madonnen, schwebend, mit nackten Brüsten auch sie. Leise summt Maria mit, heiter und gelöst. -

Doch plötzlich, von unten, wilde Gestalten, in schwarzen Soutanen! Sie fuchteln wild mit den Armen. Ein Kreuz, auf Maria gerichtet: „Vade, satane! - Weiche, Satan!", hallt es herauf.

Sanft lächeln die roten Lippen der schwarzen Maria, von schwarzen Madonnen schützend umschwebt. Die wüsten Gestalten erreichen sie nicht. Umsonst ihr Versuch, den Zipfel des Rockes zu fassen! Ein Aufschrei - sie taumeln, sie stürzen zu Boden. - Dröhnend schlagen sie auf. Reglos liegen sie vor dem Altar.

Höhnisch hallt eine Stimme: „Und ihr wolltet sitzen am Tische des Herrn, befleckt und im Zustand der Sünde! - Verflucht seid ihr alle, verflucht sei, wer der Versuchung des Fleisches erliegt!"

Maria schreckte hoch, wälzte sich aus dem Bett, tappte im Dunkeln zur Tür, drückte sacht auf die Klinke, tappte weiter, sich mit vorgestreckten Armen schützend, auf die Spüle zu, öffnete den Hahn, ließ kaltes Wasser rieseln, über die glühende Stirn, die brennenden Wangen. Sie sammelte es in der hohlen Hand, benetzte vorsichtig Lippen, Wangen, Brüste.

Das kühle Nass verjagte den Traum.

Sie setzte sich aufs Bett, die Hände auf die Knie gelegt, atmete tief. Sie schloss die Augen, suchte im Innern die schönen schwarzen Madonnen. Sie waren verschwunden.

Enttäuscht öffnete Maria wieder die Augen, betrachtete ihre Hände, lange und intensiv. Dunkel glänzte die Haut im fahlen Schimmer des frühen Morgens. Der rote Kuss auf ihrer Hand spendete ihr Trost.

Langsam erblasste die Haut. Erste Sonnenstrahlen erhellten die weiße Maria, brachten sie zurück in die raue Wirklichkeit.

Die nackten Lippen brannten: Beleidigt, befleckt, beraubt ihres Schutzes, in feurigem Rot – Rot der Schande, der Demütigung. –

Was hatten sie verbrochen? Was war so schlimm, so anstößig an ihrem roten Kleid? –

Und was war in Mutter gefahren? – War das wirklich die Mutter? Wer hatte ihr die Hand geführt?

> Nein! Das war nicht Mutter!
> Das war der Wahn der „Sauberkeit",
> der Mutters Haar geraubt,
> weggeätzt die Fraulichkeit. –
>
> Dieser Wahn ertrug die Schönheit nicht.
> Pfeile des Hasses, die Jungfrau beschwörend,
> wollten nun durch Mutters Hand
> vertreiben ihr weiblich' Verlangen. –

Doch sie entfachten nur trotzige Wut.
Und die Wut wurde Sehnsucht, wurde zur Lust,
die Bohemienne in ihr zu befreien. -

Nie wieder würde sie mit nackten Lippen
Mutter vor die Augen treten! -
Die Selbstachtung verlangte es.

Marias Blick fiel auf ihre Hände. Sie ruhten ausgestreckt auf den
Knien. - So, genau so hatte die Dame damals das Gebetbuch um-
fasst. Ihre Nägel hatten geglänzt, wie rote Kirschen. - Doch dann
Mutter, voller Hass: „So ein Luder!"
Nun wieder ihre Stimme, hämisch, hasserfüllt:
„Sind sie nicht pfui teuflisch anzuschauen?"
„Nein!", schrie Maria auf, biss sich auf die Lippen. Schmerzhaft
krallten die spitzen Nägel sich in ihre Haut. -

Das war nicht bloßer Trotz. Maria rebellierte: gegen Mutter, gegen
ein wahnwitziges Prinzip, das Fraulichkeit befleckte, verhüllte und
schändete, doch auch gegen die Maria, die sie viele Jahre gewesen
war.
„Maria", so hatte sie in einem Kalenderblatt gelesen, hieß „von
Gott Geliebte". Es hieß aber auch „widerspenstiges Wesen".
Sie aber war nie wirklich widerspenstig gewesen - ganz anders als
Florian. Hatte ihr der kleine Bengel damals am Weihnachtsabend
nicht gezeigt, was es hieß, hartnäckig zu sein? Und musste er das
nicht, wenn er seine Selbstachtung bewahren, wenn er zu sich selbst
finden wollte? - Warum nur war sie immer so gehorsam?

Ihre schön geformten Fingernägel trommelten leicht auf den
Knien. Sie schienen zu applaudieren. -
„Plötzlich färben sich die Klassefrauen,
weil es Mode ist, die Nägel rot ...",
flüsterten die brennenden Lippen.

Maria sprang auf. – Ja, das war es! Jetzt erst recht! – Sie musste „widerspenstig" sein, eine wilde Bohemienne! – Sie musste die Entscheidung suchen, jetzt sofort!

Sie schaute auf den großen Wecker auf der Kommode, der einzigen Uhr, welche die Familie besaß. Sie überlegte. Es war Samstag, Beginn der Osterferien. – Wenn sie sich beeilte, würde sie den Frühzug noch schaffen und könnte dann noch am Vormittag zurück sein. Mutter käme erst nachmittags von der Arbeit wieder, und Florian war dann wie immer bei seinen Freunden oder spielte mit ihnen draußen.

Sie schlich zur Türe, die ihre Kammer vom Wohnzimmer trennte, öffnete sie vorsichtig, horchte, blickte sich um. Mutter und Florian schliefen. Rasch zog sie ihr altes, geblümtes Kleid an, streifte den schon etwas verschlissenen dunklen Pullover darüber. Sie durfte jetzt vor allem nicht auffallen. Im Frühzug fuhren viele Menschen, die sie kannten.

Dann öffnete sie leise die Wohnungstür und schlich hinaus.

Drei Stunden später stand Maria vor dem Spiegel. Sie war allein.

Noch einmal betrachtete sie die alte Maria, von oben bis unten. Dann riss sie sich kurz entschlossen Pullover und Kleid vom Leib, warf sie in die Ecke. Ein zögernder Blick, dann folgte der BH. Mit diesem groben Stück aus der alten Welt wollte sie nichts mehr zu tun haben!

Sie hielt ihn in der Hand, zögerte, sah auf die nackten Brüste. Sollte sie ...? – Nein, das konnte sie nicht wagen. Nicht nur Amerika war prüde. – Zu dumm, dass ihr Geld nicht für den BH im Schaufenster gereicht hatte. Er war schwarz und glänzte wie Seide, wie der von der kecken Lola. Der hätte zur neuen Maria gepasst. Doch dieses Relikt von Mutters gescheitertem Aufklärungsversuch? Nein! – Er roch nach weiblicher „Befleckheit" und nach Scham.

Maria erinnerte sich noch sehr gut, wie ihn Mutter zum zwölften Geburtstag überreicht hatte, sauber verpackt: „Das müssen Frauen tragen", hatte sie gesagt und weggeschaut. Dann hatte sie sich am

172

Ofen zu schaffen gemacht. Sie hatte die Gebrauchsanleitung, die Maria natürlich nicht benötigte, der Schwester überlassen. Und für Maria war dieser Gegenstand hinfort mit Mutters verschämtem, schuldbewusstem Blick verbunden.

Mikes weibliche Vorfahren hatten ohne Schamgefühl ihre Brüste zeigen dürfen. „Das ist ganz natürlich", hatte Mike gesagt. Und er hatte hinzugefügt, sie solle Maria, solle „sie selbst" bleiben.

Maria betrachtete ihre Brüste in dem abgeblätterten Spiegel. Sie waren wohlgeformt, wie die der schwarzen Madonnen im Traum. – Jungfräuliche Schönheit, versteckt aus falscher Scham! –

Und überhaupt: Wozu all das Versteckspiel und Getue? – Was sollte „keusch" daran sein, wenn man sich vor anderen verhüllte? Kamen denn die Menschen vor lauter Scham verhüllt auf die Welt?

Und war nicht gerade die Verhüllung ein Spiel mit der Lust? – Nacktheit war nüchtern und natürlich. Erst die Verhüllung erregte die Fantasie des Voyeurs, gab ihr freien Raum, mit schamlosen Bildern zu füllen, was falsche Scham vor ihr verbarg. Er brauchte die Verhüllung, um sich an Enthüllung zu ergötzen. – Was war denn daran „schamhaft"? Und was war „ärgerlich" daran, sich nicht zu verhüllen? Das Ärgernis war der Betrachter selbst, der schmähte, was doch nur natürlich war. Der hinter falscher Scham sich versteckte, weil er seine schmutzige Fantasie nicht zu zügeln verstand.

Noch ein Blick in den Spiegel, dann warf Maria entschlossen den grässlichen BH in die Ecke, zog die weiße Bluse über die nackte Haut. Es folgten die feinen Perlonstrümpfe, das rote Carmen-Kleid.

Sie ließ noch einmal ihre Hand an den zart bestrumpften Oberschenkeln entlang gleiten, kramte in ihrer Schultasche nach den goldenen Kreolen von Mike, nach dem roten Stift.

Sie ging zum Spiegel, heftete die Ohrringe an, bewegte leicht den Kopf, beobachtete das Schaukeln der Ringe.

Sie presste die Lippen zusammen, fühlte die rauen Risse.

Dann nahm sie den roten Stift, ließ ihn darüber gleiten, fühlte den samtenen Glanz, der sich wie Balsam über ihre Wunden legte.

173

Wieder und wieder strich sie über ihre Lippen. Sie konnten nicht rot genug sein. Sie bedurften des Schutzes, durch victory red! Der roten Farbe des Protests! –

Sie hielt inne, betrachtete die Spiegelung vor ihr, zog die Lippen zu einem breiten Lächeln auseinander, formte einen Schmollmund. Der rote Glanz bedeckte ihre Scham.

Marias Blick glitt über das Gesicht. Die schönen dunkelbraunen Augen wirkten strahlender als je zuvor. Die Farbkonkurrenz auf den Lippen forderte sie heraus. Sie erschienen ihr tief wie ein Abgrund – wie der Brunnen im „Froschkönig", hätte sie früher gesagt.

Zufrieden wanderte ihr Blick weiter nach oben. Im Geiste sah sie ihr schönes schwarzes Haar zu einem Turban aufgetürmt, von vielen kleinen Zöpfen umringt. – Doch um so ein Haarkunstwerk zu errichten, hatte sie jetzt nicht die Zeit, wohl auch nicht die Geduld und Marys Handfertigkeit.

Sie steckte ihr Haar hoch, öffnete es wieder, kämmte es, schüttelte den Kopf, prüfte, ob es locker genug sei, versuchte es erneut. –

Ja, so könnte es gehen. So hatte Michael sie gezeichnet. Und sicher wäre auch Mike mit ihr zufrieden.

Dann setzte sie sich aufs Bett, kramte erneut in der Tasche.

Ihr kribbelten die Finger, als sie das kleine Fläschchen herauszog. Sie drehte bedächtig an der Kappe, die spitz nach oben zulief. Sie musste kräftig zupacken, bis es gelang, sie zu lösen. Feierlich zog sie das kleine Pinselchen heraus, betrachtete den blutroten Tropfen, der an den dünnen Haarborsten hing. – Wo sollte sie beginnen, wie die Striche ziehen? Sie hatte sich ja noch nie die Nägel lackiert.

Sie versenkte das Pinselchen wieder im Fläschchen, betrachtete die Nägel der linken Hand, beschloss, mit dem Daumen zu beginnen. Er war breit genug, um ihr Sicherheit zu geben.

Sie suchte mit dem Ellbogen Halt an der Bettkante, hielt den Atem an, setzte entschlossen einen ersten roten Strich in die Mitte des Nagels. Ihre Hand wurde ruhiger. Genussvoll setzte sie nun Strich an Strich, verwandelte ihre Nägel in glänzend rote Kirschen.

Strich für Strich streifte sie die Kindheit ab.

Sie hielt mit gestreckten Armen die gespreizten Finger vor sich hin. Wie gut der rote Glanz die ovale Form zur Geltung brachte!

„Darum färben sich die Klassefrauen, weil es Mode ist, die Nägel rot", sagte sie trotzig vor sich hin. – Ja, sie wollte „Klassefrau" sein – allen Pfarrern, allen Müttern, allen Kästners zum Trotz!

Dann ging sie zum Spiegel, ließ die Nägel vor ihrem Gesicht kreisen, verglich ihr Rot mit dem der Lippen. Sie hörte ihre warme, tiefe Stimme:

„Spieglein, Spieglein, an der Wand,
wer ist die Schönste im ganzen Land?"
Geheimnisvoll kam es aus dem Spiegel zurück:
„Frau Königin, Ihr seid die Schönste hier –
aber Schneewittchen ist tausendmal schöner als Ihr."

Ein Lächeln glitt über Marias rote Lippen. Merkwürdig, wie Märchen sie noch immer faszinierten! Sie schienen geheimnisvolle Wahrheiten zu enthalten, denen Maria immer wieder begegnete.

Einen Augenblick stellte sie sich mit Kleinmädchenzöpfen und knallroten Lippen vor. Und plötzlich wusste sie, was sie daran so faszinierte:

Mit roten Lippen konnte man keine „Unschuld vom Lande" spielen, konnte man sich nicht verstecken. Man musste sich bekennen. Die Frau in ihr, die wilde Bohemienne, die bedurfte dieses Symbols, um sich eines übermächtigen Vati-Anteils zu erwehren.

Nein, sie wollte sich seiner nicht entledigen. Sie wollte nicht zurückkehren, wie Mutter. Wie viele „männliche" Pflichten hatte Mutter übernommen, wie viel „Männlichkeit" auch in sich aufgenommen! Und mehr noch als die eigene Fraulichkeit hasste sie die Männlichkeit an Frauen. Vielleicht hatte sie deshalb Maria die Hose verweigert. –

Nein: Zurückzukehren zu einer Fraulichkeit, die sich unterwarf, das war keine Lösung. Was sie einmal errungen hatte, das musste sie bewahren. Doch sie musste auch dem eine Chance zu geben, was noch in ihr steckte. –

Warum denn fürchtete die böse Königin Schneewittchens Schönheit so sehr? – Es war nicht nur Neid, es ging um mehr: Über Schneewittchen als Mädchen hatte sie verfügen können, aber nicht über die Frau. Sie wollte Schneewittchens Frausein verhindern. –

Und Mutter, der Pfarrer, Erich Kästner? Handelten sie nicht genauso? Warum denn warfen sie einen Schleier der Scham über ihre Töchter und Frauen? Hätte man auf sie nicht stolz sein können, so wie Mike stolz war auf die schöne Mary? Doch man ächtete Schönheit im Namen eingebildeter „Natürlichkeit", man sperrte die Töchter in ein Gefängnis der „Tugend", so wie Odoardo seine Emilia. –

Warum denn gaben sie Evas Verführung mit dem Apfel die Schuld an allem? Fürchteten sie die Verführbarkeit ihrer Töchter oder ihre eigene? –

„Ihr aber sollt lernen, als freie Menschen, und das heißt, auch mit eurer Sinnlichkeit zu leben." Das hatte Katharina gesagt. Und sie hatte hinzugefügt: „Es liegt an uns Frauen selbst, uns dieser Fesseln zu entledigen." –

Eben das musste sie tun, wie Uschi es vor ihr getan hatte. Sie musste ausbrechen aus dem Gefängnis „unbefleckter Jungfräulichkeit". Ihre Wut half ihr dabei. – Und dazu bedurfte es der äußeren Verwandlung. Auch Aschenputtels Weg der Befreiung, ihr Weg ins Königsschloss, hatte so begonnen. –

Ja, Uschi hatte Recht: Die Verwandlung zur „Klassefrau" führte nicht zurück zum Strampelhosen-Prinzip. Sie führte nach vorn.

Maria rubbelte vorsichtig mit dem Finger am großen Nagel. Der Lack war hart geworden. – Das war jetzt ihre Waffe. So schnell würde Mutter ihn nicht wieder wegschrubben! – Gut, dass sie auf den Nagellackentferner verzichtet hatte. Vielleicht wäre sie doch noch schwach geworden. So aber gab es kein Zurück.

Maria spreizte die Finger, fühlte, wie die roten Nägel sich in lange, spitze Hexenkrallen verwandelten. – Ja, mit diesen Krallen würde sie sich wehren!

Sie fühlte sich in ihrem Trotz stark wie nie zuvor.

Nun galt es noch, dem Kommenden vorzubeugen.

Maria schob den roten Vorhang beiseite. Irgendwo auf dem Speicher musste ein kleiner Koffer sein. Er war alt und verschlissen, so wie alles andere. Man hatte ja nichts anderes. Maria fand ihn schnell.

Der Koffer war groß genug, um die wenigen Habseligkeiten zu verstauen, die sie benötigen würde. Sie besaß außer ihrem roten „Carmen"-Rock und der weißen Bluse ja nur noch das geblümte Kleid, eine alte geblümte Bluse und den schwarzen Faltenrock, den ihre Schwester früher getragen hatte. Und die schwarze Hose! – Natürlich, die würde sie auch mitnehmen! Dazu noch eine dunkle Strickjacke und etwas Unterwäsche. Auf die langen Kratzstrümpfe, die sie sonst über den Perlonstrümpfen getragen hatte, konnte sie getrost verzichten.

Sie stellte den Koffer neben das Sofa im Wohnzimmer. Ein kurzer Blick streifte die Schultasche. Die konnte sie jetzt nicht mehr gebrauchen. Es wäre zu riskant, weiter zur Schule zu gehen.

Wie gut aber, dass die kleine Schneiderin ihr das rote Umhänge-täschchen geschenkt hatte! Da konnte sie neben Taschentuch und Monatskarte auch Nagellackfläschchen und Lippenstift verstauen. Maria legte es griffbereit auf den Koffer. Dann streckte sie sich auf dem Sofa aus.

Sie schloss die Augen, spürte, wie ihre Brüste sich hoben und senkten. Sie umfasste sie mit beiden Händen, fühlte mit den Fingerspitzen das Pochen ihres Herzens, die Wärme des Körpers. Aus den Augenwinkeln heraus betrachtete sie die reifen Kirschen an den Fingern. Sie luden ein, gepflückt zu werden. – Schmückte sich die Natur nicht auch mit roter Farbe, wenn die Zeit der Reife gekommen war? Und nun war Schneewittchens Zeit der Reife gekommen.

Maria brauchte sich nicht zu sehen, um sich an dem Bild zu erfreuen. Sie kannte es, hatte es sich seit früher Kindheit erträumt:

Schwarze Locken umgaben das weiße Gesicht. Und in dessen Mitte der schöne rote Mund. – Weiß wie Schnee, rot wie Blut und schwarz wie Ebenholz. – So hatte Schneewittchen im Sarg gelegen, den vergifteten Apfel im Hals. – Ach, wenn jetzt doch die Zwerge kämen und um sie weinten! –

Maria erschrak. – Natürlich wusste sie: Es würden keine Zwerge um sie weinen. – Und was sollte sie in einem Zwergenhaus, mit „einem weiß gedeckten Tischchen und sieben kleinen Tellerlein", mit „sieben Bettlein", bedeckt „mit schneeweißen Laken", von denen keines für sie passte? Konnten diese Zwerge, mit ihrem Wahn von Ordnung und von Sauberkeit, ihr denn wirklich helfen? –

Es würde auch kein Königssohn kommen, und niemand würde den vergifteten Apfel aus ihr herausschütteln. – Sie musste ihn schon selbst ausspucken. –

Wie, wenn sie sich tot stellte, wie sie es als Kind bisweilen getan hatte? – Wie aber würde Mutter reagieren?

Sicher würde es das Ende ihres Aufenthalts zu Hause bedeuten. Darauf war sie vorbereitet. Doch sie hatte keine Lust, sich die Szene vorzustellen, die sie erwarten würde.

Die Antwort erübrigte sich. Maria seufzte noch einmal, holte tief Atem. Dann versank sie im Schlaf.

Lautes Kreischen riss sie aus den Träumen: „Jesses, Maria und Josef! – Jesses, Maria und Josef!" –

Maria bewegte sich nicht, hob nur leicht den Kopf.

Auf Knien, nahe der Tür, rang Mutter um Atem, wehrte mit vorgestreckten Armen und gespreizten Fingern das teuflische Wesen ab, beschwor alle Heiligen, sie davor zu schützen.

Maria erhob sich, ruhig und gefasst. Sie war erstaunt, wie wenig die Szene sie bewegte.

Sie ergriff Jacke, Koffer und Täschchen, ging in leichtem Bogen um das ringende Elend, das den Weg zur Tür versperrte, herum, drückte auf die Klinke, verließ den Raum, ohne einen Blick zurück.

„Heilige Maria, Mutter Gottes, bitte für uns arme Sünder ...", klang es hinter ihr her.

Was dann noch folgte, wurde von den Windungen der Treppe verschlungen.

178

9

Maria Magdalena
oder
Die Dame in Rot

Und siehe, ein Weib war in der Stadt, die war eine Sünderin. Da die vernahm, dass Jesus zu Tische saß in des Pharisäers Hause, brachte sie ein Glas mit Salbe und trat hinten zu seinen Füßen und weinte und fing an, seine Füße zu netzen mit Tränen und mit den Haaren ihres Hauptes zu trocknen, und küsste seine Füße und salbte sie mit Salbe.

Da aber das der Pharisäer sah, der ihn geladen hatte, sprach er bei sich selbst und sagte: „Wenn dieser ein Prophet wäre, so wüsste er, wer und welch ein Weib das ist, die ihn anrührt; denn sie ist eine Sünderin."

Jesus antwortete und sprach zu ihm: „Du hast mein Haupt nicht mit Öl gesalbt, sie aber hat meine Füße mit Salbe gesalbt. Deshalb sage ich dir: Ihr sind viele Sünden vergeben, denn sie hat viel geliebt; welchem aber wenig vergeben wird, der liebt wenig."

Kaum war die Tür ins Schloss gefallen, da befiel Maria eine ungewohnte Beklemmung: Wie, wenn sie jemand erkannte? Nicht einen Moment hatte sie während ihrer Revolte daran gedacht. Nun aber war es zu spät, nun gab es kein Zurück mehr.

Mit Mike oder der kleinen Schneiderin, in der Stadt, da war es leicht, sich zu erproben. Doch hier „Klassefrau" spielen, in diesem kleinen Kaff, wo jeder jeden kannte, wo alle alles über alle wussten?

Maria fühlte sich wie von Spiegeln umgeben. Riesige rote Münder grinsten sie an, zur Fratze verzerrt. – Glich sie nicht eher der bösen Königin als dem schönen Schneewittchen? – Aber nein: Sie neidete ja niemandem die Schönheit. Sie wollte sich nur selbst erproben.

Zum Glück war das Dorf wie ausgestorben. Wer aber konnte wissen, ob nicht hinter Gardinen sensationslüsterne Blicke auf sie geworfen wurden, ob nicht schon Lästermäuler über sie herzogen?

Und was sollte sie tun, wenn ihr jemand begegnete? –

Maria wusste es wirklich nicht. Sie fühlte, wie ihr Herz bei dem Gedanken zu pochen begann. Ob sie den Mut aufbringen würde, sich gegenüber dem Gerede der Leute gleichgültig zu zeigen? –

Jetzt durfte sie nicht schwach werden!

Schon von Weitem konnte Maria die Bahnhofsuhr erkennen. Der Nachmittagszug würde bald einfahren. Nur noch wenige Minuten waren zu bestehen.

Sie ging schnell am Bahnhof vorbei, schlug den kleinen Weg ein, der zum Steinbruch führte. Hinter einem Busch wechselte sie ihren roten Carmen-Rock gegen die schwarze Hose aus und verstaute ihn im Koffer. Sie wollte ja zu Mike gehen, und die Hose erinnerte sie an ihre herrlichsten Erlebnisse zu zweit. Und zudem konnte man in Hosen durchaus fraulich aussehen, wie Uschi schon bewiesen hatte.

Dann setzte sie sich wenige Schritte weiter, am Waldrand, ins Gras. Sie überlegte. Sie hatte noch gar nicht an den kleinen, gemütlichen Stationsvorsteher gedacht, der ihr immer freundlich zunickte. Maria mochte ihn. Sie hätte es nicht gern gehabt, wenn er als Erster von dem Skandal erfahren würde.

Ihr kam eine Idee. Sie musste den Moment unmittelbar vor Abfahrt des Zuges ausnutzen. Der Stationsvorsteher schaute dann immer zum Zugführer nach vorn, während er die Kelle hob und einen langen, schrillen Pfeifton ausstieß. Sie würde erst kurz davor am Bahnhof auftauchen und schnell in den letzten Waggon einsteigen, der immer am Ende des Bahnsteigs stehen blieb. Dann würde er sie gar nicht bemerken.

Kaum hatte Maria sich ihre Strategie zurechtgelegt, hörte sie auch schon das Pfeifen des Zuges. Es war regelmäßig zu vernehmen, wenn er hinter dem kleinen Hügel auftauchte. – Sie hatte Glück. Es war, außer dem kleinen Mann, noch immer kein Mensch zu sehen.

Maria fasste allen Mut zusammen, eilte am Bahnwärterhäuschen vorbei, als hätte sie Angst, zu spät zu kommen, schritt, ohne nach rechts und links zu blicken, auf den letzten Waggon zu, sprang auf die Plattform, ohne den Koffer abzusetzen, riss die Wagentür auf und war auch schon im Inneren verschwunden, als der lange, schrille Pfiff ertönte.

Maria atmete auf. Der Stationsvorsteher hatte sie nicht bemerkt.

Das Abteil war leer. Jetzt, am Samstagnachmittag, fuhr fast niemand mehr in die Stadt. Sie stellte den Koffer ganz am Ende des Abteils ab, schaute sich noch einmal kurz um. – Ja, sie war allein.

Dann ließ sie sich auf der letzten Holzbank nieder, den Blick zur Tür gerichtet. Sie wollte nicht plötzlich überrascht werden. Nun, da sie saß, bemerkte sie, wie hektisch ihr Atem ging.

Maria ärgerte sich über sich selbst. Den Auftritt bei Mutter hatte sie bravourös bestanden. Nun aber, da ihre wilde Entschlossenheit verflogen war, hatte sie plötzlich Angst, sich als „Klassefrau" zu zeigen. Nun fiel ihr auf, wie wenig sie über die Folgen nachgedacht hatte, als sie sich heute Morgen zur „Nagellackrevolte" entschlossen hatte. Sie hatte zwar geahnt, dass dies die Trennung von zu Hause bedeuten könnte. Hatte sie aber wirklich damit gerechnet?

Nein, sie hätte Mutter eine Chance gegeben, wenn sie zu ihr gekommen wäre und gesagt hätte: „Es tut mir leid, es war dumm von mir. – Ich nehme dich so, wie du bist, so, wie du sein willst. Ich will versuchen, dich zu verstehen. Du bist ja meine Tochter."

Doch diese Gesten der Verwünschung, das Anrufen der Heiligen, das hatte Maria nicht erwartet. Es erinnerte sie an eine Teufelsaustreibung. Das war schlimmer, als verstoßen zu werden. Da gab es kein Zurück mehr. Und sie hatte auch keine Sekunde gezögert. Mit entschlossenem, festem Schritt hatte sie sich ins neue Leben gewagt.

Ein Lächeln glitt über ihre Lippen. Ja, das war Mikes Entschlossenheit. Sie hatte gehandelt, wie er gehandelt hätte, oder seine Schwester. - Auch sie wollte eine stolze Frau sein, so wie Mary - für Mike, für sich selbst. Und sie fühlte, wie bei diesem Gedanken ihr Puls sich beruhigte.

Dennoch schreckte sie auf, als sich die Türe öffnete und der Schaffner eintrat. Trotz seiner Brille sah er recht jung aus. Er war auf dieser Strecke neu. Maria kannte ihn noch nicht.

„Die Fahrkarte bitte, die Dame!" Seine Stimme klang freundlich.

Maria schaute sich um. Es saß keine Dame im Abteil. Er hatte tatsächlich sie gemeint. - Die Dame! Man hatte sie bisher höchstens mit „Fräulein" angesprochen - außer der kleinen Schneiderin und natürlich Mike.

Sie setzte sich betont aufrecht, suchte souverän zu wirken. Wie die Fahrkarte zwischen ihren roten Fingernägeln zitterte! - Jetzt galt es stark zu sein, nicht seinen Blicken auszuweichen!

Demonstrativ schaute sie dem jungen Mann in die Augen, erhaschte seinen Blick über die Brille hinweg auf ihre Lippen. Sie versuchte zu lächeln. Es tat ihr gut zu bemerken, dass er zurück lächelte, als er sich mit einem „Vielen Dank, meine Dame!" verabschiedete.

Sie hatte die erste Bewährungsprobe als „Dame" bestanden.

Kaum hatte der Schaffner das Abteil verlassen, bewegte sich die Wagentür erneut. Maria schaute erschrocken auf. In der Tür stand eine elegante Dame in Rot. Sie sah zu ihr, schaute sich um, schien einen Platz zu suchen, obwohl das Abteil fast leer war.

Ein Sonnenstrahl fiel durch das Fenster. Rostrot leuchteten die Locken auf. Das kurze Haar bedeckte kaum die Ohren.

Ein Bubikopf, so wie Uschi einen hatte! Das sah jugendlich aus. - Dabei war die Dame sicher schon in mittlerem Alter, vielleicht Anfang dreißig. Sie schien sehr selbstbewusst zu sein.

Eine kleine Kopfbewegung, und nun glänzten die Lippen, in dunklem Karmin.

Ein fraulicher, frühlingshafter Duft strömte Maria entgegen. Sie atmete tief ein, sog den Duft in sich hinein, stutzte. – Kannte sie diesen Duft nicht? – Doch woher?

Nun schaute die Dame in Rot sie direkt an. Erst, als ihre Blicke sich kreuzten, bemerkte Maria, dass sie ihr Gegenüber geradezu fixiert hatte. – Wie unhöflich! Sie suchte, ihren Blicken auszuweichen, doch zu spät. Die Dame ging geradewegs auf sie zu.

„Stört es Sie, wenn ich mich zu Ihnen setze, meine Dame?" Ihre Stimme klang angenehm warm.

Maria war irritiert. Es war nun schon das zweite Mal, dass man sie so ansprach. Und diesmal kam es von einer wirklichen Dame, ließ keinerlei Missbilligung erkennen. Das tat ihr gut. Vielleicht war ihr „Aufzug" doch nicht so lächerlich, wie sie befürchtet hatte.

Maria zögerte, wollte nicken, doch die Dame in Rot hatte die Antwort gar nicht abgewartet. Sie stand jetzt unmittelbar vor ihr.

Sie legte einen umschnürten Schuhkarton im Gepäckfach ab, stellte ihre schwarze Handtasche auf den Holzsitz. Dann streifte sie sorgfältig ihr Kostüm glatt, schaute lange aus dem Fenster. Vor dem hellen Himmel zeichnete sich deutlich ihr Profil ab. Die damenhafte Silhouette kam so noch mehr zur Geltung.

Maria war froh, sie in Ruhe mustern zu können. Ihr schien, als sei eben dies beabsichtigt.

Ihr Blick heftete sich auf die eleganten schwarzen Stöckelschuhe, wanderte zaghaft nach oben, streifte die mit zartem hautfarbenem Perlon bestrumpften Unterschenkel. Ein Bein war von Maria abgewandt. Sie konnte so die makellos gerade Strumpfnaht erkennen, die sich über die Schenkel nach oben zog. Knapp unter den Knien begann der Rock des karminroten Kostüms. Er war am unteren Ende extrem eng. Trichterförmig weitete er sich nach oben bis zum Gesäß, um sich danach wieder deutlich zu verjüngen. Der beängstigend enge Taillenschnitt der Kostümjacke ließ den kräftigen Busen imposant erscheinen, betonte die elegante Figur.

Maria erschien sie wie der lebendige Beweis für Uschis Ausführungen über „Wespentaillen", damals am Schulhof. Nun kam ihr diese Mode nicht mehr so erschreckend vor.

Sie drückte beide Hände in die Taille, setzte sich betont aufrecht, reckte die Brust vor, hielt den Atem an. In dieser Haltung konnte sie, was die frauliche Silhouette anging, fast mit der Dame konkurrieren. Und einen Augenblick sah sie sich selbst in deren eng geschnittenem, karminrotem Kostüm. Und sie fühlte dabei ein angenehmes Prickeln unter der Haut.

Doch schon im nächsten Moment schoss ihr Schamröte ins Gesicht. Sie schlug die Augen nieder, um nicht bei „unzüchtigen" Blicken ertappt zu werden.

Ihr Auge blieb am Rocksaum gegenüber hängen. Sie hatte noch nie einen so engen Rock gesehen. – War das die neue Mode? Uschi hatte ja am Schulhof von „New Look" gesprochen. Und wie konnte man damit überhaupt gehen?

Wortlos beantwortete der Dame Marias Frage. Sie setzte sich ihr gegenüber, schlug die Beine übereinander. Der Rocksaum wurde etwas nach oben gezogen, machte auf der linken Seite einen Schlitz sichtbar, der bis über die Knie ging.

Zögernd wagten Marias Blicke sich nach oben.

Der spitze Ausschnitt endete auf der Höhe des Busens, gab den Blick auf eine Perlenkette frei. Zwei etwas größere Perlen an den Ohrläppchen setzten sich von dem rötlichen Schein des Haares ab, begrenzten ein fast makelloses, helles Gesicht. Zarte dunkle Linien umrahmten mandelförmige Augen, verbreiterten sich nach außen, um schließlich in spitzen Schwüngen unter den Schläfen zu enden. Es schien, als wollten sie mit der Form der schmalen Augenbrauen und der sauber geschminkten Lippenkonturen konkurrieren.

In ihrer Bewunderung hatte Maria unwillkürlich die Haltung einer aufmerksamen, wohlerzogenen Schülerin eingenommen. Die Knie fest aneinander gepresst, umfasste sie mit beiden Händen ihr Täschchen, die Finger geradewegs auf die Dame gerichtet.

Kaum war sie sich ihrer verräterisch kindlichen Haltung bewusst geworden, bemerkte sie die karminroten Nägel gegenüber. Sie lagen auf den Rockschößen wie ein Spiegelbild zu ihren. Es sah aus, als hielten sie ein geöffnetes Buch fest.

Die Geste durchzuckte Maria wie ein Blitz: So hatten damals die Kirschennägel der fremden Dame auf dem Gebetbuch gelegen! - Sollte sie ...?

Neugier gab Maria Mut, ihr direkt ins Gesicht zu sehen.

Die Karminlippen zogen sich zu einem breiten, aufmunternden Lächeln auseinander.

„Sie - du - darf ich du sagen?"

Maria nickte.

„Du bist die Schwester von Florian, nicht wahr?"

Maria nickte.

„Du hast einen klugen Bruder", behaupteten die Karminlippen, fügten rasch hinzu: „... und eine tapfere Mutter."

Maria nickte zögerlich. Sie presste ihre Lippen zu einem schmalen roten Strich zusammen.

„Doch", insistierten die von gegenüber, „so wie deine Mutter alleine euch sieben Kinder großgezogen hat, die alle klug und tüchtig sind, das erfordert Respekt. Du kannst stolz auf sie sein, und auf deinen kleinen Bruder und dich auch. - Wirklich, du hast dich ja herausgemacht!"

Sie lächelte Maria an.

„Danke", flüsterte Maria, während ihr Blut in die Wangen schoss. - Woher kannte diese Dame ihre Familie denn so gut? Und woher kannte sie Florian? Sie wagte aber nicht zu fragen.

„Übrigens, ich bin die Mutter von Evi", kam ungefragt die Antwort, „du kennst mich doch, nicht wahr? Evi hat mir viel von Florian erzählt, und auch von dir."

Das also war Evis Mutter! - Neben ihr hatte sie damals, am „Ehrentag Mariens", gesessen. Tief hatte ihr Frühlingsgeruch sich in Maria eingeprägt. Und gegen sie hatten sich die Schmähungen von der Kanzel gerichtet. Darauf hatte sie voller Stolz den Gottesdienst verlassen und war nie mehr in der Kirche gesehen worden.

Und über diese stolze, elegante Dame lästerte man im Dorf wegen ihrer roten Haare! Und Mutter hatte gesagt: „Pfui Teufel, so ein Luder!"

Nun verstand Maria, warum Mutter so strikt dagegen war, dass Florian Evi besuchte. Doch der hatte sich nicht einschüchtern lassen, hatte mit Evi immer gemeinsam den Schulweg gemacht.

Ein ironisches Lächeln gegenüber beendete Marias Gedanken: „Man nennt mich in deinem Dorf ‚die Hexe', wegen meiner roten Haare - aber das weißt du ja."

Natürlich erinnerte sich Maria daran: Wochenlang hatte man nach jener unseligen Predigt nur von der H... geredet, mit eindeutigen, bisweilen auch derben Gesten, ohne das Wort selbst auszusprechen. Lange hatte Maria nicht gewusst, was man mit einer H... eigentlich meinte. Jemand hatte ihr erzählt, es bedeute „Hexe". Und als solche sah man vor allem Frauen mit roten Haaren an.

Später erst erfuhr Maria, dass es noch ein anderes Wort gab, das damit gemeint sein konnte. Auch in ihrer Stadt gab es solche Frauen, und die waren immer stark geschminkt. Von da an war Maria sich nicht sicher, ob dabei nicht auch die roten Lippen eine Rolle gespielt hatten, dass man diese Dame mied, als habe sie die Pest. - Erstaunlich, wie Evis Mutter über solch beklemmende Vorgänge lächeln konnte.

„Und - das macht Ihnen nichts aus?", fragte Maria zögernd.

„Jetzt nicht mehr. Was soll man auch dagegen tun? Es ist sinnlos, sich gegen Vorurteile zu wehren. Man sollte sie mit Würde ertragen - und mit Stolz. Nur so kann man Lästerer ins Unrecht setzen."

„Ich finde Ihre Haare sehr schön", äußerte Maria mit ehrlicher Bewunderung. „Sie sind irgendwie - apart - nicht nur die Haare."

„Danke", kam es lächelnd zurück. „Ich hätte aber lieber so schönes schwarzes Haar wie du. - Übrigens steht dir das Rot wirklich gut. Es macht dich sehr fraulich."

Sie blickte direkt auf Marias Lippen.

Maria schaute verlegen nach unten. Und doch erfüllte sie das unerwartete Kompliment mit Stolz.

„Und - sehe ich nicht aus wie eine - eine - Prostituierte?" stotterte sie. Ihr hatte das Wort „H..." auf der Zunge gelegen, sie konnte es aber gerade noch herunterschlucken.

186

Evis Mutter lachte laut auf: „Bestimmt nicht!"

Das Lachen klang so herzlich, dass Maria mitmachen musste. Es wirkte befreiend, und sie merkte, wie ihre Verklemmung sich löste.

„Meine Mutter denkt dies aber", stieß sie schnell heraus, als wolle sie eine bedrückende Last loswerden. Sogleich fühlte sie eine angenehme Wärme auf ihrer Hand, hörte die warme Stimme:

„Du solltest das nicht zu ernst nehmen. Was soll sie auch anderes sagen, wo doch die Leute so reden. Und zudem: Es gibt weit Schlimmeres als Prostituierte - zum Beispiel Menschen, die andere verurteilen, die sie gar nicht kennen."

Maria Blick senkte sich, fiel auf die weiße Hand, die sich sanft über ihre gelegt hatte. - Wie böse Mutter über sie geredet hatte! Und diese Dame verteidigte sie sogar. Maria schämte sich für Mutter.

„Es ist - das erste Mal", bekannte sie.

Evis Mutter verstand sofort. „Einmal ist immer das erste Mal", kam die aufmunternde Antwort. „Soll ich dir erzählen, wie ich angefangen habe, mich zu schminken?"

„Ja, gern", erwiderte Maria erleichtert. Sie wurde von dieser aparten Dame offenbar als Vertraute angesehen, ebenso wie Florian von ihrer Tochter Evi. Und das tat ihr gut.

Maria erfuhr nun, wie schlimm es Evis Mutter in ihrer Jugend ergangen war.

Es war Anfang der dreißiger Jahre. Sie war etwa so alt wie Maria, als sie sich zierliche rote Pumps mit hohen Absätzen kaufte. Das war damals der letzte Schrei. Die fesche Lola im Film „Der Blaue Engel" trug solche, und die imponierte ihr mit ihrer Keckheit. Auf einem Ball malte sie sich auch die Lippen rot. Aus Angst vor dem Vater wischte sie die Farbe aber ab, ehe sie nach Hause kam.

Maria legte unwillkürlich die Finger auf die Lippen, erschrak über den roten Abdruck. Sie war gestern nicht so umsichtig gewesen, als sie frohgemut von ihrem Treffen mit Mike gekommen war!

Für Evis Mutter kam es aber noch schlimmer als erwartet: Ihr Vater entdeckte die roten Pumps und bekam einen Wutanfall.

Dann hängte er sie im Zimmer auf, so hoch, dass es ihr unmöglich war, sie herunterzuholen. Sie sollte das Menetekel ihrer Schande stets vor Augen haben.

„Wie grausam!", empörte sich Maria. „Wie konnte er nur auf einen so schrecklichen Gedanken kommen?"

Eine stolze Kopfbewegung gegenüber quittierte diese Worte.

„Es ging meinem Vater vor allem darum, mich zu demütigen, weil ich eine Frau sein und es auch zeigen wollte. - Eigentlich hatte es schon bei meiner Geburt begonnen. Er hatte sich immer einen ‚Stammhalter' gewünscht, wie er sagte. Und nun war ich ‚nur' ein Mädchen. Er ließ mich bei jeder Gelegenheit fühlen, dass er Mädchen im Grunde seines Herzens verachtete. Lange Zeit kleidete man mich auch wie einen Jungen. Zunächst machte mir das nichts aus. Bei der Mode Ende der zwanziger Jahre, die sehr jungenhaft war, fiel das nicht weiter auf. Später aber, als schon die Nazis ihr Unwesen trieben, wollte mein Vater mich zum ‚Bund deutscher Mädels' schicken. Das war die Mädchenorganisation der Nazis. ‚Das sind noch echte deutsche Mädels', meinte er. ‚ohne Flitter und Tand'. -

Dann sah ich sie, diese ‚natürlichen deutschen Mädels': Im Gleichschritt und in Einheitstracht marschierten sie vorüber, mit langen Zöpfen, fahnenschwenkend, rucksacktragend und aus vollem Halse singend. - Da wusste ich: Das war nichts für mich. Ich entdeckte, dass ich nun einmal eine Frau war und auch sein wollte. Ich begann, mich zu schminken, zunächst aus purem Trotz. ‚Flitter und Tand' waren noch allemal besser als irregeleitete Amazonen."

„Amazonen?", fragte Maria erstaunt.

Evis Mutter lächelte. „Die ‚Amazonen' - das heißt ‚Brustlose' - waren ein Volk kriegerischer Frauen der Antike, in Kleinasien. Nach der Mythologie lebten sie im Frühjahr zwei Monate mit Männern eines Nachbarvolks zusammen, um den Fortbestand ihres Volkes zu sichern. Den Rest des Jahres führten sie Krieg."

„Wie unnatürlich, solche Frauen!", warf Maria ein.

„Das kann man wohl sagen!", stimmte Evis Mutter zu. „Auch bei diesen ‚natürlichen deutschen Mädels' ging es nicht bloß um ‚sportliche Ertüchtigung', wie man sagte: Mit Rucksack und Fahnen versteckten sie in Wahrheit ihre Weiblichkeit. Sie sollten sich nicht daran erinnern, dass sie Frauen waren. Man brauchte ja keine stolzen Frauen, man brauchte Soldaten und Mütter, die Unterwerfung im Blut hatten. Die gebaren, ohne zu fragen, für wen und warum. - Die ‚Bestimmung‘ der Frau, sagte man, war zu gebären: Eine Frau war nichts, eine Mutter alles. Und für die Erfüllung ihrer ‚Mutterpflichten‘ wurde sie geehrt: Mit dem ‚Mutterkreuz‘ in Bronze und Silber für das vierte und sechste Kind. Und für das achte Kind, das sie ‚dem Führer schenkte‘, bekam sie das ‚Mutterkreuz in Gold‘.“

„Mein Vater wollte auch immer acht Kinder haben“, kam es unwillkürlich aus Maria heraus. Sogleich erschrak sie über ihre eigenen Worte. Sie sah sich, gebückt vor der Kommode, das „Mutterkreuz in Silber“ in der Hand. Und auf der Urkunde, die dazu gehörte, hatte ihr Name gestanden. Maria schämte sich zutiefst.

Evis Mutter bemerkte wohl Marias Erschrecken, verzog aber keine Miene. Sie wartete einige Augenblicke, fuhr dann fort:

„Natürlich begriff ich erst später, wozu ‚der Führer‘ so viele Kinder brauchte. Zunächst war es aus Trotz, dass ich mich weigerte, dieses böse Spiel mitzumachen. Heute aber weiß ich: Es war meine Lust auf Weiblichkeit, die mich davor bewahrte, den Rattenfängern auf den Leim zu gehen - und die Engstirnigkeit meines Vaters.“

„Das verstehe ich nicht“, warf Maria ein.

„Nun, mein Vater nannte mich nur noch ‚Luder‘ oder ‚Hexe‘, seit er meine roten Pumps entdeckt hatte.“

Maria senkte ihren Blick, um ihre Scham zu verstecken. Evis Mutter schien es nicht bemerkt zu haben und fuhr fort:

„‚Nun gut‘, sagte ich mir voller Trotz, ‚wenn mein Vater mich so nennt, dann soll er eben seine Hexe haben‘. Für Hexen gibt es keinen Ausweg. Sie müssen sich bekennen. - Zum Vorbild nahm ich mir die ‚Klassefrauen‘. Die trugen ihre Haare hoch, lackierten die Nägel und schminkten sich die Lippen in dunklem Rot. - Ich zeigte mich geschminkt auf der Straße, mit Lippen, so rot wie meine Pumps. Und ich gewann in diesem ‚Aufzug‘, wie mein Vater sagte, Vertrauen in mich selbst. Der aber fühlte sich nun noch mehr provoziert.“

Evis Mutter hielt inne. Es schien, als erlebe sie alles erneut. Sie spreizte ihre Finger, blickte auf Marias Nägel, fuhr lächelnd fort:

„Als ich dann auch meine Nägel lackierte, warf er mich aus dem Haus. Das war drei Jahre vor dem Krieg."

Maria schluckte. Sie dachte an das schreckliche Kästner-Gedicht: Dieser Hass auf „Klassefrauen" war Ausdruck einer schrecklichen Zeit. – Und Evis Mutter war es damals, vor nun fast zwanzig Jahren, schon so ergangen wie ihr heute! – Was hatte sich seither nicht alles verändert! Eine Welt war zusammengebrochen. Doch der Hass auf selbstbewusste „Klassefrauen" hatte alle Schrecken überlebt.

„So ungefähr geht es mir mit meiner Mutter jetzt auch", gestand nun Maria ein.

„Das habe ich mir schon gedacht, als ich dich sah", erwiderte Evis Mutter. „Und deshalb brauchst du jemanden, der zu dir hält."

Ihre Finger ergriffen Marias Hand, drückten sie lange und fest. Schweigend genoss Maria den zarten Druck.

„Und Ihre Mutter?", begann sie nach längerer Pause wieder, „war die mit Ihrem Vater einverstanden?"

„Meine Mutter war meinem Vater in fast allen Dingen ergeben. Ich bin sicher, sie hätte sich auch gerne schick gekleidet, doch sie wagte es nicht, meinem Vater zu widersprechen. Sie starb auch schon kurz nach dem Vorfall, von dem ich dir erzählt habe. –. Und das ‚Gretchenbild' der Frau, von dem mein Vater so schwärmte, verbreitete sich nun wie die Pest.

„Gretchenbild?", unterbrach Maria. „Sie meinen das Gretchen aus Goethes ‚Faust'?"

„Sehr richtig! – Wie gut du in deutscher Literatur bewandert bist!", staunte Evis Mutter.

Maria schmunzelte, gedachte im Stillen das Kompliment ihrer Lieblingslehrerin zu.

„Ja, dieses Gretchen galt vielen als ‚Unschuld vom Lande' ..."

Maria zuckte kurz. Sie ließ sich aber nichts anmerken.

190

„... doch eigentlich war sie naiv, plapperte nur nach, was die Umgebung ihr vorgesagt hatte. Und die Nazis machten aus ihr ein Symbol für das, was sie für die ‚Tugenden‘ der ‚deutschen Frau‘ hielten: arisch, blond, lange Zöpfe, ungeschminkt und treu ergeben.“

„Ich hätte ein gutes Gretchen abgegeben“, gestand Maria ein, „genauso wie meine Schwestern, von denen eine Grete heißt.“

Evis Mutter zwinkerte ihr schelmisch zu.

„Ja, vielleicht früher. – Doch nun hast du verstanden, dass man noch kein besserer Mensch ist, wenn man sich ‚natürlich‘ gibt und die ‚Unschuld vom Lande‘ mimt ...“

Wieder zuckte Maria zusammen. Diesmal schien Evis Mutter es bemerkt zu haben. Ihre Stimme wurde plötzlich hart, fast verbittert.

„Und dieses deutsche Gretchen zeigte bald seine wahre Natur. Die war als alles andere als ‚natürlich‘: ‚Die deutsche Frau schminkt sich nicht! Die deutsche Frau raucht nicht!‘ Das konnte man überall hören und lesen. Oder auch: ‚Dein Körper gehört nicht Dir, sondern Deiner Sippe und Deinem Volk!‘ Und man schloss geschminkte Frauen aus Parteiveranstaltungen aus. –

Den Frauen wurde eingebläut, was ihre ‚wahre Bestimmung‘ sei: eine ‚natürliche deutsche Mutter‘ zu sein, dem Manne untertan – so wie der Mann dem ‚Führer‘. Über Mütter kann man leichter verfügen als über Frauen. Und Mütter – wurden zu Gebärmaschinen, machten Menschen zu Nummern. Sie produzierten – Soldaten für einen mörderischen Krieg. – Ein Albtraum wurde Wirklichkeit.“

Sie schwieg. Die karminroten Nägel zitterten. Und Maria bemerkte ein ängstliches Flackern in ihren Augen.

Nun war es an Maria, ihre so erfahrene Freundin mit einem warmen Händedruck aufzumuntern. Er wurde dankbar erwidert.

Sie hörte die leise Stimme: „Entschuldige bitte. Bei diesen Gedanken ruhig zu bleiben, fällt mir auch heute noch schwer.“

Evis Mutter zögerte, blickte Maria ernst an: „Ich schäme mich so für meinen Vater. Noch heute – ich hoffe, du verstehst mich – noch heute muss ich meine Scham unter roten Lippen verbergen. Ungeschminkt, ‚natürlich‘ wie ein ‚Gretchen‘, komme ich mir nackt vor und bloß.“

Ihre Blicke suchten Marias Augen.

Maria wurde warm ums Herz. Sie nickte heftig: „Ja, das kann ich sehr gut verstehen."

Sie schwiegen. Ihre Finger umschlossen sich, suchten gegenseitig Bestätigung und Trost. Nur die unterschiedliche Farbe der Nägel ließ erkennen, dass sie zwei verschiedenen Menschen gehörten.

„Und wie ist es Ihnen weiter ergangen?", beendete Maria schließlich die Stille. Evis Mutter schien erleichtert, aus ihren Gedanken gerissen zu werden.

„Ich hatte damals zum Glück eine liebe Tante in Berlin. Zu ihr konnte ich mich flüchten. Sie ermutigte mich, mir selbst treu zu bleiben. In so hässlichen Zeiten, meinte sie, bedürfe es der Schönheit, um seine Selbstachtung nicht zu verlieren. Rote Lippen hätten eine suggestive Kraft. Sie seien ehrlich. Und sie forderten zur Ehrlichkeit heraus. Sie hielten dem Wahn von Männlichkeit den Spiegel vor, zeigten sein wahres Gesicht!' "

„Ja, victory red!", fuhr es Maria durch den Kopf. Nicht nur amerikanische Frauen wussten unmenschlichen Zeiten zu begegnen!

„Was für eine kluge Frau!", drückte sie ihre Bewunderung aus.

„Ja, das war sie", stimmte Evis Mutter zu. „Ich verstand aber erst später, was sie damit meinte. – Eines Tages, kurz nach Ausbruch des Krieges, wagte ich mich geschminkt zu einer Jubelfeier über den Einfall in Polen. Die Nazis hatten Schlägertrupps als ‚Ordner' aufgestellt. Die fielen über mich her, beschimpften mich als ‚Polackin', die mit ‚orientalischer Kriegsbemalung die Ehre des Deutschtums' beschmutze. Und sie rissen mir die Kleider vom Leib ..."

Maria schreckte zusammen, drückte fest die warme Hand.

„... Doch eigentlich kam ich noch glimpflich davon. Meine Tante beschwor mich aber, künftig vorsichtiger zu sein, solange diese Barbaren an der Macht wären. Es gehe nun bloß noch darum zu überwintern, diese schreckliche Zeit zu überstehen. Es könne noch schlimmer kommen. Eine Raserei, einmal entfacht, mache vor nichts halt. Es sei auch schon vorgekommen, dass man geschminkten Frauen mit Glasscherben die Lippen aufgeschnitten habe."

Maria zuckte zusammen, biss sich auf die Lippen. Schmerzhaft spürte sie die Risse der rauen Seife.

„Wie kann man nur so brutal sein! Wie kommt es bloß zu solchem Wahn?", rief sie aus. Sie bemerkte, wie ihre Hände zitterten.

Evis Mutter drückte sie lange und fest. Sie wartete, bis Maria sich beruhigt hatte, fuhr dann ruhig fort:

„Auch ich war zunächst tief getroffen: Ja, wie konnte es zu solchem Hass, zu solchem Wahn bloß kommen? Das konnt' ich nicht verstehen. Dann aber bekam ich ein Buch in die Hand über den Hexenwahn im Mittelalter. Vor allem Frauen, die über geheimnisvolles Wissen verfügten, waren davon betroffen. Die hätten, meinte man, den ‚Teufel im Leib‘, wurden deshalb gefoltert und verbrannt.

Nun begriff ich: Es war Angst vor selbstbewusster Fraulichkeit, die diesen Wahn bewirkte. Und auch beim Hass auf ‚Klassefrauen‘ war wohl solche Angst im Spiel: ‚Klassefrauen‘ wirkten stolz und unnahbar, machten Männer schwach. Man lag ihnen zu Füßen, nannte sie ‚Femmes fatales‘. – Fatal war das wohl eher für die Männer: Ein ‚deutscher Mann‘, so hatte man ihnen eingetrichtert, war niemals schwach. Er musste ‚zäh wie Leder, flink wie Windhunde und hart wie Kruppstahl‘ sein."

„Wer mit der Lüge aufgewachsen ist", warf Maria ein, „der erträgt es nicht, sein wahres Antlitz zu erblicken. – Die ‚Klassefrau‘ freut sich am Spiel der Farben, die Vielfalt offenbart. Der Wahn von Männlichkeit ergötzt sich nur am Trugbild seiner selbst. Blutiger Ernst erträgt nicht frohgemutes Spiel. Die Einfalt sieht sich durch die Vielfalt bloßgestellt. – Ja, deine Tante hatte Recht: Deine roten Lippen haben dieser falschen Männlichkeit den Schleier entrissen. Sie hielten ihm den Spiegel vor – so wie im Märchen das Spieglein an der Wand. Auch dieses hatte nie gelogen."

Maria nahm das bewundernde Nicken gegenüber wahr. Leichtes Lächeln huschte über ihr Gesicht. Dennoch erschrak sie über den Gedanken:

Doch Wahrheit, fuhr ihr durch den Kopf, kann auch tödlich sein: Die böse Königin ertrug die Wahrheit nicht. Rasend vor Eifersucht, stellte sie Schneewittchen nach, um es zu töten. –

Und wie war es heute? – Ertrug man es denn heute, dem wahren Antlitz ins Auge zu schauen? – Nein: Lieber zerbrach man das Spieglein an der Wand – oder man kratzte mit rauer Seife wütend daran herum. – Man glaubte von inneren Zwängen sich befreit, wenn man sich von seinem Bild befreite. –

Marias rote Lippen bebten. Sie fühlte die warme, weiche Hand, dies sich schützend über ihre gelegt hatte, wünschte, sie würde immer so verharren.

Wie durch dichten Nebel nahm sie das anerkennende Lächeln der Karminlippen wahr, hörte die leise geflüsterten Worte:

„Ja, das Rot des Stolzes scheint uns're Lippen zu verhüllen. Doch es kann auch enthüllen, was der Schleier der Lüge bedeckt."

Es dauerte lange, bis Maria das nachdenkliche Schweigen durchbrach: „Und wie erging es Ihnen nach dem Krieg?"

Evis Mutter seufzte: „Nun ja, ganz so schlimm war es nicht mehr. Doch wenn Scham und Schande uns ergriffen haben, dann wird man sie so schnell nicht los."

Maria wunderte sich: „Scham? Wofür sollten Sie sich schämen?"

„Für meinen Vater", kam es prompt zurück, dann, etwas zögerlich: „... und dafür, was unsre Eltern andern Menschen angetan. So müssen wohl auch wir mit der Schande leben, mit der man uns bedeckt. Lieber ‚Schande' als Opfer eines Wahns. – Doch der Wahn, der erst zu dieser Schande führte, der verschwindet nicht von selbst. Er lebt mit unserer Schande fort, wenn wir nichts dagegen tun."

Evis Mutter verstummte, schloss einige Augenblicke die Augen, holte tief Luft, fuhr dann ruhig fort:

„Ich hatte während des Krieges in Berlin meinen Mann kennen gelernt. Er war Protestant, und die katholische Kirche verweigerte uns den Segen. Wir sollten uns verpflichten, unsere Kinder katholisch zu erziehen. Das war meinem Mann zu viel. ‚Mit Kindern handelt man nicht wie auf einem Basar', meinte er. Gleich nach der Geburt von Evi starb er an einer unheilbaren Krankheit. Als auch mein Vater tot war, kam ich mit der kleinen Evi hierher zurück.

Bald aber gingen schlimme Gerüchte um. Man tuschelte, ich hätte meine Mutter durch mein Verhalten ins Grab gebracht. Und böse Zungen behaupteten, es sei eine Strafe Gottes, dass meinem Mann kein ‚ehrenvoller' Tod an der Front vergönnt war."

Maria erschrak erneut. Wie bösartig die Menschen sein konnten! Ihr Blick fiel auf das sonnendurchflutete rötliche Haar. „Weibliche Figur und frecher Bubikopf!", ging es ihr durch den Sinn. Das war apart. Das Attribut der Männlichkeit hob ihre Weiblichkeit hervor. - War das vielleicht der Grund dafür, dass man sie verfemte? -

Ja, man hatte es in diesen Zeiten wirklich schwer als Frau: Sich fraulich zu zeigen wurde als Gefahr empfunden. Und wer männlich wirkte, konnte der Verachtung sicher sein. Des Teufels aber musste sein, wer stolz von beidem etwas zeigte.

Die Offenheit von Evis Mutter gab Maria Mut, sie zu fragen: „Redet man nur wegen Ihrer roten Haare so schlimm über Sie?"

Leichtes Lächeln kam zurück: „Nein, sicher nicht. - Sicher spielt auch dummer Aberglaube eine Rolle. Schon im Mittelalter glaubte man den Teufel am Pferdefuß und Hexen am roten Haar zu erkennen. Doch die wirkliche Ursache liegt in den Menschen selbst: Sie brauchen Sündenböcke für Übel, die sie nicht verstehen, um eigene Schuld auf andere abzuwälzen. Dafür suchen sie sich Menschen, die sich von ihnen unterscheiden: anders aussehen, sich anders kleiden oder sich schminken. Solche Vorurteile lassen sich nicht beseitigen, indem man sich ihnen anpasst. Man muss zeigen, dass sie einen nicht treffen, dass man stolz ist auf das, was ihren Anstoß erregt ...""

„... wie damals, als Sie mit erhobenem Haupt den Gottesdienst verließen", unterbrach Maria. „Das war sehr mutig von Ihnen, und ich habe Sie sehr bewundert."

„Danke", entgegnete Evis Mutter, drückte fest ihre Hand.

„Ja, das war nicht leicht. Von der Kirche hatte ich erhofft, sie würde helfen, den Wahn aus den Köpfen zu vertreiben. Es hatte ja viele aufrechte Christen gegeben, die selbst gelitten hatten. Manche wurden auch verfolgt und starben für ihre Überzeugung.

Mir wurde klar: Diese Kirche - ich meine die Institution - war ja mit verantwortlich für die Verführung, die in Barbarei endete. Sie hatte das Bild von ‚Judas, dem Verräter' in ihren Köpfen verankert. Und man erkannte ihn in Mitbürgern, Nachbarn, sogar Freunden.

Die Nachfolger des ‚Judas' darf man heute nicht mehr anklagen, zumindest nicht offen. Also sucht man die Wurzel des Bösen bei anderen, so in weiblicher ‚Verführung'. – Und so hat auch das unselige ‚Gretchenbild' diese schreckliche Zeit überlebt."

Evis Mutter hatte sich wieder heiß geredet. Ihre Finger zitterten. Doch die grünblauen Augen funkelten entschlossen.

Maria drückte fest ihre Hand. – Nun, da sie so viel über diese tolle Frau wusste, erschien sie ihr noch schöner als zuvor.

„Und das halten Sie alles schon seit Jahren aus und ziehen dennoch nicht weg?", fragte sie mit erkennbarer Bewunderung.

„Nun ja", kam es bescheiden zurück, „es war nicht immer leicht. Aber man darf nicht aufgeben – schon wegen der klugen Menschen nicht, die trotzdem zu einem halten, so wie dein Bruder Florian."

Maria strahlte über das Kompliment für ihr Brüderchen.

„Dennoch habe ich mir manchmal gewünscht, es möge mehr ‚Hexen' geben wie mich" – sie zögerte einen Moment „... und dich."

Sie spreizte die Finger, zeigte ihre roten Krallen. Spontan tat Maria dasselbe. Beide lachten laut auf.

Das Lachen tat Maria gut. Endlich fand sie den Mut, von ihrer „Nagellackrevolte" zu erzählen.

Evis Mutter hörte ruhig zu, bekräftigte sie ab und zu mit einem warmen Händedruck.

„Ich glaube", schloss Maria, „nun verstehe ich ein bisschen, warum meine Mutter rote Lippen so hasst. Nicht nur hört sie zu sehr auf die Meinung des Dorfpfarrers. Da ist noch etwas anderes ..."

Und sie erzählte, auf welch grausame Weise Mutter ihre schönen Mädchenhaare verloren hatte:

„Sie waren von ihren Eltern mit ätzender Flüssigkeit ‚gereinigt' worden. Man hatte Mutter das genommen, was sie vor anderen zur Frau machte. Sie sollte sauber sein, aber nicht schön. Sie sollte als Nachweis für Wohlanständigkeit herhalten, aber sie durfte nicht Frau sein – und vielleicht – soll ich es deshalb auch nicht sein."

Evis Mutter nickte. „Ja, das ist sicher so. Und man kann es verstehen, wenn auch nicht billigen. Wir finden Erfüllung nicht allein im Muttersein. Eine Frau, die Leben schenkt, muss das Leben lieben. Wer selbst nicht Frau sein durfte, neidet auch anderen die Fraulichkeit. Wer selbst nie seine Schönheit zeigen durfte, gönnt sie auch anderen nicht. Das ist nur menschlich. Es ist die Folge eines Mutterwahns, dem die Mutter alles ist, die Frau aber nichts."

„Auch im Märchen ist das so", warf Maria ein: „Die ‚gute' Mutter, die sich ein Töchterchen, das schöne Schneewittchen ersehnte, stirbt. Man kann auch sagen: Sie verwandelt sich. Aus ihr wird die ‚böse' Stiefmutter. Die ist aber keine ‚echte' Mutter, sie ist ‚nur' eine Frau. Und als solche gilt sie nichts. Sie braucht ihre Eitelkeit. Sie braucht die Schönheit, um ihren Wert zu fühlen, den man ihr als Frau verwehrt – ob echt oder geliehen, spielt dabei keine Rolle."

Evis Mutter verstand sofort die Anspielung. Sie spreizte ihre langen roten Nägel, erwiderte lachend.

„Ja, und so werden Frauen, die Wert auf ihr Äußeres legen, schnell zu Hexen, die man hasst und schmäht!"

Maria imitierte ihre Geste, rief übermütig aus: „Und wenn sie uns schon so nennen, dann sollen sie eben ihre Hexen haben!"

Dann beide, lachend, im Chor, ihre Hände aneinander gepresst:

„Hexen müssen sich bekennen! – Moderne Hexen sind stolz!"

Maria war ausgelassen wie nie. Sie fühlte eine wilde Entschlossenheit, spürte eine suggestive Kraft, die von ihren Hexennägeln ausging.

Evis Mutter blickte ihr in die Augen, fuhr mit ernster Stimme fort: „Und doch solltest du vorsichtig sein, zumindest in diesem Kaff. Die Menschen sind nicht reif dafür, stolze junge Damen zu sehen – noch nicht. Wer hier nicht mit den Wölfen heult, der hat es schwer. Es gibt noch viel zu viele Menschen, welche Mädchen, die sich auf amerikanische Soldaten einlassen, als ‚Flittchen' beschimpfen ..."

Maria schluckte. Sie fühlte, wie Blut in ihr Gesicht schoss. Evis Mutter hielt sofort inne, streichelte ihr liebevoll die Hand.

„Aber wem erzähle ich das! Das weißt du ja selbst am besten."

Erneut ein aufmunternder Händedruck: „Doch mach dir nichts draus. Sie sagen das ja nur, weil sie neidisch sind und weil die amerikanischen Soldaten jetzt das Sagen haben. Deren Frauen dürfen sich als ‚Damen' zeigen. Sie sind ja die Sieger. Mit denen kann man nicht so umspringen wie mit deutschen Mädchen."

Maria war nun doch bestürzt. Es war noch nicht an ihr Ohr gedrungen, dass man sie für ein „Flittchen" hielt. Sollte man sie vielleicht doch beobachtet haben, auf der dritten Bank? –

Sie wagte nicht, den Gedanken zu Ende zu denken. – Wie gut aber, dass sie dieser starken Frau begegnet war, die so offen mit ihr darüber redete!

Sie hatte ihren Koffer nur aus Wut und Trotz gepackt. Vielleicht aber war es doch besser, das traurige Kaff endgültig zu verlassen – obwohl es auch gute Erinnerungen gab.

„Sie sind eine fabelhafte Frau", stieß Maria nach längerer Überlegung bewundernd aus.

„Und du bist eine bezaubernde, stolze junge Dame", gab Evis Mutter das Kompliment zurück. „Bleib so, wie du bist. Du hast das Recht, Frau zu sein. Und wenn du dich schminken willst, dann tu es nicht nur, um anderen zu gefallen: Tu es, weil du es dir selber schuldig bist, dir als Maria und als Frau."

Maria fühlte die weiche Hand. Ihr wurde warm ums Herz.

Der Zug bremste.

Evis Mutter stand auf. Ihr Blick fiel auf Marias abgetragene Schuhe. „Ich muss leider hier schon aussteigen."

Sie griff nach dem umschnürten Karton, den sie im Gepäcknetz abgelegt hatte. Wie beifällig bemerkte sie:

„Ach, da fällt mir ein: Ich brauche diese Schuhe hier nicht mehr. Es ist nicht mehr die richtige Farbe für mich. Wie ich sehe, hast du die gleiche Schuhgröße. Vielleicht kannst du sie gebrauchen."

Bevor Maria widersprechen konnte, hielt sie den Schuhkarton in ihrer Hand.

Dann riss Evis Mutter einen Zettel aus dem Notizblock, schrieb etwas darauf, reichte ihn Maria, trat wortlos in die Wagenmitte, drehte sich noch einmal um.

„Und wenn du Hilfe brauchst: Du weißt ja, wo Evi wohnt. Die Adresse der Parfümerie, wo ich arbeite, steht hier drauf. - Denk dran: Wir Hexen müssen zusammenhalten. - Übrigens: Ich heiße Magdalena - wie die Sünderin. - Nenn mich aber lieber Madeleine. Das ist schöner. - Hexen sind doch auf du und du, nicht wahr? - Und grüß' Florian von mir, wenn du ihn siehst!"

Die Karminlippen pressten sich zu einem Kuss zusammen, ein schalkhaftes Zwinkern der Mandelaugen, dann drehte sie sich kurz entschlossen auf den hohen Absätzen um.

Maria konnte gerade noch hauchen: „Ja, Madeleine." Dann war sie verschwunden.

Zurück blieb der Geruch einer stolzen, schönen Frau.

Maria streckte sich, atmete tief, sog Madeleines Duft in sich hinein. Er gab ihr Mut und Entschlossenheit.

Sie dachte an Florian. Sie war stolz, dass ihr Brüderchen mit der Tochter einer so großartigen Frau befreundet war.

„Ma-de-lei-ne", flüsterte sie leise vor sich hin. Die französische Version des Namens klang sehr schön - viel schöner als Magdalena. Selbst der Hinweis in der Bibel war durchaus nicht unehrenhaft. Anders als viele, die sich „Christen" nannten, hatte Jesus die „Sünderin" nicht verachtet. Den Missbilligungen der Pharisäer zum Trotz hatte er sich von ihr die Füße waschen lassen und ihr verziehen. Das hatte sogar der Dorfpfarrer in einer Predigt eingestanden.

Madeleine hatte Mutters Bescheidenheit gelobt, und doch war sie eine wirkliche Dame, voller Stolz. Stolz war ja etwas ganz anderes als Arroganz. Es schloss Bescheidenheit nicht aus. -

Ja, Madeleine hatte Recht: Auch Frauen brauchten ihren Stolz. Sie durften ihr Frausein nicht verleugnen. Denn „frouwe" hieß Herrin. -

Sie lehnte sich gegen den harten Holzrücken, lauschte dem Schnaufen, das von draußen durch das Fenster drang.

Das Schnaufen verlangsamte sich, dann das gewohnte Rütteln bei der Einfahrt im Bahnhof, das schrille Knirschen der Bremsen.

Sie würde gleich da sein.

Ihr Blick fiel auf den Schuhkarton neben ihr. Sie war gespannt auf die Schuhe, doch es war jetzt wohl zu spät, um nachzusehen.

Sie stand auf, ergriff Koffer und Karton, ging auf den Eingang zu. Einen Moment stockte ihr der Atem. Durchs Fenster der Wagentür starrten zwei Gesichter sie an. Ein Finger, auf sie gerichtet. Gekicher drang durch die noch geschlossene Tür. – Es waren die beiden Schwestern aus der Nachbarschaft, als Dorftratschen bekannt.

Einen Augenblick überlegte Maria, ob sie sich wieder setzen, die beiden vorbeigehen lassen solle. Ein kurzer Blick fiel auf ihre rechte Hand, die eben den Türgriff erfasst hatte: „Jetzt bloß nicht schwach werden!", ermahnten sie die Hexennägel.

Ein kräftiger Ruck, und sie stand den beiden Mädchen gegenüber. Sie reckte instinktiv die Brust vor, warf den Kopf ins Genick, fühlte, wie die Blitze des Hohns am Glanz ihrer Lippen zerbrachen. Ein verächtlicher Wimpernschlag, Zucken in den Gesichtern gegenüber, ein sicherer Sprung von der Plattform auf den Bahnsteig.

Die verunsicherten Blicke im Nacken, eilte Maria festen Schrittes zur Sperre. –

Für Gesprächsstoff im Dorf war also gesorgt. Nun gut – zumindest würde es nicht mehr an ihr Ohr dringen.

Entschlossen trat Maria durch das große Tor der Bahnhofshalle ins neue Leben ein. Sie stellte Koffer und Karton ab, weitete die Brust und nahm erwartungsvoll die milde Frühlingsluft in sich auf.

– Ende des zweiten Bands –

Und wie geht es weiter?

*Im 3. Band: „Schwieriges Erbe oder Rückeroberung der Weiblichkeit"
(1955-1960) erfahren Sie unter anderem:*

- warum Vergangenes nicht vergangen ist und warum die Zukunft schon
  begonnen hat
- was es mit Aschenputtels goldenen Schuhen und Don Josés Angst vor
  Carmen auf sich hat
- warum auch Männer leiden, wenn Frauen sich „befleckt" fühlen
- wie man dem Dornröschenschloss entkommt
- was es mit dem „Plural in uns" auf sich hat und warum Rumpelstilzchen nicht triumphieren darf
- wie man einen Ort zum Trauern erhält
- warum Scheherazade und Lysistrata nicht nur Märchengestalten sind
- und welche Wege zur „Rückeroberung der Weiblichkeit" es gibt.

Bild- und Literaturnachweis

S. 94:   Goethe, Faust, 1. Teil, Vers 354-359 und 366-373, dtv Gesamt-
         ausgabe, Band 9, München 1962

S. 95:   Goethe, Faust, 2. Teil, Vers 11935f., ebd.

:   Lessing, Eine Duplik, Gesammelte Werke. Hrsg. v. Paul Rilla,
         Berlin/Weimar ²1968, Bd.8, S.27

S. 96f.: Goethe, Faust, 1. Teil, Vers 499-517, a.a.O.

S. 99:   ebd., Vers 3246-3248

S. 100f.: ebd., Vers 3575-3584

S. 103: Lessing, Emilia Galotti, Reclam, Stuttgart 1979 (Bd.45), S.77

S. 111: Gebrüder Grimm, Deutsche Märchen, Schneewittchen (gekürzt),
         in: Märchen der Völker, Deutschland, Augsburg, Weltbild-Verl.,
         1987, S.177f.

S. 126f: Erich Kästner, Sogenannte Klassefrauen, in: Doktor Erich Käst-
         ners Lyrische Hausapotheke, Berlin, Atrium-Verlag, o.J., S.68f.

Anm.:   Das Liederbuch „Student für Europa, Student für Berlin e.V.“,
         1978, Postfach 1480, 6232 Bad Soden/Ts, enthält unter Nr.
         108 eine „entschärfte“ Fassung der letzten Strophe des Gedichts:
         „Wenns doch Mode würde, zu verblöden!
         Denn in dieser Hinsicht sind sie groß.
         Wenn sie aufhörn würden, Nerv zu töten,
         andre Leute damit anzuöden.
         wären wir das Ganze endlich los.“

S. 135: Lessing, Emilia Galotti, a.a.O., S.55f.

S. 139: Gebrüder Grimm, Deutsche Märchen, Schneewittchen (gekürzt),
         a.a.O., S.187f.

S. 179: Lukas-Evangelium, VII, 36-47

Zu den Ausführungen über „Hexenwahn“, S.42f., 109f. und 193:
Vgl. Soldan-Heppe, Geschichte der Hexenprozesse, Bd.1, München 1911

Zum „Schneewittchen“-Motiv, bes. S.111, 139, 156, 175-178 und 197:
Vgl. Eugen Drewermann, Schneewittchen, Die zwei Brüder, Grimms Mär-
chen tiefenpsychologisch gedeutet, München (dtv), 2003, bes. S.34-76 („Die
Frau im Spiegel“ und „Der tödliche Neid auf die Jugend“)

Umschlagbild:
Nach einer Zeichnung von Caroline Engelmann